读客

读客外国小说文库

激发个人成长

樱树抽芽时，想你

葉桜の季節に君を想うということ

[日] 歌野晶午 著　　赵建勋 译

江苏凤凰文艺出版社
JIANGSU PHOENIX LITERATURE AND ART PUBLISHING

图书在版编目（CIP）数据

樱树抽芽时，想你 /（日）歌野晶午著；赵建勋译
. -- 南京：江苏凤凰文艺出版社，2017.10（2026.1重印）
（读客全球顶级畅销小说文库）
ISBN 978-7-5399-8288-5

Ⅰ. ①樱… Ⅱ. ①歌… ②赵… Ⅲ. ①推理小说 - 日本 - 现代 Ⅳ. ①I313.45

中国版本图书馆CIP数据核字(2015)第087181号

图字：10-2015-123号

书　　名	**樱树抽芽时，想你**
著　　者	（日）歌野晶午
译　　者	赵建勋
责任编辑	丁小卉　姚　丽
特邀编辑	叶启秀　高一君
责任监制	刘　巍　江伟明
策　　划	读客文化
版　　权	读客文化
封面设计	读客文化　021-33608311
出版发行	江苏凤凰文艺出版社
出版社地址	南京市中央路165号，邮编：210009
出版社网址	http://www.jswenyi.com
印　　刷	河北中科印刷科技发展有限公司
开　　本	890mm x 1270mm　1/32
印　　张	12.25
字　　数	227千
版　　次	2017年10月第1版　2026年1月第4次印刷
标准书号	ISBN 978-7-5399-8288-5
定　　价	45.00元

如有印刷、装订质量问题，请致电010-87681002（免费更换，邮寄到付）

目　录

相 逢

1

射精之后一动也不想动，就想这样趴在女人身上，尽情享受缠绵的睡意。

以前去医院看牙的时候，在候诊室读过一本女性周刊杂志，上面说，没有后戏的性爱，如同没有餐后甜点的晚餐。但是，站在男人的角度来看，这简直是一派胡言。刚射完精，我连乳房都不想摸，就算她是詹妮弗·洛佩兹我都不想摸，更别说什么后戏了。被称为男人的生物，自伊甸园以来就是如此。

为什么我会发表这番议论呢？因为现在的我就是刚射完精，正趴在女人身上一个劲儿地喘粗气呢。

以下也是从某杂志上现趸现卖的理论。据说射精时消耗的体能，和参加一次百米赛跑差不多。二〇〇〇年悉尼奥运会上，以九秒八七的速度跑完全程的莫里斯·格林，如果在冲向终点时忽然发现看台最前排坐着一位巨乳美女，会想去摸摸她吗？

女人全身湿淋淋的。在迎接高潮时，她的身体热气腾腾，哗哗地淌着汗水。现在，那汗水冷却下来，正在把我身体里的热量夺走。

我可以听到女人的心脏在平稳地跳动。当然不是用耳朵，而是用身体感觉到的。她的心跳通过肌肤传递给我，让我真实地感觉到自己还活着。虽然那跳动只不过在单调重复，却让人感到身心愉悦。人在母亲肚子里时，大概每时每刻都是这种感觉吧？

我真想就这样睡过去，等下一次睁开眼睛时，已经重新变成了婴儿。如果人生可以从头再来一次，那该是多么幸福的事啊！

圆圆的月亮在云块间时隐时现。天空一直就是这个样子，一会儿白惨惨，一会儿灰蒙蒙，就像人的心情，很不安定。

四周一片静寂。云块浮动得那么快，可身旁那棵大树的树叶却没有丝毫动静，也听不见鸟啼虫鸣。

黑暗中，浮现出一只手电筒的光环。

寂静中，响起一阵“唰唰”的挖土声。

严寒中，男人吐出的气息是白色的，额头上却冒出大颗大颗的汗珠。汗水流过眼睑，流过面颊，流进脖子，流向腋下。身上的运动服紧贴在脊背上，像一名橄榄球运动员似的，腾腾地冒着热气。

男人大汗淋漓地挥动着铁锹，像个机器人，有规律地一锹又一锹挖着土坑。

冷雨淅淅沥沥地下了三天，这一带特有的黑土变得潮湿而松软，男人毫不费力地用铁锹把土铲起来，抛上去。

云块散去，月亮再次露出圆圆的脸。眼前仿佛放着一台刚刚打开的巨型电视机，黑乎乎的屏幕上浮现出周围模糊的景象。

低矮的树丛屏风般伸展开来，大树前有好几个坟头，每个坟头的中央都插着一根细长的方木，方木四面很平整，上面写着梵文。原来是卒塔婆[1]。

唰，唰，唰……

暗夜中，男人在挖掘墓坑。

男人缓缓回过头来，挥动铁锹的手却没有停下，只是把头慢慢转向身后。

云块间可以看到圆圆的月亮，惨白的月光照在男人脸上。

我打了个激灵，从梦中醒来。

或许是由于刚才太舒服了，我似乎被吸入了梦的世界里。

总算抵挡住可能使我再度陷入梦境的睡魔侵袭，我伸出左手

[1] 原指埋葬佛骨的塔，后指立在坟上当墓碑的塔形方木。（译者注。下文如无特别说明，均为译者注）

摸到女人的身体，轻轻地抚摸她的侧腹，手指顺着肋骨往上滑，滑到胸部，用手掌包住了柔软的乳房。然后，我用右手理好她散乱的茶褐色头发，捏捏她的耳垂，又轻触沾着散发的脖颈，最后给了她一个轻轻的吻。那个吻非常非常的轻，就像小鸟在轻啄果树上成熟的果实。

啊，我这是在干什么？难道是被只随意瞥过一眼的女性周刊上的文章洗了脑吗？我跟这个女人的性关系里根本不存在爱情，干吗还要如此忠实地为她服务？

我叹着气，像做俯卧撑似的撑起上半身，用膝盖顶着床，身体完全抬起，将阴茎从女人的身体里抽出，转过身子把手伸向枕边，抽出两三张纸巾，仔细地擦拭起来。

干脆服务到底吧！我又抽出两三张纸巾，塞进女人大腿间。女人害羞似的扭动了一下，转过身去。装什么纯情？贱货！你他妈的又不是处女！

我心里很不愉快，下床后捡起扔在地板上的短裤和衬衫，走向浴室。我长叹一口气，又是大骂“他妈的”，又是咋舌，走进浴室冲起澡来。

回到房间，轮到女人去冲澡了。看着她的背影，我心里又不痛快起来。还他妈的特地穿上了浴衣！刚才还赤裸着全身跟我交缠在一起，现在遮遮掩掩又有什么意义呢？虽说这是正常的女人心理，但我还是难以接受。

我把冲澡弄湿了的长发拢到脑后用橡皮筋扎起，将自己的身体重重地扔进沙发，点燃一支烟抽了起来。要是能不跟女人做爱该有多好——每次结束以后我都会这样想。

可是，做爱这件事，整个过程的任何一个环节都充满了快乐和兴奋，一上床就会忘记所有的烦恼和痛苦。轻咬女人的耳垂，吸吮女人的乳头，抠弄女人的阴道……虽然这一切都只不过是例行公事，不做也没有什么不可以，但男人们还是乐此不疲，甘心奉献。射精的瞬间被难以名状的恍惚感所包围，紧接着就是仿佛在泥沼中挣扎前行了很久的疲劳感，最后则坠入无言的后悔。然而，过不了多长时间，就又想得到女人的身体了。如是往复，一遍又一遍。这就是男人的性。

浴室的水声停了。又过了好长一段时间，女人都没有出现在我面前。扭头看了看浴室，她正对着镜子抹口红，之后又用梳子梳理她那茶褐色的头发。

我又点上一支烟。做爱后抽支烟可以说是莫大的享受，尼古丁粒子渗透到我体内据说总数有六十兆的每一个细胞深处，让倦怠感转变成舒适感，脑血管的收缩就像把大脑抓在手上似的，感觉得清清楚楚。明明知道抽烟会缩短寿命，但是，这支“事后烟”我无论如何都戒不了。

女人终于梳妆完毕，回到房间。“走吧！”我掐灭烟头，站起身来。女人嘟嘟囔囔地说了句什么，我假装没听见，戴上墨镜，快步走出房间。

穿过寂静无人的楼道，两人一言不发地上了电梯。一楼大厅里也是空无一人，我们默默地走向大门。

自动门一开，热浪立刻迎面扑来，在开着冷气的房间里待惯的身体实在受不了。凶恶的太阳狠狠地照射着大地，我用手遮掩着额头，匆匆向停车场跑去。

车里更是地狱，比桑拿浴更甚，炙热的空气简直让人不愿吸进肺里。座椅几乎被太阳烤焦，烫得屁股生疼。发动车子以后，把冷气开到最大，一踩油门，很快就把情人旅馆甩得远远的。

五分钟过去了，车里连一丝凉意都没有。我的爱车是英国罗孚汽车公司生产，是一九八九年出厂的迷你轿车，不是德国宝马收购罗孚后生产的新迷你轿车，车身到处叮哐作响，似乎随时都会散架，冷气也时有时无。

副驾驶座上的女人时不时投来想说些什么的眼神，我手握方向盘注视前方，假装没看见。女人百无聊赖地摆弄起手机来。

沉默中，我把车开到目黑电车站附近，在一个公交车站旁边停下来，向女人道别。

“今天过得很快活，谢谢了，再见！”

可是女人根本没有下车的意思。

“你不是五点之前要赶回去吗？”我问。

女人转过头来，讨好似的盯着我。

“怎么了？”

“可以吗？”

“什么事？”

“就是……”

“就是什么？”

“就是那个嘛……”

“哪个？”我索性装傻装到底。

女人低下头。“援助一下嘛……”说话声音很小。

喂，闹了半天你他妈的也是为了钱啊！援助一下？别开玩笑了！那刚才算什么？你又是喘息又是呻吟，欲仙欲死的，现在却开口跟我要钱。该要钱的应该是累得精疲力竭为你无私奉献的我！有机会的话我得教教你日语。援助交际[1]？美化也得有个限度吧？告诉你，你这叫卖淫！给我记住了，你他妈的就是个妓女！

不过，这些话我只是在心里想了想，没骂出口来。

“哎哟，你看我，不小心把这事儿给忘了。真抱歉。”我暧昧地笑了笑，从钱包里抽出一万日元。女人皱了皱眉头，看看我，又看看那张一万元的钞票，没伸手接。我撅起下嘴唇，叹了口气，又从钱包里抽出一万日元。女人马上像个抢匪似的，把两张一万日元的钞票抓在手里，胡乱往手提包里一塞，拉开车门，

---

[1] 指少女为获得金钱而同意与男士交往约会，即“学生卖淫”。

头也不回地走了，转眼就消失在嘈杂的人群里。

“妓女！卖淫女！”我破口大骂，猛踩了一脚油门儿，轮胎摩擦地面发出尖厉的叫声，我的迷你轿车疾驰而去。

我喜欢女人，也喜欢性交。虽然会抱怨累得精疲力尽，也说不想奉献自己，但这些话刚从喉咙里跑出来，就又开始向往女人的肌肤。女人温暖，柔软，香气绵绵，令我陶醉，让我沉溺。性交不但使我兴奋，也使我镇静，使我犹如漫步云端，被幸福感包围。如果我是精神病科的医生，一定诊断说，这是希望回到母亲子宫的表现。不管怎么说，抱着女人的时候，我感到幸福，那幸福是至高无上的，尽管最后还是累得要命。

那么，只抱抱不就得了？如果不采取进一步行动，就不会累得够呛。这种意见不是没有道理，可男人的身体就是这么奇怪，一抱就想插入，一插入就想摆腰，到最后非得射精才算痛快。

不说这些了。其实，我追求女人的目的，并不只是想得到她们的肉体。我一直梦想着可以碰到这样一位纯情女子，跟她在一起不性交，甚至都不牵手，一起吃饭就快乐，通宵畅谈也不会感到厌烦。只要有一天不见她，我就会感到胸闷，感到痛苦，她在我身边，我就会感到安详。我希望这样的女子成为我的终身伴侣，哪怕人们嘲笑我是柏拉图式的恋爱，我也不在乎。

既渴望女人的肉体，又憧憬无性婚姻，这想法既自私又自相矛盾。我的身体里一定存在两种人格。

这个也暂且不谈。我渴望拥有可以震撼灵魂的爱情，所以我参加电话交友俱乐部，注册相亲网站，也参加相亲联谊会，还跟在路上碰到的女人搭讪，为的就是寻找我那从未谋面的心上人。

结果简直糟透了。

“给我钱！”“援助我！”“给我买个手包！”“这个月没钱了，帮帮忙！”“卡地亚的三连式项链好可爱，帮我出一点儿吧，两万就行！”“援助一下嘛，这个月的手机费帮我交一下嘛！”援助一下，援助一下，援助援助援助援助援助援助援助援助援助援助援助！

有的女人只不过跟我一起吃顿饭就敢张口要援助，这些死皮赖脸要脏钱的女人只能让人感到厌烦。今天在法式餐厅吃的那顿午饭还是我付的钱呢！

日本的女人什么时候变成这样了？把卖淫改成援助的委婉说法，难道是表面柔弱内心坚强的大和女子优雅品格的表现吗？

刚才那个女人也是，在电话约好见面的时候没提一个钱字，结果还是为了钱。

如果用金钱换性爱，不如去洗泰国浴或去找职业妓女。她们都是专家，我不用费力气，就能享受到物超所值的服务。我躲开专家（虽然偶有利用）去找业余的，不外乎是想在身体结合的同时，也有心灵的沟通。可是今天这个业余的可好，比专业妓女更爱钱，服务质量更是差到极点，简直是她在享受我的服务。专业妓女都比她有人情味！比她强一百倍！这个臭婊子！

尽管昨天被人耍，今天又幻灭了，但明天我还会去找女人！

我想找到一个能够震撼我灵魂的女人，一个出淤泥而不染的女人，一个不贪图金钱、不为物质所诱惑、超越肉欲、能与我心灵相通的女人。如果让我作个比喻，这种女人就是一朵开放在广袤原野里的纯情蒲公英。

在二十一世纪的今天，我依然抱着这样的幻想。

2

于是，我遇见了麻宫樱。说起我跟她戏剧性的相逢，首先得说说二〇〇二年八月二日下午四点四十分，我站在地铁广尾站二号站台的理由。

那天中午，我简简单单地吃过午饭，像往常一样走向位于白金台的健身俱乐部。

白金台位于东京港区，那里经常可以看到美丽优雅又年轻富有，被称为“白金夫人”的上流社会的太太们。她们坐在高大银杏树下的露天咖啡馆，愉快地喝着高档红茶。白金台的主要道路是俗称“白金大道”的外苑西路，我隔天就要去一次的健身俱乐部就在外苑西路上一座大楼的三层，每次去都要练到大汗淋漓。

白金台毕竟是白金台。那个健身俱乐部虽然比较狭窄，但闷热的空气里除了汗臭味以外还飘散着“白金夫人”的香水味。当然，真正的“白金夫人”是不会光顾这里的，我只看到过一走路臂膀上的肥肉就会有规则地颤抖的中年妇女，还有长年坐办公室，白皮肤与黑腿毛形成强烈反差的公司职员，靠养老金过日子的白发稀疏的老人，以及穿着校服的中学生。

很多人参加健身俱乐部的目的不过是找人聊天解闷，我可不是这种人。我纯粹是为了锻炼身体。要想尽情享受性爱的快乐，就得搞好健康管理。请别误会，我锻炼身体的主要目的可不仅如此，这最多占两成，还有八成是为了胜任我的工作。我是一名职业保安，柔弱的身体可经不起风吹雨打。

除了练出硬邦邦的六块腹肌，我还可以躺在板凳上轻松自如地推举八十公斤重的杠铃，这也是我认真锻炼的另一个证据。不要觉得八十公斤算不了什么，那可大大超过了我的体重。要知道，任何人举起超过自己体重的杠铃，都不是一件简单的事。

好了，现在让我们进入正题，说说发生在八月二日的事情。

由于正值暑假，俱乐部里突然涌进很多学生模样的人，健身房里乱糟糟的。这种情况下很难集中精力锻炼，而精力分散容易导致受伤，于是我离开俱乐部的时间比平时早了一些。尽管如此，我也已经做了躺举、抓举、挺举，折腾了近两个小时。

我冲完澡，把长发拢到脑后用橡皮筋扎起来就往外走。走出大厅的时候，一个光秃秃的脑袋上缠着印花头巾，看上去色迷迷的家伙靠近了我。

“成濑学长！您辛苦了！”这家伙叫芹泽清，大家都叫他阿清，也是这家健身俱乐部的会员，两道又粗又黑的眉毛呈八字形趴在小眼睛上方，看上去真叫人恶心。他厚脸皮地向我伸出手。

“干什么？”我看都没看他一眼，掏出一支烟叼在嘴上。

“干什么？我说学长，您这不是明知故问吗？”阿清双手合十，冲我连连作揖。一看这家伙的嘴脸就知道他是个软骨头。在健身房里，他从来不碰杠铃、哑铃之类的健身器具，只会蹬蹬健身脚踏车。他最喜欢挤到女人堆里跳摇摆舞。

我叼着烟打开挎包，掏出一个蓝色塑料袋递给他。他接过去向塑料袋里瞥了一眼，嘴角立刻贪婪地耷拉下来，傻乎乎地一个劲儿用食指摸他那仿佛被垃圾车碾扁的癞蛤蟆似的塌鼻子。

“谢谢您，学长！”阿清喜笑颜开。

塑料袋里装的是色情片录像带。这小子可谨慎，怕出租黄色录像带的地方不借给他，每次都求我帮他借，他再来我这里拿。

阿清叫我学长，并不只是因为我比他大七岁。他现在是东京青山高中的在校生，而我是从该校毕业的。我跟他是在这家健身俱乐部认识的，由于是校友，回家路上会一起喝杯茶，到便利店买点零食，偶尔我也摆摆学长的谱，请他到六本木去喝酒。

“什么事让你们这么开心？”身穿紧身运动衣的健身教练高村结花笑眯眯地凑过来问道。结花今年春天刚从体育大学毕业，从长相到说话的口气都还稚气十足。

“没什么。”阿清说着拉开了挎包的拉链。

“录像带啊？给我看看。”

阿清赶紧把黄色录像带装进挎包。

“色情片。”我小声对结花说。

结花吃惊地瞪大眼睛看着我。

“什么色情片？明明是希区柯克[1]！学长，求您别再说这种容易引起误会的话了。”阿清瞪了我一眼，转向结花，“对了，结花老师，好久没看到小爱了，她几点来？今天晚上来吗？”

“小爱？小爱是谁？”

“久高爱子啊！”

“哦，久高爱子啊，久高爱子好像要休息一段时间。”

“为什么？”

“好像是身体不太好。”

---

[1] 阿尔弗雷德·希区柯克（1899年8月13日—1980年4月29日），出生于英国伦敦的导演、编剧、制片人、演员。

“啊？真的？”

“嗯，她来过电话，问我可不可以暂时退会。可惜我们俱乐部的规定一旦入会一律不退钱。不行，我得走了，拳击训练的时间到了，回头见！”结花说完，挥动着拳头跑了。

“也许是苦夏吧？”阿清呆呆地看着结花远去的背影，自言自语地嘟囔着。这个臭小子，偷偷喜欢上了年龄比他大的女人。

“也许吧。”我在附近的一个立式烟灰缸里掐灭烟头，背好挎包准备回家。

“苦夏……今年夏天也没热到哪里去嘛……”阿清说着突然拉住了我的手，“学长，咱们去看看小爱吧！”

“什么？”

“学长，开车带我去吧！”

“就这么突然闯到女人家里去，太失礼了吧？”

“这有什么失礼的？小爱身体不好，我去看望她。”

“那也得先打个电话。”

“要是她家里人接电话，就太尴尬了。”

“那就打手机！”

“我不知道她的手机号。”

“你就没跟她要过？”

“没有，没机会要。”阿清的脸涨得通红，连连摆手。

“你这种性格，只能吃亏。”

“学长，以后我一定会报答您的！带我去吧！”阿清带着汗臭的身体向我凑过来。

我一边后退一边说：“我知道你喜欢她，可她已经有……”我用一种奇怪的姿势伸出大拇指，暗示爱子已经有主了。

“这我知道，我又没打算跟她怎么样，不像学长您……”

“嗨！你给我说清楚！”

“我是真心喜欢小爱，不在乎她是否已经有心上人了。我对久高爱子的感情，是纯粹的爱情！”

“心上人，最近在学校学的新名词？”

“别挖苦我了，学长，我真心喜欢小爱，才这么担心她的身体。只是喜欢和担心，不会硬把她从别人手上夺过来。我不至于连这点道理都不懂，那样的爱情不纯洁，也不道德。”阿清步步逼近，眼珠子都快瞪出来了。

我举起双手护在胸前：“今天我没开车。”

“又来了？张口就骗人。”

“真的，绫乃开走了。”

绫乃是我妹妹，跟我住在一起，今天说要到房总[1]那边的一家医院去看朋友，把我的迷你轿车开走了。

“那您也得陪我，我一个人不好意思去。”

---

[1] 位于日本本州的半岛。

“你整天被女人迷得神魂颠倒，肯定考不上大学。”

“我只是去看望一下而已。”

“那你也得知道爱子的家在哪儿。”

“知道！在南麻布四区。”

没想到这小子还具备跟踪女人的素质。

结果是我认输，被学弟推着去看望久高爱子。

南麻布位于港区，是各国大使馆集中的地区。二十世纪三十年代，这里曾经是“怪人二十面相[1]”横行一时的地方，有来头的豪宅比比皆是。大白天街上也看不到行人，更听不到从老百姓家里传出的无聊电视节目的粗俗对白。空气中飘荡着紧张的气氛，我和阿清不由得放轻脚步，连大气都不敢出。

位于南麻布的久高家，光看外观就知道是一所名副其实的豪宅。门柱上贴着保安公司的招牌，围墙上安装着防止强盗越墙而入的设备。不过，表面看起来戒备森严，门把得却并不是很紧。按过门铃以后，立刻就有人来开门。出现在我们面前的是一位四十岁左右的女性。

“请问久高爱子在家吗？”我替手足无措的阿清开口问道。

“你们是……”那位女性看看我，又看看阿清，还用奇怪的眼神看了看阿清手上拿着的一束向日葵。阿清听说黄色的花会带

[1] 日本小说家江户川乱步创作的推理小说《怪人二十面相》中的反派角色。

来幸福，特意去花店买了这束花。

“我叫成濑，他叫芹泽，我们和爱子都是白金台健身俱乐部的会员。”我摘下太阳镜，很有礼貌地做了自我介绍。对方点点头，说了声“请等一下”，转身进去了。

不一会儿，爱子出来了。她身穿淡绿色无袖上衣，披着一件长袖外套，还戴着一顶宽边遮阳帽，想必是出门这点时间也怕晒黑皮肤，真不愧是大家闺秀。爱子家祖孙三代都有圣心的血统证明书。所谓圣心指的就是皇后陛下美智子的母校圣心女子学院。它的小学部、中学部和高中部都在白金。就高中部而言，一方面是名媛女校，一方面又是东京都立高中。看来阿清迷上了一个绝对高攀不上的女子。

“嗨！”阿清笨拙地举起手来向爱子打招呼。

“怎么了？出什么事了吗？”爱子满脸狐疑地看着面前的两位不速之客。她两眼无神，看上去消瘦了一些。

“听说你身体不太好。”

“啊？哦……原来是这么回事……”

“这是送给你的。”阿清把那束花递过去。爱子脸上浮现出越来越不解的表情，伸出的手又缩了回去。阿清硬是把花塞到她怀里，关心地问道：“是苦夏吗？现在怎么样了？”

“不是。”

“可以走到外面来，看来身体状况还可以，我还以为你卧病在床呢。”

“不是我，是家里人……”爱子低下头轻声说。

“你在照顾病人？”

“不是，老爷子他……”

“哦，他老人家病了？”

“去世了。”

“啊？”我和阿清对视了一眼。

“老爷子去世了。”爱子低着头，声音沙哑，低垂的眼睫毛间滚出泪珠。

“爱子，请节哀。”除此以外，我找不到其他合适的话。

“什么时候过世的？”阿清觉得有些奇怪。

“两个星期以前。”

“身体一直都不好吗？”

“不，身体一直都很好，是一起事故。”爱子用手指擦了擦眼角。

“车祸？”

“嗯，被车撞了。因为这事，家里乱糟糟的，我就没有心情去健身俱乐部了。我不想惊动大家，才说是自己身体不舒服。”爱子不再说话，头也不抬。沉默弥漫在她的四周，叫人心情压抑得难受。

远处传来阵阵蝉鸣。是油蝉，还是熊蝉？是从有栖川宫纪念公园传来的吗？那座公园是哪个藩王宅邸的遗址来着？沉默中，我开始思考这些没有意义的问题。

“等你家的事情处理完了，我们在俱乐部见。请多保重。”我对爱子说完这番话之后，拍拍阿清的背，提醒他该走了。

爱子突然抬起头：“要是没有什么不方便的话，请进来上个香吧。”

于是，我们跟在她身后，踏着碎石子路往里走。爱子手上捧着阿清送给她的鲜花，那束艳丽的、令人神清气爽的、花朵很大的向日葵。

“应该买菊花……”阿清哭丧着脸，自言自语地说。我的心情也变得沉重起来。

虽然是被请进来的，但我还是觉得有些不合适。阿清穿了一件夏威夷花衬衫，我是迷彩T恤，两人都是光脚穿凉鞋。

我们尴尬地互相看着对方的脸，在门前停下，爱子朝屋里喊了一声：“我的朋友来了，麻烦拿冷饮来。”

只好请亡故的老人原谅我们这身打扮了，而且奠仪钱也只能以后再补。

尽管穿着打扮跟眼下的场合很不合适，我们还是在久高隆一郎先生的遗像前双手合十，表达了哀悼之意。之后，我们连端上来的麦茶和西瓜都没碰一下，逃也似的离开了久高家。

“到六本木去喝一杯吧。”我邀请道。我想通过喝酒冲淡今天的不愉快。

可是，在我们走向地铁广尾站的途中，经过德国大使馆的时候，阿清突然说他今天没有喝酒的心情，一个人匆匆地走了。

我没追他，自己一个人慢吞吞地走进地铁站，买好票等车。

这时是八月二日四点四十分，然后，我就遇见了麻宫樱。

3

我穿过自动检票机，潜入地下，站在站台尾部等候上行列车到达，因为这附近刚好有冷气的出风口。

还不到下班时间，学校也正在放暑假，所以地铁站里冷冷清清的。我站的地方是二号站台，只有五六个人，对面的一号站台也只有五六个人。地铁日比谷线的广尾站是一九六四年开业的老车站，瓷砖墙早已变得黑乎乎的，加上站台狭窄，照明不佳，待在这里就像被封闭在防空洞里，让人觉得阴森森的。

“开往东武动物公园方向的列车即将进入二号站台！”

就在车站的男播音员说出这句话后，事件发生了。

我眼角的余光瞥见一个黑影闪过，从站台上掉了下去。

是人！

这个念头闪过脑海的同时，我条件反射般跳到了轨道上。

确实是人！穿着裙子，是个女的！她就蹲在两条铁轨中间。

右边黑暗的隧道里已经可以看见列车车头的灯光了。

“站起来！”我大声喊道。

可是，她根本就没有站起来的意思，连头也不抬。

车头的灯光越来越近，轨道在震动。

我从她背后将双手插入她的腋下，打算像拔萝卜似的把她架起来，但她拼命抵抗，就是不肯站起来。

我抬头看了一眼，轨道到站台的高度大约是一米，难道没有其他人注意到这里吗？为什么没人伸出手来帮我一把呢？

汽笛响起，灯光照亮了整条隧道。

再看看一号站台那边的轨道，没有列车停在那儿，但是跟这边的轨道之间等间隔地排列着粗大的水泥柱，间距很近，向那边移动也会遇到障碍。

汽笛又响了一次，接着是第二次，第三次，车头的大灯直射向我们，晃得我睁不开眼睛。

我猛推那女人的身体——给我在柱子中间好好待着！我心里这样祈祷着，自己也闪进旁边的两根柱子之间。

震耳欲聋的汽笛声、高分贝的刹车声、车轮摩擦铁轨声，吵得脑子生疼。

银色的列车停了下来，四周也安静下来，我还活着，在两根水泥柱之间。

我钻出来，赶紧去看旁边两根水泥柱之间的女人。女人瘫倒在地，双手紧紧地抱着头。

“你没事吧？”我战战兢兢地问了一声，将她抱起来。

“对不起。”我好像听到她这样对我说。总之，没事了。

看来她是个比我年轻的女人，不过比阿清大一点，也许跟我妹妹差不多。松了一口气之后，我才有思考这种问题的心情。

在一号站台等车的乘客们发现这边出事了，纷纷围了过来。紧接着有哨声响起，穿着茶绿色制服的站务员跑了过来。

“怎么了？不要紧吧？”

我拉着她的手越过轨道。她的表现跟刚才不一样了，也不再抵抗。

“伤着没有？”站务员一边大声询问，一边伸出手来。她摇摇头，将手伸向站务员。我推着她的臀部，把她推上站台后，也纵身跳了上去。想到能够依靠在健身俱乐部练就的好身板救人一命，我顿感心情愉快，不禁洋洋自得起来。

“没受伤吧？”站务员稍微放心一些之后，再次问道。

“没有。”女人轻声回答，然后把手伸向右眼，用手指肚在眼睑上摸索着。

“撞到眼睛了？”我弯下腰看着她的脸问。

她捂着右眼摇摇头：“隐形眼镜……”

“掉在轨道上了吗？”

“可能是吧。”

“算了，就让它当你的替死鬼吧。”

二号站台的列车就像什么事都没发生过似的出发了。

“你是怎么掉到站台下面去的？”站务员的口气严厉起来。

她的手一直没离开右眼，稍稍弯腰鞠躬，回答说：“对不起，我有点儿贫血。”

别骗人了！我差点儿叫起来，但话到嘴边又咽了回去。

因为贫血没站稳掉了下去？简直胡说八道！我可是眼看着她跳下去的，那绝对不是意外。她分明是快步跑过站台跳下去的，肯定是想自杀。

退一万步说，就算那不是自杀，也绝对是有意识地跳下去的。要撒谎，还不如说是为了捡掉在轨道上的皮包！要不干脆说是隐形眼镜掉了，跳下去找，也比贫血有说服力！真是个脑筋不会转弯的家伙。

不对！说是去找隐形眼镜也不行，当时，她拼命抵抗我的救援，赖在轨道上不肯离开，就是打算让列车轧过去。她是打定主意要轻生。

不过，我把这些话全都吞进了肚子。我不知道事实真相，怎么好开口责备一个自杀未遂的人呢？

“你跟她是一起的吗？”站务员问我。

“不是。”

“你看到她掉下去的？”

我摇头否认。

“谢谢您。”大概是因为谎言没有被拆穿，女人紧张的表情显得放松了一些。她向救命恩人深深鞠了一躬，然后转向站务员，也深鞠一躬，说：“对不起，给您添麻烦了。”

“请跟我到办公室去一趟吧。”站务员把手搭在女人肩上，指了指站台另一端。

“什么？”她不停地眨着眼睛，一副不知所措的样子。

“在这里妨碍上下车，到办公室谈谈吧。”

“可是……我只是……这……”

“您辛苦了。”站务员对我说了句有些文不对题的话，又向我敬了个礼。

“我说过了，我只不过是因为贫血没站稳……”女人再次解释道。

站务员根本不听女人的申诉，抓住她的手腕拉起来就走，那样子简直就像在抓犯人。也许站务员已经从她的表情上察觉到她的真正企图，常年在地铁车站工作，一定接触过许多想卧轨自杀的人。

被站务员拉着走的时候，女人再三回头看我，那眼神好像是在向我求救，是我太自作多情了吗？

当然，想自杀的人心里总有无法排解的苦闷，而且不想对别人说，也不想被人反复追问“你到底是不是想自杀”之类的。

“开往中目黑方向的列车即将进入二号站台！”

这回是女播音员的声音，列车轰隆隆地驶来。

我要乘坐的不是下行列车，得回到二号站台搭乘上行列车。就在我打算走下台阶穿过地下通道去二号站台的时候，我不由自主地回头看了看刚才那个女人。

正好她也回头了。

我阻止了她自杀，她现在也许已经醒悟，说不定不想死了。可是，如果她被站务员絮絮叨叨地教训一顿，搞不好抑郁的心绪再度涌上心头，又去自杀。

他们的背影逐渐远去，女人还在频频回首。

我没下台阶，转身向他们追过去。

“喂！对不起！请等一下！”我冲站务员喊道。

他停下脚步回过头来。

“我看见她掉下去了。我看见她前后晃了几下，然后无声无息地倒下了……”

女人眼睛里露出惊讶的神色。

“你刚才不是说没看见吗？”站务员满脸困惑。

“实际上我看见了。”

“为什么说谎？”

“因为我怕给自己找麻烦。”我挠挠头发，“她不是故意跳下去的。一点儿都不像故意的。”

“是吗？但是，不管因为什么理由，闯入轨道都得仔细说明情况，我们得向上边报告。”

站务员不肯让步，我很生气，觉得他不相信我，甚至感到屈辱。一旦说过一次谎话，便永远得不到信任。人就是这样一种可怜的生物。

“那我跟你把情况说清楚，有旁观者的证词不就更能客观地把握事实情况了吗？”我说出这番话来，与其说是为了她，倒不如说是出于对站务员的敌视。

结果，我和女人一起接受了调查。

对于站务员提出的问题，女人的回答杂乱无章，我就不停地补充说明。调查进行了二十分钟左右，我们终于解放了。

“非常感谢您的帮助。”走出车站办公室后，麻宫樱低头向我道谢。麻宫樱就是刚才那个企图卧轨自杀的女人。她填写调查表的时候我偷偷看见了她的名字。

“不客气。”我淡淡地回了一句，转身朝地下通道口走去。

“我……”麻宫樱追了过来。

“你还有什么事吗？”我问，但没停下脚步。

“没什么，嗯，麻烦您了，谢谢您！”

“不客气。”我察觉到麻宫樱似乎欲言又止。其实我也有话想对她说。不过，在这种场合说教，真不知道她下一步会采取什么行动。

我走到站台中部等车。本来想搭乘四点四十分的地铁，但现在已经五点多了。站台上的人越来越多。

人们纷纷拍打着头上和衣服上的水珠，看起来都淋了雨。下雨了？这下可惨了，我没带伞。回家非要狠狠地教训小妹一顿不可，要不是她把我的车开走了，下雨也不怕，而且也不会碰到这件麻烦事。

麻烦制造者樱，就站在离我只有三米远的地方。

樱身高不到一米五，体重看来只有四十公斤。头发染成浅茶色，身穿白底印花连衣裙，好像是芙蓉花，脚穿一双平底鞋。

樱表情僵硬，嘴唇紧闭，眼睛看着脚前边的地面。

樱的脸是小号的鸭蛋脸，白皙的皮肤，宽宽的额头，细细的眉毛，染成了茶色的头发烫得卷卷的。衣服太花哨了，使本人的存在感变得很稀薄。这也许是她抑郁的情绪造成的。

樱的两个手腕和裙角都沾上了油污，大概是在轨道上蹭的。左胳膊碰破了，渗出些许鲜血。她没背挎包，该不会掉在轨道上了吧。

不知道樱是否注意到我在观察她。突然，她蹲了下来，两手捂着脸，瘦小的肩膀上下抖动。附近的一对情侣好奇地一个劲儿看她。

列车驶进站台，下车的旅客被蹲在地上的樱吓得愣住了，但没有一个人问她怎么了。电车驶出站台以后，樱缓缓站起身，擦擦眼睛，反复地大声叹息。

“开往北千住方向的列车即将进入二号站台！”

在播音员的广播声中，我走近樱，故意干咳了几下。

樱迷茫地看着我。她的眼睛布满血丝，眼泪已经干了。

“答应我一件事。”

樱歪着细小的脖子，小眼睛，短睫毛，脸上没有什么凹凸起伏，是一张典型的日本女人脸。不能说不漂亮，她五官端正，右眼角下的泪痣也挺性感。但是，如果不仔细观察的话，就发现不了这些优点。

“从现在开始，今天之内不许再自杀了！”

樱吓了一跳，但几秒钟以后就恢复了平静，反驳道：“我不是自杀，是头晕掉下去的。”

“要是明天自杀的话，随你的便，拜托你今天饶了我。”

“由于药物的副作用，我常常贫血……”

“因为今天是我的生日。”

“什么？”

“今天是我的生日，我不愿意留下不愉快的回忆。”

樱沉默不语。我知道她为什么看起来不起眼了。她长着一张日本女人的脸，头发却染成了茶色，衣服也太花哨了。她想用这些来弥补自己的朴素，反而遮掩了天生丽质。

“我还要劝你赶快去把胳膊肘消一下毒，也许已经晚了，但总比什么都不做要好。这种天气，伤口化脓会很麻烦。保重。”

我自顾自把话说完，转身向站台另一端走去。上行列车的一扇车厢门正好在我面前打开，我顺势走了进去。至于是不是跟樱上了同一辆车，我全然不知。

这个时候的我，对麻宫樱没有什么特别的兴趣，也没想到会再次见到她。

4

我的一天从清晨五点开始。

做完三十分钟健身操，接着是五公里慢跑，然后边喝葡萄果汁边看报纸，再上网浏览一下新闻，差不多就到了吃早饭的时间。跟小妹边看电视边吃完早饭，我便去做我的保安工作了。

其实，我的工作并不局限于保安。虽然比不上有七张面孔的多罗尾伴内[1]，有时是独眼司机，有时是喜欢变魔术的绅士，有时是外籍货船的船员，有时是四处漂泊的流浪者……但我至少也有三四张面孔。我是六本木的保安人员，也是电脑培训班的老师，偶而也作为临时演员去拍电视剧。我不是那种自称什么都会的“万事通”，而是什么都想尝试一下的“万事试试看”。人生苦短，如果不抓紧时间做自己想做的事，老了肯定会后悔的。

我也顺从性欲追求男欢女爱，当然眼下只不过是为了寻求瞬间的快乐。我还几乎天天喝酒。有人说会工作的人也会玩，这句话说的就是我。

当然，真正会玩的人懂得节制。一到夜里十二点，我一定放下酒杯睡觉，绝对不会陪着女人喝咖啡喝到天亮，我的闹钟每天清晨五点肯定叫响。

这个时代，幼儿园的孩子晚上十点十一点才睡觉已经不是什么新鲜事，但是，人的大脑和身体的能力毕竟只在阳光灿烂的时候才能最有效地发挥。喜欢夜间工作的人，是在无谓地浪费自己的能量。浪费人生有限的能量，这种傻事我坚决不会去做。

圆圆的月亮在云块间时隐时现。天空一直就是这个样子，一

[1] 日本“多罗尾伴内”系列推理电影中的主人公。

会儿白惨惨，一会儿灰蒙蒙，就像人的心情，很不安定。

四周一片静寂。云块浮动得那么快，可身旁那棵大树的树叶却没有丝毫动静，也听不见鸟啼虫鸣。

黑暗中，浮现出一只手电筒的光环。

寂静中，响起一阵“唰唰”的挖土声。

男人把挖起的泥土甩向身后，泥土中混杂着闪着亮光的东西。那是五日元、十日元、一百日元的硬币。再注意看，还有五百日元的硬币，甚至有一千日元的钞票。但是，男人看都不看一眼，专心致志地挖着。

终于，铁锹碰到硬物，男人换了个位置继续挖，喀的一声，又碰到了硬物。

男人蹲下去，用两手扒开松软的泥土，从下边把硬物抠出来。最初还以为是一块圆石头，举起来一看，原来是一个没有皮肉也没有毛发的骷髅。

男人吓得大叫起来，一屁股跌坐在泥土里。

从骷髅的眼窝里滚出很多硬币，一日元的，五日元的，十日元的，一百日元的……

男人丢下骷髅，爬出土坑，回过头来。

云块间可以看到圆圆的月亮，惨白的月光照在男人脸上。

八月十日，星期六，我仍然在清晨五点起床。即便是休息日，我也不做那种睡到中午的傻事。

闹钟将我从噩梦中叫醒。为了把噩梦带来的不快从身体里赶出去，我做了半个多小时健身操，然后把上午的大部分时间用来读书，快到中午了才站在镜子前面刮胡子。为什么这么晚才刮胡子呢？这得从前天晚上的电话谈起。

八月八日晚上，我从三越汤回来，正在看晚间新闻的时候，手机响了。

这三越汤跟三越百货公司一点儿关系都没有，它是我家附近的澡堂。

我家，也就是我在白金的小窝，光明庄公寓的三号房间。

白金指的就是港区的白金，从名字就知道，这里离我加入的白金台健身俱乐部很近。不过，就像好莱坞跟贝弗利山只隔一条马路，气氛却截然不同一样，白金跟白金台也是如此。

跟白金台相邻的白金西南角也在高台上，那里的气氛跟白金台一样，也具有高级住宅区的风情，绿树成荫，安静得可以听见小鸟的鸣叫。站在高级住宅群里，可以看到六本木新城大厦和东京塔，简直不敢相信这里属于港区。久高爱子就读的圣心女子学院就在西南角的高台上。

可是，白金的绝大部分地区都在高台下边，这里听到的不是小鸟的鸣叫，而是卡车的喇叭声、车床的尖叫声，以及鲜鱼店大减价的叫卖声。看到的风景则是挂着蓝布门帘的荞麦面馆、橱窗里摆着褪色食物样品的餐馆、摩肩接踵的人群，还有来回穿梭的自行车。小胡同里挤满了小商店、小作坊、小房屋，到处散发着老居民区的风土人情。

高台居大款，低地住平民，这种划分乃是世间常态。一条被称为古川的河流经白金，有钱人担心一旦闹水灾就会危及自己的豪宅，于是抢先占领高台，平民百姓就被留在了低洼地区。您看，我突然又变成了历史学家。

我的家在光明庄公寓二楼。一楼是一家破了产的商店，前店面后作坊，据说在泡沫经济时期专门制作名片和价格标签。光明庄公寓的每间房都在十平方米左右，厕所是公用的，没有电视天线，窗户都是木头做的，用的是老式插销。整栋公寓是一座木造建筑，隔音很差，可以听到邻居说话，也时常漏雨，可以说是罕见的二十世纪遗物。然而在山手线圈内，一间三万日元租金的房子仍然颇有吸引力，所以四个房间都租了出去，有对未来充满希望的大学生，也有挣一天吃一天的打工仔。如果能扔掉虚荣，住在这里还是很值的。而我正属于朴实刚健的人物，所以把家安在了这儿。

由于没有浴室，洗澡得去澡堂，也就是附近的三越汤。近年来，澡堂都增设了桑拿浴等现代设备，以增强竞争能力，但三越汤大约有七十年的历史，还是个恋旧的老澡堂。算上三越汤，白金只有两家澡堂，半年前还有四家，算是为咱穷人着想的。顺便说一句，白金台连一家澡堂都没有。家家有浴室，谁去澡堂啊？

接着说八月八日晚上的事。

我从三越汤回来后，一边喝啤酒，一边观看横滨队跟巨人队的棒球比赛。这时，二号手机突然响了。为了区别公私，我有两部手机，老手机叫一号，新手机就是二号。手机屏幕上没有显示对方的电话号码，这种情况一般都是推销员打来的，我没好气地拿起手机冲着话筒吼了一声。

做梦都没想到，来电话的是麻宫樱。

“你怎么知道这个号码的？”我吃惊地问。

“您在车站时说过的。”

在广尾车站，站务员问过我的名字和电话号码。

“我今天打电话的目的，是为了再次向您表示感谢。”

“那谢谢你特地打电话来。”

“上次的事，真的非常感谢您。”

“不必客气。”

“我想去拜访您，当面向您道谢。”

“来我家？”

“对呀。”

“不不不……这儿……有点不方便……”我看了看又小又脏的房间。

“您什么时候方便？这个周末行吗？”

“不必当面道谢，特地打电话来已经够客气的了。”

“不，不当面道谢我会过意不去的。我实话对您说，我……那天真的打算自杀。”

“呃……”

“可是没死成。当时我特别恨您，因为我真的很想死。我的日子过得太苦，没有比死更轻松的路可走。可是您阻止了我，让我还得在这人间炼狱受煎熬。我非常绝望，恨透了您这个妨碍了我的人。不过，随着时间的推移，我冷静下来，萌生了活下去的念头。我曾经抛弃过一次生命，现在什么都不怕了。我要不顾一切地活下去！我对未来充满了希望。我能有今天，是因为您救了我，是您给了我重活一次的机会。所以，请您无论如何都要跟我见个面，让我当面向您道谢……”樱越说越激动。

“那好吧，咱们在东京都饭店见吧，知道吗？白金台的东京都饭店。”

“对不起，我没去过。”

“是家大饭店，很容易找到。你从地铁白金台站下车，出站以后走不了五分钟就到。就在一楼大厅的酒吧，怎么样？”

敲定八月十日下午一点见面后，我结束了跟樱的通话。

我握着手机，闭上眼睛发了一会儿呆。我已经想不起麻宫樱长什么样子了，记忆中只留下那张传统日本女人的脸型，对她的五官一点印象都没有。记得最清楚的是她的浅茶色卷发，也许我对麻宫樱的兴趣仅此而已。不过谁也不会讨厌被人感激，因此我决定跟她见面。

约定的日子到了。出门之前刮胡子，正是为了去见麻宫樱。这时，我从镜子里看见小妹慌慌张张地在房间里走来走去。早上她还只穿着一件T恤衫，不知什么时候换上了连衣裙。

小妹绫乃比我小两岁，从都立三田高中毕业后，曾是丸之内的上班族，后来辞职不干了，现在无业。一大早就看不见她的影子，我还以为她去看电影了。小妹不是去那种需要排队才能入座的有名咖啡店吃蛋糕，就是去跳舞、唱卡拉OK，要不就是去游泳、听音乐会，睡个午觉再去参加婚姻介绍所举办的联谊会，很像有身份的人过的日子。

我们兄妹在都会的一角相依为命的理由，按照小妹的说法，是放心不下连饭都不会做的哥哥，按照我的说法，则是放心不下她一个女人独居。几年前父母相继去世，我们虽然有一个哥哥，但在我还没上高中时，正在东京大学读书的他就英年早逝了。

镜子里的绫乃是金色卷发，侧面还有红色挑染。身上穿的是红底上印着白色蔓草的露肩连衣裙。

偶尔也打扮得像样点儿嘛，这样打扮别人会看不起你的，想穿什么衣服跟穿着合不合适是两码事！咱妈在天国看见了也会唉声叹气的！

就在我在心里对她说教时，大概是她感应到了吧，镜子里的绫乃逐渐变大，最后跟我的脸并列在一起。

“借我。”绫乃在我耳边摇晃着什么东西。

“不行！我马上就要用。”我回过头，满是泡沫的手一把夺过我的车钥匙。

“讨厌！小虎又不出城，要车干什么？”

小虎？谁是小虎？我就是小虎。我叫成濑将虎，小名小虎。英年早逝的哥哥叫龙悟，小名小龙，绫乃和我也叫他小龙。一龙一虎，不难理解父母给我们取这种名字的苦心。但是，背负着好名字的我们，会承受多大的心理压力，父母恐怕从来没有想过。

“话倒是没错，那你又要上哪儿去啊？”

“去八重那里，没车去不了。”八重是她那个在房总疗养的朋友。

“干吗又去？”

“你什么意思？去看看生病的朋友有什么不对吗？”

我有些怀疑，她是以去看生病的朋友为借口，去会男朋友。一想到这里，我就不由得焦虑起来。如今像我这样的人，带着女朋友进情人旅馆，是不会采取任何避孕措施的。

“你跟洋子一起去吗？”我用父亲般的口吻追问道。

“对啊。”

“那可以开洋子的车去嘛。”

洋子是绫乃玩音乐的搭档，八重身体好的时候，她们三人一起演奏过。

“我不喜欢轻型车。”

“迷你车也不是重型车，现在的轻型车稳定性都很高。”

“洋子车技太差，坐她开的车好恐怖。”

“坐你开的车也一样。”

“真啰嗦！”

绫乃把我推到一边，对着镜子往身上喷体香喷雾，喷完胸口喷腋下。

“如果你信不过洋子的开车技术，那就你来开！”

“我不喜欢开别人的车！”

“我的迷你车也是别人的车。”

“别那么小心眼，我帮你出过汽油钱吧？”

就在兄妹俩你一言我一语吵吵嚷嚷的时候，电话铃响了。不是我的手机，是家里的固定电话。

“接一下！”我举着沾满剃须膏的双手，向绫乃努努嘴，她满脸不高兴地去接电话。

“啊，好久不见了！身体还好吗？在准备考大学吧？对不起啊，我那个笨蛋哥哥经常给你添麻烦……”绫乃今天礼貌得有些反常。

我在脸上胡乱擦了擦手，准备接电话。

“是芹泽。”绫乃不情不愿地把无绳电话塞给我。

“喂，我是笨蛋哥哥，什么事？”我也很不高兴地冲着话筒问道。

“学长，帮帮忙！”听筒里传来阿清刺耳的声音。

我把听筒离耳朵远一些，故意开玩笑地问：“怎么啦？色情片被录像机缠住了？”

“帮帮忙，小爱碰上麻烦了。”

“久高爱子？”

“对！大麻烦，求求你，帮帮忙吧！”

“冷静点儿，久高爱子怎么了？什么大麻烦？”

“我冷静不了！杀人了！不，有人被杀死啦！”

5

我在有栖川宫纪念公园前边拉上阿清和久高爱子，朝着外苑西大道驶去。

“学长，勉强你跟我们出来，真的很抱歉。”阿清双手合十，诚心诚意地对我说。

“没关系，去哪儿？”

我通过后视镜看了看坐在后边满头大汗的阿清。久高爱子坐在阿清旁边，戴着一顶巴宝莉[1]格纹帽，身体僵硬。

“随便走走吧，在车里谈最合适。”阿清回答说。

“对不起，本来应该请您到家里来谈的，可是目前我还对家里保密，这件事又不便在咖啡馆里谈……”爱子把手放在帽檐上，面带歉意地低下了头。

“所谓被杀是怎么回事？前几天去府上打扰时，不是说是车祸吗？”

因为阿清在电话里说得不清楚，开始我还以为是爱子本人被杀，仔细一问，才知道说的是久高隆一郎。

“对外说法是车祸，实际上，老爷子是被人故意撞死的，凶手逃走了。”爱子沉稳的口气中包含着强烈的愤怒。

“肇事逃逸……太可恶了。”我虽然这样附和，却觉得“被杀”的说法有些过分。肇事逃逸确实等于杀人。即使是误撞，但肇事者如果不把伤者送去医院，结果造成死亡，也等于犯了杀人罪。不过这是刑法的问题，跟我所想像的杀人还是有区别的。我认为，只有在寂静无人的小巷里把人截住用刀捅死，或是为了灭口，用枪把人的脑壳打穿才叫杀人。

---

[1] 即英国奢侈品品牌Burberry。

不不不，应该先听爱子把话说完。

“是肇事逃逸，但是有人为他老人家投了巨额保险。”

“啊？”

“我认为是保险理赔金杀人。”

“犯人呢？”

“别误会，不是我家里的人干的。”

“我没那么想。那到底是谁干的？”

“蓬莱俱乐部。”

“什么？”

“大概跟蓬莱俱乐部有关。”

爱子两手抓住驾驶座的椅背，挺直身子，好像要站起来。

“喂！危险！别站起来！大概？这么说，还没抓到凶手？”

“警察马马虎虎，只派了两三个人调查这起事件，而且这些人还负责别的案件。”

“只有两三个人？”

“警察认为这只不过是一起肇事逃逸事件，没有给予特别的重视。”

“你刚才说是保险理赔金杀人？”

“对！我认为极可能是为了保险理赔金而杀人。但是警方并没有朝这个方向侦办案件。”

“一群混蛋！”

“因为警方并不知道有外人替他投了好几笔伤害保险。”

“居然有这种事？”

“真的。因为我们家没有告诉警察。”

“为什么？”

“因为我们也只是怀疑。虽然直觉判断应该是保险理赔金杀人，但怕弄错了张扬出去太丢面子。这是全家一致的意见。谨言慎行，是我们久高家的家训。”

听说久高隆一郎原本位居某大企业董事，儿子现在也是那家企业的主要领导之一。久高家也许是害怕这件事被无聊小报或八卦杂志炒作。

“嗯，你刚才提到的蓬莱俱乐部是干什么的？”我驾车在天现寺桥左转，驶上明治大道。

“你不知道吗？”

“不知道，高尔夫俱乐部？”我看了一眼后视镜里的阿清。

阿清摇摇头说：“我也没听说过，听小爱说，好像是卖保健食品和羽绒被的公司。”

“是强买强卖公司。”爱子严肃地纠正了阿清的话。

我点点头：“就是那种经常利用健康长寿之类的花言巧语，专门骗取老人的存款和养老金的公司吗？”

“是的。说起来真不好意思，老爷子就是被这种公司骗了。不过被骗的年轻人也不少。最近很多年轻人患过敏性皮炎，有的还食物过敏，比较在意自己的健康，也容易上当……还有减肥。”爱子的话里分明有为老人家辩护的意思。

“真是场灾难。”

“他老人家也不是那么容易受骗的人。他可是法律系毕业的，还有过‘股东杀手’的外号。前几年做了前列腺手术后，他变得脆弱起来，结果被人乘虚而入。”

“损失了多少？”

“大略估算了一下，至少也有五千万。”

“五千万？”

“羽绒被加磁疗床垫一百万日元一套……”

“一百万！”

“是啊。说是可以矫正睡姿，防止打鼾，还会放射远红外线和负氧离子。就算这些功能全都具备，要一百万也太过分了。你知道老爷子被强卖了几套吗？最初他买给自己用，虽然价格离谱，但只要老人家睡得舒服也是好事，所以家里人也没说什么。没过多久，他又买了一套给太太用，接下来是给儿子、儿媳、孙子买，越买越多，总共买了十套。我家才五口人，哪用得了那么多？可老爷子说可以给客人用，还可以给孙女当嫁妆，这种说法，就连家人都不能原谅。”

原谅也好，不原谅也罢，动辄花上上千万，就像在超市顺便买盒寿司回家一样。跟我真不是一个世界里的人啊。

“除了羽绒被，他还给家里每个人都买了据说是有益血液循环的项链、手镯，还有好几十箱闻起来有臭抹布味道的瓶装饮料，这些大概花了一千五百万。最离谱的是那几十箱所谓的碱性负氧离子矿泉水，一瓶两万日元。”

“一瓶水两万？”

“洗脸、浸泡假牙都用这种水，有时还用来浇花，不知道到底用了多少箱。”

这可真叫人啼笑皆非。

“全家人都批评他，他便答应不再买了。在那以后，羽绒被倒是没再增加，偶然通过快递送来的所谓保健食品数量也不是很多，我们就不追究了。可是……他过世以后，我们整理他的房间，天哪！翻出来一大堆从没见过的东西，黄金观音像、象牙图章、包在紫色绸巾里的水晶球、雕刻着七福神的花瓶……壁橱里、书柜里、抽屉里，到处都是。”

“这些奇奇怪怪的东西值五千万？”

“是，查了存折才知道，有很多次以十万、百万为单位的提款记录。”

“居然没被老太太看穿。”

“我们家是爸爸理财，不过老爷子用的存折他从来没有注意过。”

果然是另一个世界里的人。

“没有证据可以证明藏在老人家房里的东西是从蓬莱俱乐部买来的，那上面既没贴俱乐部的标签，也找不到收据。不过这些都是以前家里没有的东西，至少三年前房子装修的时候还没有。在粘上蓬莱俱乐部之前，老爷子没从那张存折上取过钱。对家里人而言，他真的给我们带来了很大的麻烦……”

“等一下，我先找个地方停车。”我觉得这些话并不适合一边开车一边听。

我想了一下，决定往南行驶。我在古川桥往右拐，然后从清正公前进入目黑大道，很快就看到一座象牙色建筑物，那就是东京都饭店，跟樱约好见面的地方。因为不是在公开场合谈论的话题，所以我们没进饭店。我将车开进停车场，拉起手刹车，不关发动机，开着冷气。这样做虽然对地球环境有害，但此刻我也想不出更好的办法。

我转身盘腿坐在驾驶座上，抱着椅背，面向后座上的爱子：“整理遗物的时候发现了很多来路不明的东西，随后又发现用途不明的巨额支出，还有呢？”

“真是个叫人伤脑筋的老人家，再乱花钱也该有个限度。不过人都走了，再怎么责备他也是无济于事，权当他用五千万买了几年痛快日子。就在我们打算了结这件事的时候，保险公司打来了电话。”

那是一通诡异的电话。

“请问，久高隆一郎先生是羽田仓库管理公司的职员吗？”保险公司的人问道。

接电话的夫人回答说：“久高隆一郎去世时已经退休，原来在庆长产业公司工作。”

听夫人这么一说，保险公司的人又说了些不着边际的话题。

“大田区的羽田仓库保管公司于今年七月三日跟我们公司签订了法人合同，被保险人是该公司职员久高隆一郎。死亡保险金是八百万日元，受益人是该公司。四天前，该公司提出了接收八百万日元保险金的申请。”

夫人问对方是不是弄错人了，对方说出了久高隆一郎的住址和出生年月日。夫人说没错，不过自己的丈夫跟羽田仓库保管公司没有任何关系。

有一种可能性是，以前有过生意往来的公司借用久高隆一郎的名字投了保，可是问过儿子之后，儿子说他的记忆中没有这样一家公司。

后来，保险公司又来电话说，羽田仓库保管公司是家空头公司，不仅没有登记，保险合同上的联系地址也只是个私人信箱。

不久，又有两家保险公司打电话来询问同样的事，而且这两家也说被保险人是羽田仓库保管公司的久高隆一郎，保险受益人也都是该公司，保险金额也都是数百万日元。

“虚构一家公司，随便找个人冒充职员，公司作为受益人替此人投保，等‘职员’一死，就去领理赔金，然后逃之夭夭。”阿清扳着手指为爱子的述说作总结。社会上本就有很多公司为职员投保，万一发生意外，就用保险理赔金充当给家属的抚恤金。

“最近因为诈骗理赔金的事件很多，保险公司提高了警惕，特意给我家打电话确认。”爱子补充说明道。

“保险公司了解到久高隆一郎先生不是那家空头公司的职员后，就不会支付理赔金了吧？”我提出了一个极其单纯的问题。

“是的，没有支付，以诈骗理赔金未遂结案了。可是，老爷子死了。肯定有谁替他投保，又杀了他。”爱子抹着眼泪说。

“你所说的那个‘谁’就是蓬莱俱乐部？”

“我只能这么认为。”

“但是，站在蓬莱俱乐部的角度来看，他们为什么要杀了久高隆一郎先生呢？诈骗保险理赔金，还不如让他活着，继续让他买东西获利更大。就算理赔金拿到手，总共也就两千万左右，可是他活着的话，骗来的钱可能是这个数字的好几倍。实际上，不是已经轻而易举地骗了五千万吗？”

“可是，我想不到别的可能性。”

“警察总有一天会查出真相吧？”

“我们没有跟警察说过外人投保的事，现在也只是怀疑，更重要的是，家里不想把事情闹大。”

“哦，原来如此。可是，爱子，你怀疑的不是蓬莱俱乐部吗？不管羽田仓库保管公司的背后是不是蓬莱俱乐部，久高隆一郎先生在被人借名投保以后被撞身亡，这是不可否认的事实，应该要求警察调查真相。”

“学长，”阿清插嘴说，“策划诈骗保险理赔金的罪犯跟肇事逃逸的罪犯不一定是同一个人。”

“你说的不错，策划者和执行者不是同一个人，这是常有的情况。”

“我不是这个意思。我的意思是，某人策划诈骗保险理赔金，等合同签好后正在计划如何杀死被保险人时，被保险人却突然由于其他原因死去，是被一个跟诈骗保险理赔金毫无关系的人撞死的。”

“你的意思是说，这是两起独立的事件？”

“不排除这个可能性，车祸很常见，何况死者又是个行动不利索的老年人。”

“话是没错，但不会比两边嫌犯是一伙的可能性高吧？”

“就算比较低，也不能无视这种可能。警察为了抓获肇事逃逸者，总不能随便扯上蓬莱俱乐部吧？而且曾经被社会公认为有才干的企业家被诈骗集团当傻瓜耍，这种事很难公之于世。”

爱子听了阿清的话，频频点头。

“就算是诈骗未遂，但是有人预谋策划，这是不争的事实！难道我们就这样视而不见吗？”我不服气。

"算了。"说话的是爱子，"假如诈骗策划者和肇事逃逸者没有关联，那我们不会去追究前者是谁，即使是蓬莱俱乐部策划的也一样。我们也不会追究他们用近乎欺诈的手法，从老爷子这里拿走五千万。考虑到他和久高家的名誉，这是最好的处理办法，而且他老人家在九泉之下也会希望我们这样做。"

"既然家属这么主张，我就不便多说，也不打算从市民的义务角度来说大话。不过从爱子描述的事实来看，策划诈骗和肇事逃逸的很可能是一伙人，即便如此，你们也准备置之不理吗？"

"不是置之不理，而是不打算寻求警方的协助。"

"我认为是一回事。"

"不是！我恨杀死老爷子的人，一定要抓住他，报仇雪恨！不过，蓬莱俱乐部不一定就是凶手。如果一个劲儿地嚷嚷蓬莱俱乐部，弄得世人皆知，引起骚动，结果却跟他们没有关系，那我怎么向老爷子交待？这个世界上，有谁愿意自取其辱，把私生活全都抖落出来公之于世呢？"爱子挺直身子，两手放在膝盖上，向我投来挑衅的目光。

"可是，开始你不是一直说蓬莱俱乐部很可疑吗？"

"我是说过，但这不过是我们家里人的想法。分析一下老爷子周围的人，会干这种事的只有蓬莱俱乐部。还有一种可能性，他老人家当董事的时候，曾与股东发生过激烈争执，也许是对方为了报当时的一箭之仇。"

"原来如此。反正要杀人，顺便再诈骗一笔保险理赔金。"

"当然，如果警察搜查的结果跟蓬莱俱乐部有关，老爷子的事被抖露出来也是没办法的事。所以我们家里人都倾向于先保持沉默，看看事态的发展。"

名誉、自尊、家族……我虽然能够理解这些话的意思，心中却有些不服气。对于没有地位、金钱、家族的我而言，理解不了拥有这一切的人们的心情。

"那怎么办？你们为什么要找我？要我肯定你们不找警察协助是对的？我刚才说过了，别人家的事情我不便插嘴，你们想怎么办就怎么办吧！"

这时已经是十二点五十五分，跟樱约定的时间快到了，我有些烦躁起来。

"我想请您去调查蓬莱俱乐部的内部情况。"

"什么？"

"成濑先生，请您去调查蓬莱俱乐部，拜托了！"爱子把双手叠放在膝上，对我深深地鞠了一个躬。

"调查？我？"我用食指指着自己的脸。

"我绝对不想让事情不了了之，也绝对不会原谅肇事逃逸的凶手！我一定要尽快抓住他，让他偿命！"

我本来想说肇事逃逸是不会被处以极刑的，但是体谅到爱子此刻激动的情绪，就把话咽了回去。

“所以，我要请您帮忙调查！当然不需要我特意提醒您，我知道您会为我们保密。”

“那当然。”

“还有一些话也许不用说，但我还是想强调一下。如果调查的结果跟蓬莱俱乐部无关，我们就继续保持沈默。反之，如果有决定性的关系，我们会下决心毫不保留地向警察报告。调查工作就要麻烦成濑先生您了。”

“你要调查的理由我明白了，但是，为什么找我？”

“是我推荐的。”阿清举起手来。

“你为什么推荐我？”

“学长，你不是当过侦探吗？”

“啊？”

“你不是说过你曾经掌管某家侦探事务所的分所吗？”

“啊，那个啊……”

我确实在位于新桥的侦探事务所当过私家侦探。十八岁那年春天，从青山高中毕业后，我立即前去登门求职。以“万事试试看”为座右铭的我，值得纪念的第一份工作就是侦探，这是事实。只是，我并没有掌管过分所，总共干了不到两年，不要说独当一面，连半面都当不了的时候，我就干不下去了。

那纯粹是借着酒劲儿跟阿清瞎吹，目的只是为了塑造一个神气十足的学长形象。

“你还是委托正牌，不，还是委托在职侦探吧。没错，我当过侦探，但技巧都生锈了。”我用苦笑掩饰着自己的尴尬。现在的我只不过是一名微不足道的保安兼电脑培训班教师。

“我不能把这件事委托给一般的侦探。”爱子说。

“为什么？”

“第一，值得信任的侦探我一个也不认识。我听说有的侦探一方面强调自己会为客户严守秘密，另一方面却把当事人的秘密到处宣扬，甚至以此要挟当事人。”

“的确如此，最好小心点。”

“还有，调查蓬莱俱乐部是我个人的决定，我没有跟爸爸商量。即使跟他商量，他也不会同意，我们家最保守的就是他。我刚才反复说家里人的想法，其实都是爸爸一个人的意见。在久高家，所有家庭成员都得服从家长。所以调查蓬莱俱乐部的事只能在私下里进行。如果委托别人，我担心他会直接跟爸爸联系。”

我明白了，隆一郎的儿子担心的是，在揭穿俱乐部罪恶的同时，暴露了父亲隆一郎的隐私。只要有一件丑闻公之于世，八卦杂志的记者们就会顺藤摸瓜，揭出更多的丑闻，比如偷税漏税、隐瞒资产……久高隆一郎原本是一家大企业的董事，要想找他的毛病再简单不过了。

“学长，拜托了！小弟这辈子就求您这一件事。”阿清说着跟电视剧里的小学生一样的台词，双手合十，一个劲儿求我。

后来我才如道，阿清自从上星期看过爱子之后，几乎每天都给她打电话。他没有别的企图，纯粹是想为她尽点儿力，因此爱子开始向他透露诸如肇事逃逸、诈骗保险金、蓬莱俱乐部等情况。阿清想为她做些什么，最后想到了我，便带着爱子来见我。

“要是我找不到什么证据，千万别恨我。”我缩着脖子叹息道。因为跟樱还有约会，我想尽快结束这边的事。

“非常感谢，拜托您了。”爱子低头致谢。

阿清则握着我的手，使劲儿摇晃着：“学长，我永远忘不了您的大恩大德。”

“爱子，调查开始前，我还得跟你再好好商量一下。对不起，我还有个约会。今天晚上我给你打电话，到时候再谈。对了，打你家里的固定电话不合适吧？”

于是我跟爱子交换了手机号码。

“对不起，您这么忙，还耽误您的时间。”爱子再次低头致歉。真希望她端庄的气质能分给我妹妹绫乃一点，哪怕十分之一也好。真难想象她俩同岁。

“没关系，不用客气。不过我现在没有时间送你回家了，送你到白金台地铁站吧。”我的视线落在我的欧米伽手表上，已经一点十五分了。

“不用，我打车回去。”

“那太好了。”

我转过身去，关掉了发动机。

“那我呢？送我到地铁站嘛。”阿清伸过头来。

“你走着去！今天太阳好得很。”我打开车门走出去。

外面骄阳似火，简直就是灼热的地狱。

古屋节子招致死尸成堆

这个叫古屋节子的老太太一直是个购物狂。她不是因为喜欢才买，而是只要有了买的气氛，不管什么都买。

例如：一个身穿土黄色军服的跛脚男人来敲门，叹着气说，他五年前从西伯利亚回来，到现在还找不到工作。她也不砍价就把他从包袱里拿出来的绸缎全都买了下来。等她发现那些绸缎被虫蛀得一塌糊涂时，那个男人已经离开了整整一个小时。

例如：车站前的广场上有人在卖万能切菜机，她看见好几个家庭主妇在那里争相购买，就会举着钞票杀入重围。两小时后她再次经过这里，围着买万能切菜机的还是那几个家庭主妇，还在大声嚷嚷着："我也要！我也要！"

例如：当看到报纸里夹着的小广告上说，英国制造的茶具正在举行促销活动，马上订购就免费赠送五把茶匙，她下午就会寄明信片订购，尽管橱柜里已经有五套茶具了。

例如：超市限时抢购，七十八日元每人限购一盒的鸡蛋，她要排五六次队，买五六盒，然后吃不了等着发臭。

她老公气得不止一次跟她闹离婚，最后协商的结果是，如果老婆只是把超市买来的东西囤积在家，老公就不加以干涉。

孩子们也讨厌她乱买东西，长大后经常偷偷地从壁橱里拿出各种根本用不着的东西，抱到跳蚤市场或废品收购店，卖了换零花钱。

这种性格的古屋节子会被蓬莱俱乐部盯上，一点儿都不奇怪。

节子住在足立区的都营住宅，当时丈夫已经去世，孩子们也早已独立，她跟三只猫相伴，靠养老金过着清闲的日子。有一天，她在信箱里看到一张广告。正是这张广告搅乱了她的余生。

广告上写道，她家附近的一座大厅里将举办有关健康的免费讲座，所有参加讲座的人不但可以免费品尝保健食品，还可以获得一瓶价值两万日元的碱性负氧离子矿泉水。

节子当时已经六十五岁，不过身体好得很，从来没有为自己的健康操过心，这在同龄人中很少见。但“所有”“免费”“两万”等字眼强烈刺激着她的神经。就当是出门散散步也好，节子参加了免费讲座。

参加完免费讲座两三天以后，货陆续地送到了节子家。羽绒被、磁疗床垫、保健食品、碱性负氧离子矿泉水……明明是去听免费讲座，却拿回来好几张贷款单。

半个月后，蓬莱俱乐部的员工以售后服务的名义登门造访，节子又追加了好几箱碱性负氧离子矿泉水，还买了一个据说可以带来好运、有益健康的象牙图章。

又过了半个月，蓬莱俱乐部又送来了碱性负氧离子矿泉水、保健食品、新开发的保健饮料，以及开运多宝塔之类的物品。

这么一折腾，当节子意识到事情的严重性时，她已经背上了五百万日元的贷款。

节子的收入只有养老金，由于本来就有乱买东西的毛病，几乎没有什么积蓄，老公的人寿保险理赔金早已花了个精光。贷款公司的账单不知从什么时候开始变成了催缴单。

蓬莱俱乐部的业务员又来推销时，节子抱怨说她已无力偿还贷款，业务员便向她介绍了一家借贷公司。那是被称为“十一”的高利贷，蓬莱俱乐部还是那家公司的股东。这些内情节子一点儿都不知道。

十一高利贷的融资条件，是利息每十天增加一成。借一百万的话，十天后就得还一百一十万，换算成年利率会超过百分之三百，而法定年利率的上限是百分之四十。

可以想见借了这种超级高利贷的后果。不还利息的话，借款就不断膨胀，还钱就越发困难，会逼得借款人借东家还西家。高利贷不但有“十一”，还有“十二”甚至“十三”，即十天收取两成或三成的利息。没过多少日子，节子的负债便超过了千万。

不久，代替信箱里的催缴单的，是贴满门板的纸条。“还钱”“这家人家是小偷”“平成时代的鬼婆”……如此种种。

电话不分昼夜地打进来。

“不还钱打算干什么？找死？”“把存折交出来，不然挖出你的眼珠！”“把房子产权交出来，不交就放火烧了你的狗窝！去上个火灾保险吧！”“小偷老婆子，去跟你的孩子们借钱！要不你就卖器官，卖肝脏还是卖肾脏？要不就上个人寿保险，再让汽车撞死……”

就算想卖房也卖不了，这房子是租的。

节子绝对不会去求孩子们帮忙。她不想在孩子们面前丢脸。孩子们都知道她是个毫无节制的购物狂，但这次比过去任何一次都严重。

还有一个原因，那就是两个儿子都不像她，都是规规矩矩过日子的老实人，而且年纪轻轻就有了很高的社会地位，她不想给他们添麻烦。孩子们小的时候自己没有尽到做母亲的责任，在生命最后几年里，至少应该做到不去打扰孩子们平静的生活。

节子没有找人商量。她相信了讨债者威胁她的话：你要是敢到律师那里去哭诉，马上就杀了你！所以她无法申请个人破产。

就在节子于恐惧中度日如年的时候，从蓬莱俱乐部来了一个叫村越的男人，他说，如果节子愿意为他们公司干一件事，就可以抵消她的部分借款。这段时间从早到晚都受到恐吓，节子已经到了精神崩溃的边缘，突然来了个说话和气的人，让节子觉得仿佛是在地狱里见到了观世音菩萨。她连声说：“我干！我什么都干！”

节子的工作就是假扮顾客，参加蓬莱俱乐部在各地举办的免费健康讲座，在俱乐部的人说明商品性能时发出由衷的赞叹声，使劲鼓掌，抢先高喊“我买我买”。刚开始的时候，她羞得连手都拍不响，后来她觉得反正没人认识她，就信口雌黄，替俱乐部吹嘘起来。她甚至可以泪流满面地大谈“使用经验”，说些用了羽绒被和磁疗床垫以后，十五年来跑了很多家医院都没能治好的风湿病竟然痊愈了之类的谎话。看到别人上钩的感觉还挺好的，于是她乐此不疲地当起托儿来。

蓬莱俱乐部要求她介绍顾客。她挨个打电话给她的朋友们，还带着俱乐部的业务员登门拜访，说碰巧有事到附近来，顺便来看看你，这里有一种保健用品，自己用着挺好，让对方也不妨试试，跟在她身后的业务员便开始推销商品。说穿了，就是把朋友出卖给蓬莱俱乐部。渐渐地，上了当的朋友们都不跟她来往了，但节子认为，为了偿还贷款，这也是没办法的事。

不过，只做这些，不可能还清好几千万的贷款。于是她去小酒馆端盘子，去弹子房当服务员，去脱衣舞剧场当收款员……

留给节子的并不只是难堪的回忆。她丧失了做人的尊严，自尊心受到很大的伤害。但是，只要完成俱乐部交给她的任务，恐怖的讨债电话便不再打来。在这种情况下，节子除了老老实实听从俱乐部的摆布，别无选择。

枫叶开始变红的时候，节子被蓬莱俱乐部要求参加一次团体温泉旅行。

那次旅行两天一夜，住宿的地点是山梨县一家温泉旅馆。蓬莱俱乐部说，组织这次旅行的目的，是为了慰劳他们的老主顾。

他们给节子的任务，是在旅馆房间里把旅游团中一个叫吉田周作的老人灌醉，再带到他们指定的神社去。他们并没有说明为什么叫节子这么做，只告诉她，只要按照他们的指示做了，就可以抵消三百万日元的债务。她高高兴兴地答应了。

蓬莱俱乐部早就安排好了，在旅游大巴上，节子和吉田并肩而坐。由于两人都是老年人，很快就聊上了。途中参观葡萄园和葡萄酒厂时，他们也一直在一起聊天。黄昏到达目的地的时候，两人已经像一对老年夫妻那样亲密了。

洗了温泉，吃过晚餐，唱完卡拉OK，再洗一次温泉以后，节子去吉田的房间继续喝酒。这类团体旅行一般是三四个人一间房间，吉田和节子却是一人一间，这也是俱乐部特意安排的。

节子坐在吉田身旁劝酒，喝得醉醺醺的吉田说起了自己的身世。他年轻时离开家乡鹿儿岛，二十二岁结婚，两个女儿先后病逝，经历了白发人送黑发人的痛苦，太太五年来一直卧病在床，为了恢复健康，买了蓬莱俱乐部的羽绒被和保健食品……

吉田说出蓬莱俱乐部时，节子吓了一跳。他说，家里的存款几乎都投了进去还不见效，他已经不打算再买俱乐部的产品了。

“我家里还有很多没开封的保健食品和健康饮料，我想把这些东西退回去。我跟他们说，打八折也好，我们日子都过不下去了，哪怕打五折我也认了。可是俱乐部的人根本不理我，于是我对他们说，我要去消费者协会反映情况。他们就说，冷静点嘛，你照顾太太很辛苦，参加一次温泉旅行吧，我们招待你。虽然跟你一起喝酒很开心，但他们别以为这样就可以打消我找消费者协会的念头。”

吉田怒气冲冲地发着牢骚，一口气把杯中酒喝了个精光。

节子好几次也想把自己的悲惨遭遇说出来，但又觉得心虚，只是一个劲儿地劝酒。

吉田的脸由通红变成了青白，说话也口齿不清了。

“出去散散步，醒醒酒吧。”节子劝说道。

吉田的房间在一楼，节子按照蓬莱俱乐部的指示，拉着吉田从落地窗出去了。

山梨县的温泉不像热海、白滨一带的温泉疗养胜地那么热闹。这里属于山野温泉，没什么娱乐设施，一过晚上十点，外边就看不见人影了。没有路灯，就算有月光，也只有五米的能见度。节子拉着吉田的手，向远离人居的方向走去。

路上既没有遇到车，也没有遇到人。两人走到神社以后，节子让吉田坐在石阶上，说要去买一罐啤酒，就把他丢在那里，自己一个人回了旅馆。

节子心里躁动不安。为什么要我半夜三更把他带到没有人的地方去呢？是俱乐部的人要找他单独谈谈吗？为什么白天不谈，非等他喝醉以后，而且是在深夜里谈呢？

节子没再多想，就上床睡觉了。过去，她偶尔在温泉旅行的时候跟人结识，喝酒聊天，然后互相道别，各回各家。她想，这次也不过是这么回事吧。

第二天早晨一觉醒来，听见旅馆里一片慌乱。到餐厅吃早饭的时候，她听见旅馆员工和客人都在窃窃私语议论着有谁死了。

吉田周作死了。今天清晨，一个本地人路过神社，发现了他的尸体。听说他倒在石阶下，手脚怪异地扭曲着，脑袋上开了一个大洞。

根据警方调查，石阶的角上发现了死者的毛发和血迹，头部的伤口里还有碎石。尸体散发出强烈的酒臭，警察断定吉田是夜里喝醉以后出去散步，不留神从石阶上滚下来摔死的。

早饭后，旅游团的全体成员都接受了警察的询问。节子说了跟吉田在车上聊天和一起吃晚餐的事，但没有提到劝酒并带吉田去神社的事。节子非常痛苦，但相比罪恶感，更多的是担心警方会追究到自己的恐怖感。

警察只简单地问了问，没有对节子的谎言产生任何怀疑。回到东京后，警察没有再联系节子，看来吉田的死被警察当作一般的意外事件处理了。

节子放下了心，却高兴不起来。那天晚上，自己到底做了些什么？就这样保持沉默，对得起自己的良心吗？

节子终于忍不住了，她质问蓬莱俱乐部的村越，那天晚上，俱乐部跟吉田之间到底发生了什么，得到的回答是：没事，那天晚上根本没见到吉田。

节子穷追不舍，继续问道，为什么让自己把他灌醉？为什么让自己在夜深人静的时候把他带到神社去？

“不要有多余的想法！”村越狠狠地瞪着她吼道。

节子仍然不肯退缩：“我可以跟警察说说那天晚上发生的事吗？”

“你可要想清楚了，不管结果如何，你都是共犯！”

节子这才闭上嘴巴不说话了。

这是节子堕落的分水岭，如果她在这时候毅然与蓬莱俱乐部决裂，就不会陷入更邪恶的深渊。

节子内心里那座一边是社会正义，一边是个人身家性命的天平，已经完全向个人这边倾斜。蓬莱俱乐部看透了节子，连哄带骗地告诉她，她的贷款可以抵消两百万。

不久，蓬莱俱乐部又向节子发出指示，让她去吉田周作家照顾他那卧床不起没人管的老伴儿吉田照子，说照子在丈夫死后生活困难，让她去帮一把。

“我是市政府派来照顾您的义工。”节子模仿着那些骗子推销员的口气登堂入室。她为照子擦身，换洗衣服，晒被子，打扫房间，买东西，做饭……

吉田家在栃木县的今市，节子住在东京都足立区，每隔一天就来一次，一个星期后，她就完全取得了照子的信任。为了排遣丈夫去世之后的痛苦，照子毫无保留地向节子述说了家里所有的情况。

谈话中，照子也提到了蓬莱俱乐部，不过和去世的丈夫不同，她对俱乐部那些所谓保健用品的功能不抱怀疑态度，直到现在还盖着一百万日元的羽绒被，喝着两万日元一瓶的碱性负氧离子矿泉水，也未察觉到丈夫可能死于谋杀。

寝室的五斗橱上摆着吉田周作的遗像。吉田死后，由邻居帮忙在家里办了场简单的葬礼。节子一看到照片中吉田的笑脸，心就像被锥子扎似的，好几次都差点跪下来祈求死者饶恕。

“真羡慕你，身体这么好。”这句话是照子的口头禅，她跟节子同岁，却连日常生活都不能自理，而节子还可以连续走一个小时的路。除了气压低的时候膝盖会有些疼痛，节子身上没有任何不适。她胃口特别好，吃牛排和油腻的中国菜，从来没有消化不良过。

“除了身体好，别的方面就……”

节子这么说并不是谦虚。一个是卧床不起又被骗钱，一个是身体健康却因高利贷而作恶，到底谁比较幸福呢？

俱乐部可不是大发慈悲要节子来照顾未亡人，他们交给节子的使命，是把吉田周作的保险理赔金偷到手。俱乐部为吉田投了旅行平安险，死亡理赔金是四千万日元，却只支付给法定继承人。他们是为了夺取这笔巨款，才派节子到吉田家的。

节子偷出照子的身份证，以吉田照子的名义新开一个银行账户，让保险公司把理赔金打到这个户头上，以便将来把存折交给蓬莱俱乐部。

此外，关于吉田以前自己买的保险，节子主动提出代替行动不便的未亡人照子向保险公司申请支付理赔金。照子对节子千恩万谢，毕竟卧床不起的她无法办理领取手续。有了节子的这些善意的举动，照子更是无论如何也想不到，丈夫的死是一起保险理赔金杀人案。

保险理赔金打到节子以吉田照子的名义新开的账户上以后，节子就从照子面前消失了。她将存着四千万理赔金的存折交给了蓬莱俱乐部。

虽然节子察觉到这是一起保险理赔金杀人案，但她选择了沉默。她已经被蓬莱俱乐部牢牢掌握了。

过了没多久，节子改姓下村，嫁给了一个叫下村勇的六十五岁单身男人。下村勇也是蓬莱俱乐部的顾客。

这是俱乐部安排的假婚姻。节子要做的，只是每天到下村家为他做饭，并偷偷地在菜或汤里加上一勺无臭无味的白粉。节子不知道那是什么，只知道麻木地按照指示去做。

三个月以后，下村死了。

得知下村去世的那个晚上，节子因极度紧张呕吐起来。为了稳定情绪，她抽起许久不碰的香烟。抽了一根又一根，结果呕吐得更厉害了。

可是，节子并没有被警察叫去问话。医生为下村诊断的结果是心肌梗塞，事情很快处理完了。

火葬等事后处理都是蓬莱俱乐部操办的。

财产当然由配偶节子继承，下村的存款虽然被俱乐部骗光了，但还有房子和土地。节子变卖了房子和土地，钱全部交给俱乐部，又抵消了五百万日元的债务。

节子恢复了旧姓古屋。但她已经完全陷入罪恶的泥沼，不能自拔。她就像一个提线木偶，被蓬莱俱乐部操纵着，浑浑噩噩地活一天算一天。

她的第二个假结婚对象出车祸死了。

她介绍给蓬莱俱乐部的顾客因偿还不起巨额欠款自杀了。

二〇〇二年七月，古屋节子认识了久高隆一郎。

再 会

6

“这件事就拜托给您，我也就不多说感谢的话了。”爱子很有礼貌地向我告辞。

“别担心，我会尽力而为。我跟朋友约好在这家饭店见面，告辞了，你路上走好。”

我跟久高爱子一起走到东京都饭店的正门。看着她上了出租车，我转身向饭店走去。

我进门时，正好有个女的要出门，我正要闪身让她过去，她却向我打起招呼来：“对不起，请问……”

我愣了好几秒，才认出那是麻宫樱。我忘了她的具体长相，最主要的是，她唯一给我留下印象的发型变了。

“麻宫樱？”

我摘下太阳镜，愣愣地指着她的脸。卷发烫直了，颜色也变成黑的了。

“太好了。”麻宫樱优雅地将手放在胸口上，嫣然一笑。

“怎么？你要走了？干吗这么匆忙？”我慌慌张张地问了一大串问题。

“不是，因为我一直没看到您，担心弄错地方，所以一直进进出出。”

“真对不起，刚要从家里出来的时候碰到了麻烦事。”我吐出一口气，擦掉额头上的汗。

“那还麻烦您特意跑到这边来，不要紧吗？”

“暂时没问题了。对了，咱们不能一直站在这里吧？”说完我率先往里走，在一楼大厅的酒吧找了个适当的位置坐了下来。

酒吧里非常明亮，南面装有落地玻璃墙。虽然有盛夏阳光的照射，但一点儿都不刺眼，大概是因为成套的茶色桌椅和地毯，恰到好处地中和了炫目的光线。窗外是以深绿为主调的日式庭园，让眼睛觉得很舒适。

“那天多亏您救了我，谢谢您。”樱站在我的身体侧面，恭恭敬敬地向我鞠躬。

“不客气，坐吧。喂！冰咖啡！”我举起手，穿着白色制服的侍者走了过来。樱竖起两个手指，意思是要两杯，然后转到桌子另一侧坐下。

大概是为了配合发色，樱的眉毛也染成了黑色，衣服则由印着芙蓉花的裙子变成了粗花格衬衫和茶色长裤，很潇洒。

“怎么了？”樱感觉到我在注视她，不安地用手捂着脸颊。

“没事，你换发型了。”

“很奇怪吗？”

“没有的事，头发本来就应该是黑的，最适合日本人。如果适合金发碧眼，那我们天生就该是金发碧眼。”

对一头茶褐色长发的我而言，这番议论的说服力大概是零。但黑发确实更能有效烘托她那张典型的日本女人脸，那颗泪痣在黑发的映衬下显得更有韵味。

“不觉得奇怪吗？我一直都把头发染成茶色，还以为黑色不适合我呢。”樱微微摇着头，点燃一支细长的薄荷烟。以后我一定忠告她，她不适合吸烟，最好戒掉。

“这点儿东西不成敬意。”樱把沾上口红的香烟放在烟灰缸上，递来一个纸袋。

“这怎么好意思呢？”我说了句客气话，伸手接过纸袋。纸袋上印着代官山一家著名蛋糕店的店名。

“还有这个。”这次拿出来的是一个印着百货公司名字的纸包，比手略大一些，包装精美，绑着十字形的红丝带。

“你不要这么客气嘛。”

“这不是谢礼，是礼物。”樱垂下眼皮，用小指摸了一下那颗泪痣。

“什么礼物？”

“生日礼物。”

“我的生日？”

“当然啦，生日快乐！”樱温柔地笑着，把绑着红丝带的纸包递过来。

“你为我庆祝生日，我很高兴，可是太早了。”

“您在挖苦我吗？”樱皱起眉头。

“挖苦？”

“挖苦我没赶上您的生日。”

“没赶上？我的生日是十二月，还早着呢。”

“十二月？”樱伸长了脖子。

“是你在开我的玩笑吧？让我快长岁数，你要我早死啊？”

“可是，上次，您分明说……”

“哦，那个呀，那是随口胡说的。”我“噗嗤”一声笑了，随后点上了一支烟。

“您骗我？”樱瞪大了眼睛。

“有时候骗人只不过是权宜之计。”

“您太过分了……我当真了。我后悔因为我的缘故，让您在生日那天留下了不愉快记忆，一直想为此向您道歉，还去买了生日礼物……”

“所以我说是权宜之计，你听不懂我的意思吗？”

“别尽挑有利于自己的话说。”

“我那样说是防止你自杀最有效的手段，毕竟说教只能起反作用，但我要是什么都不说，回头你独处时再有了自杀念头该怎么办？所以我想，起码让你多活一天，哪怕半天也好，也许你就能冷静下来。虽然我脑瓜不好使，但我确实是动了脑子的。看来你对我的一片苦心并不领情。”

樱缓缓低下头，固定在四十五度角上。

侍者端来了冰咖啡。我把太阳镜放在桌子上，拿起那个绑着红丝带的纸包拿，解开丝带，打开包装纸一看，是一条意大利名牌手绢。

“那我就不客气了，名牌嘛，肯定很吸汗。”

“对不起。”樱不知所措地揉搓着白皙的手腕，讨好似的看着我，像一只刚刚找到了主人的小狗。

“别误会，我那么做也不全是为了你，也是为了我自己。”

“为了你自己？”

“对，我特别讨厌别人自杀。当然没有人喜欢别人自杀。我经历过朋友的自杀，而且有两个。饶了我吧，我再也不希望碰到自杀的人了。”

“嗯……”

“别人是死是活跟我没关系，我只对自己的人生感兴趣。但是自杀不行，就算是陌生人也不行！不为活着的人着想的人是大混蛋。”我紧紧地咬着吸管，脑海里交互浮现出刚才提到的那两个朋友的面孔。

“所以您才保护我？”

“保护你？”

“您帮我骗了站务员。其实我是想自杀才跳下去的，但我撒谎说是因为贫血掉下去的，您帮我做了伪证。”

“什么？贫血是骗人的？”我有点儿生气了。

但是樱并不理会我的生气：“为什么要为素昧平生的我说谎？我一直觉得非常不可思议，现在我终于明白了，您是不想让自杀未遂的我再被别人追问，再次受到精神上的伤害，谢谢您这么为我着想。”

“不然你还以为我是被你的美色迷住了吧？”我笑了笑，用吸管吸了一口冰咖啡。

本来以为这么说会把她逗笑，没想到她还是一脸认真：“就像我在电话里说的那样，我再也不会自杀了，我要像重获新生那样坚强地活下去。为了表达自己的决心，我改变了发型。真的很感激您，我能这样都是因为您救了我。”她盯着我的眼睛，字字铿锵有力，说完后稍稍低下头，又抬起头来看着我。

“请你一定要加油。”我开始感到难为情，把视线移向一边。右边的座位上，一个身穿西装的男子正抱着沙发扶手呼呼大睡。视线再向左移，一个裹着印度丝绸的女人正专心致志地读着一个纸袋上的文字。

对面传来樱搅动冰块的声音，我回过神来，发现我俩都陷入了尴尬的境地。

酒吧里流淌着爵士蓝调，轻快跳跃的钢琴加上质朴的小号，音色很美。

“这是什么曲子？”为了打破尴尬的气氛，我故意问道。我知道这是亚特·布雷基和爵士信使乐团的曲子。

樱歪着头，用吸管搅动着杯子里的冰块。

“想起来了，是《呻吟》！”

我真是个大笨蛋！

“我问你……”我讨厌沉默，所以继续没话找话，但是由于没有准备好话题，突然问了个没经过考虑的失礼问题，“你碰到什么想不开的事情了？干吗要自杀？”

话说出口马上就后悔了，可是已经收不回来了。

樱缩起身子，眼睛看着半空。

“对不起。”我急忙摆着手向她道歉。

“因为钱的事。”她只说了这么几个字就低下头去。

“算了，咱们不说这个。”

“但是，我已经不想再逃避了。我快找到新工作了。”

“对不起，忘了我刚才说过的话吧。”我再三地道歉，把脸转向一旁，叼起了香烟。

酒吧中央有一个神社洗手池似的石造水槽，水几乎要溢出来，四周也没有防护栏，叫人担心如果小孩子掉进去该怎么办。

“我……可以问您一个问题吗？”樱说。

我转过头来，看见她微微歪着头，手指摸着左眼下方的泪痣。她习惯摸着泪痣说话吗？这倒不是什么坏习惯。

“我要问的是跟刚才的话题完全无关的事。”

“说吧！”我松了一口气，但我掩饰着，故作冷漠地答道。

“刚才，你跟一个女人在一起吧？”

“女人？”

“在饭店前边打出租车走了的那个女人。”

“哦，你看见了？”

“是你太太吗？”

“你看我像有太太的人吗？”我笑了。

“你是单身？”

“对啊。”我给她看了看我的左手无名指。

“那么，是个不错的女人？”

“她不是我的女朋友，你看着像吗？”

“我还以为昨晚你们住在这儿，她刚离开这儿回家。”

“不是不是，正派人家的女子不能随便在外边留宿。她只是一般的朋友。对了，”我忽然想起一个问题，“麻宫樱，你听说过蓬莱俱乐部吗？”

“什么？”

“蓬莱俱乐部。卖保健食品和羽绒被的公司。”我的工作立刻展开，收集情报是侦探工作的第一步。

樱沉默着，摇了摇头。

“连名字都没听说过？蓬莱俱乐部。”

“这个……”

“你听说过？”

“为什么要问我这个？”樱回答我的问题时显得很不愉快。

“没有什么特别的目的。最近偶然听说有这样一家公司，想知道到底是什么样的公司。”

“仅此而已？”

“仅此而已。”

樱噘着嘴说：“这个什么俱乐部，跟我有什么关系？”

“蓬莱俱乐部。不，跟你没关系。”

“那我们现在不谈这件事也没关系吧？”

“那倒也是。”

“您提起这种无关紧要的话题，是因为跟我在一起很无聊吗？”

“看你说的！”

“您救了我，我认为这是缘分，能再见面更是缘分。不过，如果您觉得跟我在一起没话说……”樱说着拿起账单。

奇怪，莫非她对我有好感？她是在用这种委婉的方式向我表示这个意思吗？所以她会那么在意久高爱子。

“我从来不让女人买单。”我把账单抢过来。

“我付吧。”樱伸手要抢，没抢回去。

我高举账单：“那么，你呢？”

“我什么？”

“结婚了吗？”

“我是一个人。”

“有男朋友吗？”

“没有。”

“我可是个很任性的男人。”

“什么？”

“我讨厌抽烟的女人。对了，你的爱好是什么？”

我开始对麻宫樱有了一种说不出的微妙感觉。

7

已经夺下海口，接下来应该怎么办?

我指的不是麻宫樱，是久高爱子的事。

侦破理赔金谋杀案?如何侦破?我需要掌握什么证据?

早知道会碰上这件事，我应该在侦探事务所至少干到能够独当半面。

首先给爱子打电话，让她把有关蓬莱俱乐部的事情全部告诉我，然后让她将久高隆一郎的遗物重新整理一遍，把认为有助于调查的物品送到我这里来。

星期六傍晚，我开始在三越汤的更衣室打探消息，晚上打电话给朋友，问他们知不知道蓬莱俱乐部。

星期天早上，我到健身俱乐部打探消息，下午去西麻布的理发馆染发，向自称美容美发界领军人物的阿山打听。理发师接触的人多，理发馆堪称情报流通站。晚上再打电话给昨天晚上没找到的朋友。

星期一上班时，午休时间去银行交房租时，跟女人约会时，我都忘不了收集情报，当然也上网查过。

几天以后，我已经弄清了蓬莱俱乐部的大致轮廓。

蓬莱俱乐部有限公司成立于一九九七年五月，注册资本金三百万日元，董事长吴田勉，公司所在地为东京都涩谷区笹冢三丁目，经营服装、床上用品、家具、艺术品、装饰品、玩具、家电、电脑软件、食品、饮料等，还涉猎印刷品制作与发行，也管理房地产。

看起来这家公司的经营规模很大，不过应该是为了随时改变经营范围才这样注册的。实际上，这家公司现在主要是上门推销所谓有益健康的羽绒被和食品饮料。上门并非挨家挨户，而是借用大型会馆或体育馆，以举办免费健康讲座为名招揽客人，推销商品。他们的活动范围是整个关东地区。

他们招揽客人的方式是往各家各户的邮箱里塞广告，广告上印着“免费健康讲座”和“尝试保健用品”的字样，并刊登羽绒被、按摩器和所谓保健食品的照片，但不标明价格，只写着凡是带着这张广告参加健康讲座的客人，都可以得到价值两万日元，容量为两升的碱性负氧离子矿泉水一瓶。

免费尝试很快就变成了促销会。只要买了一件商品，他们就会反复上门推销，弄得你不想买也得买，久高隆一郎就是这样落入了他们的圈套。

免费尝试会只举行一天就迅速转移。他们转移的方式不是往邻近的区域移动，而是跳跃式移动，打不规则游击战。眼下这种信息时代，该公司居然没有设立网站，看来从一开始就打定主意偷偷贩卖。

这种强行推销的贩卖方式，在各地都招致消费者的索赔，但还没有发展成大规模的诉讼，也没有引起媒体的注意。

除了调查蓬莱俱乐部的情况，我还向爱子仔细询问了关于久高隆一郎车祸的具体情况。

事故（也许应该说案件）发生在七月十四日。那天下午，久高隆一郎对儿媳妇说要出去散散步，就出了南麻布的家，直到晚上都没回来。家里人正着急，神奈川县警察局来电话，称久高隆一郎遭遇车祸身亡，事故现场是神奈川县川崎市麻生区一条灌木丛生的偏僻道路。警方在初步调查阶段没有发现目击者。

家里没有人知道久高隆一郎是否有朋友住在事故现场附近。他出家门后，也没打电话通知家里要到那么远的地方去。久高家觉得蹊跷，认为这不是单纯的肇事逃逸，背后肯定另有隐情。

就算久高隆一郎的死另有隐情，也看不出久高隆一郎、保险理赔金杀人和蓬莱俱乐部这三者之间有什么必然的联系。接下来就只能靠自己的双脚了。

盂兰盆节过后第二天，八月十六日星期五，上午结束了在六本木的保安工作，我驾着爱车直奔蓬莱俱乐部所在地——东京都涩谷区笹冢三丁目。

我把车停在一座投币停车场，一边确认建筑物上的标志，一边顺着一条小河往西走。走了没多久，我来到一栋规模不大的五层楼前。招牌上只写着“林田写字楼”几个字，没有标明承租单位的名称。楼里既没有传达室也没有保安人员，我只好走近一楼电梯旁看信箱，有设计事务所、补习班、进出口公司……唯独没有蓬莱俱乐部。但是有一个信箱上什么标志都没有，位于五排信箱的第三排，我估计这个信箱的用户在三楼。

我顺着楼梯爬上三楼，发现只有一扇门上没有招牌。我把耳朵贴在门上，可以听见里面有男人对话的声音。

回到一楼的信箱前，我想看看那个没有标志的信箱里有没有信件，但信箱上了锁，我通过投递口往里面一看，有好几封信。

我掏出手机，拉长天线，从投递口伸进去挑信箱里的信件，挑了十几次，终于挑上一封，上面写着“蓬莱俱乐部收”。

我确定这里就是蓬莱俱乐部的老巢，但不能直接冲入敌阵展开攻击：是你们一手制造了保险理赔金杀人案吗？傻瓜才会那样做。我首先得侦查敌情，于是我敲了敲一楼针灸医疗所的门。

“对不起，我想请教一下……”侦查工作开始了。

“好的。”一位把白发染成紫色的老太太从窗口探出头来。

“我想问问三楼是干什么的公司。”

“这我可不知道。”

“那些公司您进去过吗？”

“没有。”

“见过公司的人吗？”

“见过。”

“长什么样？”

“长什么样？就是一般年轻人的样子。染发，戴耳环。”

“见过男的吗？”

“你看你，我说的就是男的！”

“男的染发戴耳环？”

现在的男人染发戴耳环虽然不稀奇，但是公司职员这样打扮就有点儿奇怪了。一般公司不允许男性员工染发戴耳环。

“是啊，穿T恤、牛仔裤、运动鞋。”

“都这么穿？”

“是不是都这么穿我不知道，我见过的都这么穿。”

大概是来打工的大学生，或者是兼职的。

“您跟他们说过话吗？”

“见面打个招呼，虽然打扮叫人讨厌，但都挺有礼貌，又活泼开朗。”

“他们在您这里卖过东西吗？”

“卖什么？”

“羽绒被什么的。”

“什么啊？”

“食品或饮料呢？”

“没有没有。”

“您跟三楼公司的员工发生过什么纠纷吗？”

“你这是什么话？没有！”

后来我又问了好几家，回答几乎一样，大家都没听说过羽田仓库管理公司。

难道今天的侦查工作就这样结束了？特意请假早退过来，无功而返实在叫人憋屈得慌。我垂头丧气地走出林田写字楼，顺着小河往回走的时候，忽然发现马路对面有一家咖啡馆。

我走进去找了个靠窗的位置坐下，点咖啡的时候又顺便问了问服务生，也没得到什么线索。我透过窗玻璃看着对面的林田写字楼发愣。

不管侦查什么，首先要观察，不必考虑目的和结果，把观察到的东西记在脑子里！这就是你的资料库——我当侦探的时候，老板经常这样对我说。

我先向上看，林田写字楼窗户紧闭。再往下看，只见一辆大型货车倒车到写字楼门口停下，车上印着某快递公司的名字。

写字楼里走出一个抱着大纸箱的小伙子，茶褐色的头发，穿一身运动服，年龄二十岁上下。大概是蓬莱俱乐部的员工。他把纸箱装上车又回写字楼去了。追上去？可是追上去以后问些什么好呢？我犹豫着，喝一口咖啡抽一口烟，继续观察。

我发现林田写字楼前不时有快递公司的货车来送货或拉货。在那些装车卸车的年轻人里，是不是就有蓬莱俱乐部的员工？

我走出咖啡馆，穿过马路，在林田写字楼前等候。不久，一辆印着“飞脚”标志的银灰色卡车停在写字楼前，司机从驾驶室跳下来，开始往楼里搬纸箱。估摸着他快上电梯的时候，我走了进去。

我看见那个司机进了电梯，便紧盯着电梯上方表示楼层的数字。电梯停在三楼，而且停的时间比较长，应该是司机在卸货。

我走出写字楼，在外边等着。过了一会儿，司机出来了。

“您刚才是给三楼的公司送货吗？”

“是。”

“是不是蓬莱俱乐部？”

司机看了一眼手上的送货单，点了点头。

“那个公司有多少人？您别误会，我是附近一家专做盒饭的公司的，最近生意不好，想去那个公司推销盒饭。”

说不定我真的会装作盒饭公司的员工闯入敌阵。

“那个公司不行。”司机摆了摆手说。

“为什么？”

“没人。”

“啊？”

“就两个人，每次来送货，都看见他们在里边打扑克。看仓库的，太清闲！”

“仓库？”

“我觉得那就是个仓库。除了一进门那张桌子，里边堆的全是货。”

“这里不是蓬莱俱乐部的总公司啊？”我真傻，问了司机这么个问题，他怎么能回答上来呢？

开车回家的路上，我用手机拨了蓬莱俱乐部的电话号码。这个号码是从久高隆一郎留下的保健食品外包装上得到的。号码上方的地址是“东京都涩谷区笹冢三丁目”，就是我刚才去过的林田写字楼所在地。

打了很多次都没人接电话。现在是下午四点，不可能这么早就下班吧，这肯定是他们对付顾客的办法。所谓总公司所在地只不过是一间仓库，一旦有人找上门，看仓库的就会说他们是在这里打工看仓库的，什么都不知道。

想到这里，我气不打一处来。太可恶了！就算久高爱子没有委托我侦破这个案子，我也不能袖手旁观！非扒下这家坑人公司的画皮不可！

但是，蓬莱俱乐部对外公开的地址是假的，真正的老巢在哪里？怎么才能找到呢？

8

八月十八日星期天。在银座五丁目的古川吃完午饭，在有乐町MARION大厦的电影院里看电影。

我看着看着就睡着了。不是电影没意思，而是因为我颠倒了吃饭和看电影的顺序。为了消化那一大碗牛肉盖饭，血液全都集中到胃里，大脑供血不足，当然就转不动了。

片尾职员表出现在银幕上时，我醒了过来，伸了个大懒腰。

“喂！你刚才都打呼噜了，真丢人。”身旁的麻宫樱在我耳边小声说。

我在跟麻宫樱一起看电影。

我可不是逃避接手的侦探工作。前天从林田写字楼回来以后，我立刻打电话给所有的朋友，让他们一旦收到蓬莱俱乐部塞在信箱里的广告，立刻通知我。我想去参加俱乐部举办的免费健康讲座，说不定可以找到他们的老巢。只要能见到俱乐部的人，就可以采取跟踪等办法侦查下去。

眼下我在等朋友们的通知。虽然这很消极，不过作为业余侦探，我能想到的办法只有这个。现在只能等着哪个朋友在信箱里发现蓬莱俱乐部的广告。

“喝杯咖啡驱赶一下困意吧。”坐电梯下到一楼时，樱说。

“说话这么刻薄，可交不到朋友啊。”我假装不高兴地说。

“不是，你睡着了，我也困得直想打哈欠，拼命忍着，电影根本就没看进去。”樱用手捂着嘴，一副要打哈欠的模样，在我看来好像是装出来的。

“那好，咱们玩一个赶跑困意的游戏！”

“游戏？”

“来一个《伊东家的餐桌》！”

“什么？”

“不知道吗？《伊东家的餐桌》！周二晚上的电视节目，教观众各种小窍门。”

“不知道。”

“上次教了一个不花钱也能喝到咖啡的窍门。”

“是吗？这种窍门不用教我也知道。”樱笑了。

“说说看？”

“到地下商店街去免费品尝。”

“不行不行，那才能喝多少？赶不跑困意！”说完我戴上墨镜就朝银座方向走。

星期天街上的人比平时多得多。我就像在人流中游泳似的穿过人行横道，樱气喘吁吁地劈波斩浪追上来。

我应该拉着她的手过马路吗？这是我跟她第一次实质上的约会，太早了吧？犹豫之中，我们到达了目的地——发祥于美国西雅图的一家咖啡连锁店。

由于是星期天下午，客人坐得满满的，两个收银台前排着长队。我把樱拉到进门靠左边的一个角落里，指着不远处的一张桌子，在她耳边小声说："那样占座的家伙也有，还挺常见，特别是年轻的女孩子。"

桌子旁边没有坐人，但桌上放着一只看上去像是年轻姑娘用的手机。

"真是不可思议，这太危险了。"

"不只手机，笔记本、手包，甚至还有用钱包占座的。"

"不会被偷走吗？"

"不可思议的地方就在这里。谁都认为众目睽睽之下不会有人偷，这也说明日本的治安确实很好。可是，日本人的毫无戒备经常被外国人利用，进屋抢劫，偷走不上锁的车，哪天电视上不报道？在日本这个环境中长大的人到国外去旅行，也一样会被偷走贵重物品。"我笑笑，摸了摸鼻头。

"可也不能说绝对不会被偷走吧？去提醒她一下吧。"

"没用，这种什么都不在乎的人，你提醒她也是白搭。搞不好她还会跟你吵一架，说你多管闲事。你要是真想帮她，不是去提醒她，而是得偷走她的手机。这对她才是最好的良药！去试试？”

樱不上我的当，连连摇头。

“我倒是可以教训她，不过我已经有两个手机了，不想要第三个。先不管她，现在重要的是咖啡。你等着！”

我正了正太阳镜，朝店里边走去。

“两个冰咖啡！谁的？”柜台里的店员喊道。

“我的！”我把手举得高高的，接过店员递过来的冰咖啡，转身走出店外。

“你这不是做贼吗？”樱追出来，脸色很难看。

“这叫小窍门！”说着，我向樱递去一杯咖啡。

这家咖啡店实行的是先付钱，然后由顾客自己到柜台取咖啡的服务方式。交钱在门口的柜台，取货在里边的柜台，由店员喊品名，顾客自己认领，没有号牌。在人多混乱的时候，人们往往搞不清楚到底哪一份是自己买的，这让我有机可乘。

“小偷！”樱双手叉腰，气得胸脯一鼓一鼓的。从无袖衫里伸出的两条雪白胳膊在太阳光下好晃眼。

“这叫‘授受相关’。我接受两杯咖啡，传授给那个买了两杯冰咖啡的人一个经验。在大都会生活，如果不时刻提高警惕，连脑袋掉了都不明白是怎么回事！这跟偷那个占座的手机效果一样。”

“不对！这个买了两杯咖啡的人跟那个用手机占座的人不一样，他没有犯错，有错的是这家不发号牌的咖啡馆。”

“要是你在罗马的许愿池前被人抢了钱包，就不这么说话了。交了钱也不管自己买的咖啡有没有送出来，这就是问题。我让他花五百日元买个教训，这学费够便宜的了。”

“诡辩！”

“哦，是吗？这咖啡你不喝吗？”说着我就要把递过去的咖啡收回来。

“谁说我不喝了？我喝。”

樱一把夺走咖啡，用吸管喝了起来。

“对了，差点儿把大事忘了，给！”我把夹在腋下的一个百货公司的袋子递给樱。

“干什么？”

“祝贺你找到新工作！”

“新工作？哦……”

“不行不行！一点儿精神都没有，这样怎么能做好你的新工作呢？”

“又不是什么大不了的工作，这多不好意思。”

樱说她的工作是捏饭团。不是饭团制造工厂，而是用手一个个捏的那种小店。

“这也不是什么大不了的礼物，你要是不喜欢，就送到废品收购站去。”我硬把袋子塞进了她的怀里，自我解嘲似的转移了话题，“我这个小窍门的缺点，是不能在店里坐着慢慢享受，那样很容易被人发现。”

三点半了。骄阳似火，为了找个阴凉处，我横穿外堀大道，打算到泰明小学校旁的公园里去。

“喂……”身后传来樱的声音。

“什么事？”

“这个……那个……”

“怎么？还要批评我啊？”我停下脚步，转过身，皱起眉头看着她。

“不是，上次见到你的时候，你说……”樱扭扭捏捏地用小指摸着那颗泪痣，慢慢地低下了头。

“有话快说嘛。”

“你说，你有两个朋友自杀了，每当想起他们，你就特别难过……”

“啊？对，对呀。”

“如果可以的话，你能对我说一说他们的情况吗？”樱抬起头来。

“为什么想听这个？”这回轮到我低下头。

“我确实认真考虑过自杀，不想再犯第二次错误，所以我想听听跟我境遇相同的人的故事，接受教训。”

我沉默着。

“不行吗？”

我没说行，也没说不行，只是叼着吸管狠命地喝着咖啡。

“真对不起，又让你想起不愉快的事了，刚才的话你就忘了吧，当我没说过。”

“也不是什么不愉快的事，仅仅是一个回忆。”说完，我转身向公园走去。

黑道侦探成濑将虎

没有任何令人激动的遭遇，十九岁那年的夏天平平淡淡地过去了。

前年，我从都立青山高中毕业后，一直在位于新桥的明智侦探事务所工作。

当然，那不是名侦探明智小五郎[1]的侦探事务所，也不是因为仰慕一代名探而起的名字。这家侦探事务所的所长姓明智，叫明智光雄，自称明智光秀[2]的后裔。

当一名侦探是我小时候就有的梦想。原因很简单，我从小沉迷于家里的侦探小说，立志长大后当一名智勇双全的侦探。从多得不可胜数的侦探事务所中选择这一家，我很不好意思地告诉您，就是因为它的名字。我不是真的认为它跟明智小五郎有什么关系，纯粹是觉得明智这个名字很帅，甚至因此认为，这家事务

[1] 日本推理小说家江户川乱步笔下的名侦探。

[2] 日本战国时代名将。

所风格独特、威风凛凛、实力雄厚。

还要很不好意思地再向您坦白一件事。我一直认为，侦探就是跟警察较量，侦破那些警察破不了的案件。例如追查突然从豪宅里失踪的黄金王冠的去向，解开空置多年的仓库里的无头女尸之谜等等。现在看来，当时的我真是一个大傻瓜。

父母坚决反对我去当侦探。因为在现实世界中，人们认为侦探的工作无非就是身家调查，寻找离家出走的孩子，收集老公或老婆有外遇的证据等等，只能在暗地里活动。此外，协助客户偷出机密资料之类的非法委托案例也不少，所以别说侦探是跟罪恶对决，说不定侦探本身就是罪恶。

虽然父母坚决反对，我当侦探的决心却没有动摇。父亲威胁要跟我断绝父子关系，虽然只是说说，可是我却真的动了肝火。“好啊，断绝就断绝！”我双手空空离开家，在新桥的侦探事务所开始了寄宿生活。现在回想起来，大概是因为哥哥龙悟英年早逝，父母对我期望过高，而我却不能满足父母的期望，因而选择逃出来吧。

几天工作下来，我对侦探美好的印象就改变了。只不过因为负气离家，没有脸面回去，除了继续在侦探事务所干下去，别无选择。我在借酒浇愁之余，虚心接受侦探前辈的指教，开始以成为一名真正的侦探为目标，一步一个脚印地向前走。

但是，刚到明智侦探事务所工作那年，我所做的事情无非是扫地、倒茶、看家、接电话……过了半年才开始干些整理资料、速记之类的工作，我气得好几次打算提出辞呈。

第二年，我终于被派去跟踪。明智所长传授给我的技巧是，不管侦查什么，首先要观察，不必考虑目的和结果，把观察到的东西记在脑子里！这就是你的资料库。

可是，我第一次跟踪就在池袋杂沓的人群中把人跟丢了，还在如沙丁鱼罐般拥挤的山手线电车里被误认为流氓，也有被看门狗咬伤手腕的时候……这时候我才明白，观察也不是一件容易的事。不过，刺探他人的秘密有一种说不出的痛快，等我习惯了侦探生活之后，我便越来越体会到侦探工作的乐趣。

十九岁那年的初秋，我接手了一个大任务。

那时候，距离巨人队称霸中央联盟已经没有几天了，我每天都关注着体育新闻而无心工作。有一天，我去国会图书馆做一项调查，刚回到侦探事务所，就听见所长叫我。我精神十足地答应了一声，走进会客室，看见所长明智光雄跟黑道上一个叫山岸正武的人面对面坐在里边。

"您好！"我双手中指紧贴裤缝，像个军人似的，向四仰八叉地坐在沙发上的山岸正武鞠躬。

"嘀，小家伙，觉得自己像个侦探了？"

"还差得远呢。"我立正站着，一动不动。

"每天都要有进步啊。"

“是！每天都要有进步！”我大声重复。

“来，坐下！”

“是，谢谢！”我在所长身边坐了下来。

山岸身体前倾，反复端详着我，还用他那粗糙的大手摸我的脸。我挺直身板任他摸。

山岸正武所在的八寻帮跟明智侦探事务所在同一栋写字楼。他是八寻帮年轻的副帮主，剃了个大光头，戴一副漆黑的太阳镜，眼角和下颚都有被刀砍过后留下的疤痕，左手小指断了一截，看上去很吓人。他穿着大领衬衫和肥大的裤子，配尖头皮鞋，白色西装上散发着若甜若苦的雪茄味。

“这么一细看，还是个小鬼头啊。”山岸重新靠在沙发上，叼上一根雪茄。明智所长不失时机地打着了打火机。

“对不起。”我尴尬地挠了挠头皮。

“把胡子留长！”

“什么？”

“胡子留长了，到户岛帮去。”

“什么？”

“让你小子加入户岛帮！”

“啊？”户岛帮是统治新桥的乌森口一带的黑社会组织，跟统治银座一带的八寻帮是死对头。

“去户岛帮卧底，这可是交给你的第一项大任务。”所长补充说。

我还是丈二和尚摸不着头脑。

“你认识我们八寻帮的本间吗？瘦瘦的，手脚长长的，像个猴子。”山岸问我。

“知道，有点茨城口音的那位。”

“对，就是那个本间，三天前死了。”

“请您节哀。”我立刻站起来，双手中指紧贴裤缝，向山岸鞠躬。

“免礼。你给我好好听着，本间是被人杀死的。当然，干我们这行，这是常有的事，不过这次杀人的手法实在是太残忍，连我们这些人看了都得捂上眼睛。喂，坐下坐下！我还有好多话要对你说。”

山岸说，本间的全名叫本间善行，跟同属八寻帮的一个叫松崎大祐的人住在位于入谷的一间公寓里。九月十日早晨，松崎从位于千住的情人家回到公寓时，本间已经死在了房间里。他赤裸身体，腹部被横七竖八地切开，内脏流得满地都是。房间里乱七八糟，桌子四脚朝天，柜子翻倒在地，棉被破了，挂历掉了，简直像生死搏斗的战场。

“切断手腕、割掉耳朵，类似的尸体我见多了，但像本间这样的我还是头一次见到。被人杀死并不稀奇，可连胃和肠子都流了出来……我们那些小兄弟看了，个个呕吐不止。”

光听他这样描述，我都一个劲儿地反胃。

“现在我来考考你，未来的大侦探，你说，到底是谁杀了本间？”

“啊？我怎么会知道呢？”我连连摆手。

“真没出息！说说你的看法。”山岸透过太阳镜死盯着我，逼问道。

我只好拼命思索一阵，说出了自己的看法：“这个嘛，从杀人方式判断，不是抢劫杀人，也不是源于一般的矛盾纠纷。凶手一定对本间有刻骨的仇恨，要不就是个失去理性的杀人狂……”

“有道理。可是，我调查了本间的周边关系，没有发现那么恨他的人。当然，干我们这行，什么时候跟人结仇自己却不知道的情况也有。但是，本间这小子刚入伙，还是个新手，哪来那么大的仇人？也很难想象他是被偶然路过的杀人狂杀死的。干我们这行的都很小心，平时家里有不认识的人来敲门，绝不会开门。特别是九号那天白天刚遭受过袭击，他更应该提高警惕才对。”

“遭受过袭击？”

“在户岛帮的地盘挨了一闷棍。白天刚发生这种事，当晚本间就被人杀死了的，不管是谁都会把两件事联系在一起，只是没有证据。回到刚才的话题……”

“为了证实本间的死跟户岛帮有关，要我去卧底？”

“这小子，很敏锐嘛，将来肯定有希望！”山岸微微一笑，把雪茄在烟灰缸里掐灭。

“可是，我怎么去卧底？”我困惑地看着明智所长。侦探工作我刚刚入门，况且对方是黑社会组织。

“这还不懂？卧底就是让你加入户岛帮，成为他们的小兄弟，在他们内部展开调查，也就是当间谍。”

“加入户岛帮，开什么玩笑？”

“开玩笑？”山岸摘下眼镜，严肃地睁大眼睛瞪着我。

“不……不是，对不起。可是，我怎么加入呢？只要我想加入就能加入吗？”

“这个你不用担心，早就替你安排好了。”

“怎么做？”

“现在不必多问，一切都由我来安排。”

“啊……可是……为什么是我……”

“你想知道为什么选中你吗？因为所里现在只有你小虎是自由身。”所长这么说的意思我明白，别人都很忙，放不下手上的工作。换句话说，别人都有能力胜任其他重要工作，不能派他们去干危及生命的活儿。而我呢，反正是个派不上大用场的……

大脑虽然已经理解，可我不愿意点头同意。我体格不错，但讨厌打架。虽说是短期任务，可要踏入黑社会，我怎么对得起父母呢？而且我也怀疑，卧底结束后他们能保证我清白脱身吗？还有，万一在完成任务之前就被察觉是个卧底的间谍，手指头没准会被砍断一两根，说不定连命都得搭上。

我低着头，不知说什么好。

山岸踢了我一脚："你小子没种啊？"

"有！"我红着脸抬起头，又立刻低了下去，"可是……"

"你小子'可是'太多了！"

"可是……警察总能抓到犯人吧？"我傻乎乎地问了一个非常单纯的问题，等着我的是山岸的臭骂。

"混蛋！黑道上的人有找警察的吗？"

我吓得身体缩成一团，小声反驳道："可是，警察人多好办事，我一个人潜入户岛帮……"

"警察是不会去破这个案子的。"

"什么？可是……"

"不许再说'可是'了！"

"啊……是！"

"我们没让警察知道本间的事。你给我记住了，一旦干上我们这行，身上的火都得自己扑灭。所以松崎发现本间的尸体以后，没有向警察报案，而是立刻向八寻帮报告。"

"可……不，案发现场那座公寓楼是八寻帮包租的吗？"我抬起头问。

"不是，里头有早稻田大学的学生，也有守寡的老太太。"

"这些人都没有向警方报案吗？您刚才说，本间的房间被弄得一塌糊涂。”

“是啊，就像发生了大地震。”

“所以，其他住户一定听到了从本间房里传出的声音，就算松崎不向警察报案，您敢保证别人也不报案吗？”

“你听他的口气，不挺像个侦探吗？”山岸笑着对明智说，“大家都知道那个房间里住的是黑道上的人，在房间里玩牌、打麻将，有的耍赖，有的吆喝着要钱，嚷嚷着我要杀了你什么的，都是家常便饭。所以就算听见吵闹声，也不会有人去报案。”

“原来如此。”我明白了。

“那么，在胡子留长以前，你就好好做准备吧！”所长拍拍我的肩膀说。

要我准备什么？换衣服，还是写遗书？

“我可以提几个问题吗？”我看着山岸，战战兢兢地问。

他又叼上一支雪茄，“嗯”了一声。

“您能给我一些关于本间案的背景资料吗？不然就算混进户岛帮，我不知道应该查些什么。”

“你终于肯做啦！”山岸笑了，露出满嘴黄牙。

这根本不是什么肯不肯的问题，如果我拒绝了，肯定没有我的好果子吃。

“从本间屋里传出争吵声的事，你们问过他的邻居吗？”

“问过。”

“争吵是从几点开始的？”

“晚上十一点左右。”

“持续了多长时间？”

“大概四五分钟吧。接着突然就安静下来了，可能就是那个时候被杀的。”

“对方的声音有没有什么特征？”

“没什么特征，只是大声骂‘混蛋’什么的。”

“还有呢？”

“‘我杀了你’‘你给我住手’，还有就是含混不清的咆哮声和叫骂声。”

听到这样的争吵都没人向警察报案，可见平时吵得有多凶。难道我真的要到这种世界里去？想到这里，我怕得要命。

“对方有多少人？”

“不知道，吵得太厉害，分辨不出来，但可以肯定的是，没有女人的声音。”

“松崎是什么时候回来的？”

“早上九点。”

“房间的东西少了没有？”

“没有。明智先生，这小子看来还靠得住。”山岸笑着对所长说。我放松下来，挠着头皮傻笑。

所长瞪了我一眼：“不记下来，你还得再费工夫去问。”

我赶紧站起来，跑出去拿来笔记本，继续向山岸了解情况。

“有没有人看到不认识的人出入？”

“没有。”

“有没有人提到在公寓附近发现可疑人物？”

“没有。”

“接下来，我还想请您具体谈谈本间白天挨了一闷棍的事。”

“这个嘛……”山岸把跷着的二郎腿换了个姿势，“我们的生意之一是卖药，这你大概知道吧？不是感冒药或者头痛药，正式名称是甲基安非他命[1]，警察管它叫毒品，盯得很紧。”

“这我知道。”

“九号那天白天，本间、松崎，还有一个叫久保田的，在城里给人送货的时候，遭到了户岛帮的袭击，被抢走很多药，差不多有半纸箱……”

“本间没有看见偷袭他的人长什么样吗？”

“看见了还用你去卧底？从后面挨了一闷棍，没看见对方什么长相。”

“话说回来，光凭这点不能断定本间是被户岛帮杀死的。”

“我跟你说，遭到袭击的地方是户岛帮的地盘，也就是说，

[1] 亦称甲基苯丙胺，俗称“冰毒”。

我们是在踩着他们的地盘做买卖。这在我们这个世界里是常有的事，但是如果被抓到就不好了结。所以，虽然不能断定是户岛帮干的，但跟他们脱不了干系也是很合理的推论。”

“问过客户吗？如果偷袭本间他们的真的是户岛帮，那说明户岛帮也知道那个客户背叛了自己，也会去找他们算账的吧？”

“当然问过，但他们说不知道户岛帮的事。我们当然不会完全相信，他们很有可能受到了户岛帮的威胁，不敢乱说。”

可我还是有疑问：“偷袭了本间，抢走了你们的药，按理说户岛帮已经达到了目的，还有必要追杀到家里去吗？照常理，应该是本间为了报仇去袭击户岛帮的人才对。”

“也可能是为了警告我们不要再踏进他们的地盘，杀鸡儆猴。我也想不通为什么非要找上门来，而不是白天就杀掉本间？我就是为了找出两者之间的关系，才要派人去卧底。”

“就算是杀鸡儆猴，也没有必要弄个肚破肠流吧？”

“这我可以解释给你听。你小子杀过人吗？”

我连连摇头。

“用匕首杀人的老手，一刀便刺中要害。可新手呢，总是拿着匕首乱扎，就算对方已经死透，只要怀疑他还有口气，就会继续乱扎。害怕对手反击，所以手停不下来。如果是户岛帮的小喽罗干的，弄成那个样子也不算稀奇。而且一般来说，这种直接弄脏手的事都交给小喽罗们干。”

这我可以理解，但心里又产生了一个根本性的疑问。

“既然是黑道上的，干吗还要顾虑那么多？”我不假思索地说出这句话之后，知道自己失言了，赶紧摆了摆手。

“什么意思？”山岸伸长脖子，皱起了眉头。

“对不起，没什么。”我把头低下来，脸几乎碰到茶几。

“男子汉说话，不要吞吞吐吐。”

“不是什么大不了的事……”

“说清楚！”

“那我可说了啊。这个……我刚才听您说，虽然不能断定，但确实很大的可能是户岛帮下的手。”

“没错儿。”

“既然如此，闯进户岛帮，杀它个片甲不留不就得了，为什么要在意有没有证据，还要调查跟白天的事有否关联呢？”

“小虎，别再说了！”所长阻止我继续说下去。

可我的嘴已经停不下来了：“讲究证据的应该是警察，不应该是黑道。以前的警察也是光凭印象就抓人，然后刑讯逼供，强迫坦白，说不定现在还是这样。为什么黑道非得遵守调查程序？先随便抓个户岛帮的人来，逼他说出是谁干的，然后把白天偷袭本间的同伙杀了，再干掉晚上杀本间的人，或者借这个机会灭掉户岛帮，把新桥一带全变成八寻帮的势力范围，不是更好吗？”

说到这里我喘了口气，一边咳嗽一边回到现实世界，这时我这才意识到，刚才高谈阔论的时候，简直就是黑道上一个连匕首都不会用的小喽罗！明智所长一个劲儿地向山岸道歉，还用手指戳着我的脑袋，让我也向山岸道歉。

可是山岸却出人意料地笑了："这小子，黑道上的人也不是得了狂犬病的野狗啊。"

"对不起！"我吓得身体缩成一团，战战兢兢地说。

"要是在大街上这样乱杀乱砍，就会把很多不相干的人卷进去。我们黑道上的人大都是讲义气的汉子，只有讲义气，才能得到金钱，才能在这个社会生存，这就是所谓的授受相关。我们被世人误解，那也是没办法的事，但也不能因此与整个社会为敌。这才叫真正的侠义之士。"

"明白了。"

"世人对待我们的态度比以前严厉多了，如果不考虑到这一点，到处称王称霸，是绝对无法在现在和未来的社会里生存的。这是我们总经理的方针。我们追求的是现代民主和平的组织，所以我们的头头不叫老大，也不叫帮主，而是叫总经理。在我们八寻帮里，帮主叫总经理，帮主儿子叫副总经理，我是帮主儿子的辅佐，叫董事。我们在法务局注册登记了股份有限公司，一切行动都必须本着良知……"

山岸停顿了一下，继续说道："当然，本间的事一定要弄个水落石出，杀人偿命，欠债还钱！但是，如果在没有任何证据的情况下就去找户岛帮报仇，他们说不是他们杀的，我们说是他们杀的，争到后来免不了一场腥风血雨，新桥一带还不得血流成河？我们就是要避免如此后果，才主张深入调查，明白了吧？”

“明白了。”

“所以我们需要把证据搞到手，再去找户岛帮，要求他们交出杀人凶手和下命令的人。你知道吗？世间都认为黑道上的人不讲理，实际上，像我们这么通情达理的人，在社会上是很少见的。我们特别重视道理，只要我们讲道理，对方也会讲道理，这跟官僚政客完全不同。像本间这事，只要我们把证据拿给他们看，他们的老大就会把凶手交给我们，这才是解决问题的正确方法。对方不想把事情闹大，也担心长期对抗，那样只会使双方疲惫不堪，导致两败俱伤，因而会同意交出凶手。战后不久，新桥和涩谷一带发生过一场你死我活的帮派斗争，你听说过吧？”

“没有。”

“那是日本战败后的第二年，操纵黑市的一个帮派跟台湾华侨对峙，暗杀帮主、在大马路上用机关枪互相扫射，你来我往地对抗起来。后来又有从芝浦、巢鸭、新宿、浅草和东京中部赶来的黑社会组织前来助阵，简直是一场战争。结果没人敢出门去商店买东西，街头摊贩也跑到别的地方去谋生。后来警察出面镇压，各帮派元气大伤，衰弱不堪，我们八寻帮才趁势进入新桥，户岛帮也是那个时候乘虚而入的。大家获了渔翁之利，又经过很长时间的苦心经营，才有了现在的繁荣，如果不分青红皂白地打起来，说不定就该轮到我们被其他帮派赶出这个地区了。户岛帮也深知这一点，不懂得接受教训的人，连猴子都不如。”

后来我才知道，山岸还是一个大学毕业的知识分子。不过当时，我还没顾上认真理解他这番话的深度。

“如果是对方的老大下令杀本间呢？那不是只有全面战争一条路了吗？”我是害怕被卷入全面战争才这样问的。

“帮派老大是绝对不会下令干掉本间这种小喽罗的。”

我稍微安心了一点。

“我还要指出你一个误解。虽然我觉得户岛帮可疑，但并没有认定他们是唯一的嫌疑犯。如果户岛帮不是犯人，我也要追查杀死本间的凶手。除了户岛帮，别的方面我也要调查，比如向本间的邻居打听消息，把跟本间有联系的人筛查一遍等等，属于一般性调查。”

“我已经交给三冈和小林去做了。”明智插话道。

为什么不交给我去做？我真想哭。

“还有别的问题吗？如果有，随时可以来问我。胡子留长还需要一段时间嘛。”山岸看了看腕上的金表，掐灭了雪茄。

“您辛苦了！”

我马上站起来，中指紧贴裤缝，军人似的立正鞠躬。事已至此，只能咬牙去干了。

在我崇拜的巨人队获得全日本第一的第二天，我跟妹妹绫乃在银座见了面。

我跟她约好在四丁目路口的三越百货公司前边碰头。不出我所料，绫乃根本就认不出我了，我叫了她一声，吓得她倒退了好几步。

我理了个板寸头，戴一顶鸭舌帽和一副太阳镜，鼻子下边稀疏地长着几根胡子，身穿白底红花的夏威夷衫、肥大的长裤和白色漆皮的尖头皮鞋——怎么看都像个小流氓，连我自己都想哭。

这天是星期一，也是秋分，公休日[1]。在燕子西餐厅吃个汉堡牛排就等了一个小时，在数寄屋桥附近的咖啡厅也排了半天队。明明隔壁的咖啡馆有一半的位子是空的，可我那任性的妹妹非要等这家眼下最时髦的咖啡厅不可。

等了半个多小时，总算等到了座位。落座以后，我还是平静不下来。不是因为人多，而是周围投过来的奇怪目光，叫我坐立不安。

那时妹妹是东京都立三田高中二年级的学生，跟现在的她全

---

[1] 日本秋分为公休日，通常是9月23日前后。

然不同。头发又黑又直，像个日本娃娃。她身穿白衬衫、藏蓝色裙子，没化妆，不戴耳环，显得非常朴素。虽然不是千金小姐，但完全是个清纯少女，坐在一个小流氓的对面，周围投过来奇怪的目光就是很自然的事。

不过，绫乃却是一副满不在乎的样子，默默地用小勺子吃着冰淇淋。为了躲避那些奇怪的目光，我缩着脖子，紧咬着吸管喝冰咖啡。

巨人队胜利了，可是我一点都高兴不起来，我的心情为什么这么郁闷呢？我掏出一根香烟叼在嘴上。

“啊，你抽烟了？”绫乃抬起头，轻蔑地看着我。

“怎么，不可以吗？”我瞪了她一眼，点上烟，拉开架势猛吸一口，结果被呛得剧烈咳嗽起来。其实我不会抽烟，这是在山岸的指示下刚开始学的。

“我最近才知道，禁止未成年人吸烟法是一九九〇年制订的，比宪法还早呢！”绫乃夸张地仰着头，说完又低下头接着吃冰淇淋。

“别跟爸爸妈妈说。”

“害怕呀？”

“害怕？有什么可怕的？我只不过不希望他们为我担心。”

“如果你不希望他们担心，你就应该回家。”

“真啰嗦！”我冲着绫乃吐了一口烟，“也别跟他们说我这身打扮，这全是为了工作。”

“骗人。”

“骗你干什么？当侦探就得经常化装嘛。”

“工作真够辛苦的呀！”绫乃爱理不理地说着，吃了一块小点心。

这样跟妹妹见面并不是第一次。每隔一个月，我都要约她出来，带她吃顿饭、听听音乐，其实是以想见妹妹的名义，了解一下家里的情况。

每次见面，她都要给我带来很多东西：衬衫、长裤、毛巾、肥皂、食物……我知道，准备这些东西的不是绫乃，而是母亲。这意味着家里完全清楚我在外面的状况。虽然不好意思开口问，但我敢保证肯定是这样的。当我从袜子里翻出叠得整整齐齐的钞票的时候，又高兴又觉得自己没出息，常常感动得流眼泪。这根本算不上什么离家出走，只不过是一个人在外边住而已。

但是，今天我把妹妹叫出来的意义跟以往有很大不同。半个月前我刚跟她见过面。

“这个帮我保管一下。”等绫乃快吃完冰淇淋的时候，我递过去一个信封。

“这是什么？”绫乃看着没有写收信人和寄信人地址姓名，却封好了的信封，感到有些奇怪。

“不必多问。”

“不可能是钱吧？”绫乃接过信封，举起来，对着光亮看了又看。

“不许看！”

“透不过来的。”

“我是说不许开封，绝对不能看信的内容。”

“你这样说的话，我偏要看。”绫乃扑哧一笑，用手指捏住了封口。

“不许开封！”我指着她的手，大吼一声。周围所有人的目光一下子都集中到我身上。

“那我回家交给妈妈总可以吧。”绫乃故意沉下脸，假装生气地说。

“不许交给她！你保管好就行了。”

“保管它干吗？这是护身符吗？”

“别多问，万一我发生了什么事，你再把它交给爸爸妈妈。”

“发生什么事？”

“发生之后，你就知道是什么事了。”

“什么？”

“要是什么事情都没发生，你就不用把它交给爸爸妈妈，一直替我保管着，找个机会还我就是了。”

“你说禅哪？”

“反正绝对不许看！”

“知道了。”绫乃把信放进书包里。

“你要是敢看的话，我就杀了你！”我用小流氓似的口气吓唬她，站起身来。

信封里装的是写给父母的遗言，我做好了赴死的精神准备。

当时的我终究还是个孩子，觉得自己能做好这种思想准备就算是壮士了，并愚蠢地陶醉其中。

把遗书交给绫乃之后的第二天晚上，我成了户岛帮的一个小喽罗。

户岛帮一个叫田边贤太的，一个人走在银座的小巷里时，突然有一把雪亮的尖刀指着他的脖子。他被反剪双手，架到两座楼之间的狭缝里。袭击他的是两个蒙面大汉，都如角斗士般健壮，田边完全没有能力抵抗。就在这时，我英姿飒爽地出现了，对那两个蒙面大汉一顿拳打脚踢，把他们打得落花流水。两个蒙面大汉扔下一句“好小子，走着瞧”，撒腿就跑。

很蹩脚的一出戏，可是田边贤太却用闪亮的眼睛崇拜地望着我。然后我跟他说，我从乡下来，是离家出走，现在衣食无着，不知他能否帮忙。他二话没说就带我去见“大哥”，于是我就成了户岛帮的人。我没参加入帮仪式，只能当一名见习生，不过总算是成功地加入了户岛帮。

田边贤太跟我同岁，也是十九岁，在户岛帮里是小喽啰中的小喽啰。大哥们总是像叫小孩子似的叫他“贤太”。我跟这小子很快就拜把子称兄道弟了。我们是六四分的兄弟，也就是说，贤太杯子里的酒喝掉六成以后，剩下的四成是我的。这表示我比他地位低，我得叫他大哥。救了他的命还得管他叫大哥，实在有点儿不近情理，不过反正我也不是真的舍命救他，也就接受了。

经常帮我忙的一位大哥叫松永力，二十五六岁，是小喽啰的头儿，经常参加干部会议，恐怕早晚会被提拔上去。

给我提供睡觉的地方的大哥叫世罗元辉。本来松永大哥安排我睡在户岛帮一辆拉货的卡车上，后来世罗大哥觉得我可怜，就把我带到他家去住。

世罗的地位介于松永和贤太之间，年龄二十三四岁，长脸，细长的眼睛，高而尖的鼻子，薄而上翘的嘴唇，前额垂着一绺刘海，像个演员，连男人都会喜欢上他。可是，他不爱说话，脸上也很少有笑容，让人觉得深不可测，难以相处，甚至有点恐怖。我跟他独处时，不敢轻易开玩笑打破沉默，担心玩笑开得不合适，他会捅我一刀。世罗跟八寻帮的山岸不是一类人，我不善于跟他这类人打交道。

我被他带回家以后，跟他接触的时间长了，却越来越不理解他。他住在目黑不动尊附近的一间木造旧平房里，家里有个女人，不是法律上的妻子，而是所谓的情妇。房子虽然不大，但给我安排一个睡觉的地方没什么问题。不过一般来说，跟年轻女人在一起生活的人，会把一个像我这样的年轻小伙子请到家里来住吗？如果是一对老夫妇自然另当别论。

寄宿到世罗家后不久，我就知道这所房子并不是世罗的，而是他的情妇租来的。住在情妇家里的世罗，没跟情妇商量一下，就把我这个跟情妇没有任何关系的人带进来住了。带我住进来的世罗的想法，以及允许世罗这样做的情妇的想法，都大大超出了我所了解的常识范围。

情妇名叫江幡京，看上去比世罗大五六岁，很有大姐派头，也不是那种好管闲事的女人。她说话声音不大，跟我说话也使用敬语，谦让而拘谨，喝一小口酒就满脸通红。她妆化得很淡，喜欢穿浅色衣服，不是从事色情行业的女人，而是涩谷某家商社的办事员，总之是个规规矩矩的人。这样的女人却对一个混黑道的唯命是从，我不得不奇怪：莫非她欠了世罗还不起的阎王债？

令人吃惊的事还不止这些，我睡觉的地方跟他们只隔着一扇糊着一层纸的日式推拉门，他们干那种事的时候，既不要求我出去散散步，也不把呻吟声压低一点。

也许他们根本就没把我当人看，只把我当作他们养的一只小猫小狗。人类做爱的时候不会介意跟人类不同的动物躺在旁边。

可是我非常介意。如果听见他们开始做爱我就往外走，反而更加难为情，所以我只好蒙头装睡。当时的我还没有找女人的财力，在这种情况下，在拉货的卡车上肯定睡得更香。

我在户岛帮的工作是打扫事务所，替帮主洗车，装货卸货，给神龛上供，为大家端茶倒水，跑腿买烟，打扫房间……在明智侦探事务所刚刚摆脱的这些杂事，如今又要从头做起。户岛帮对打扫房间的要求异常严格，只要有指甲盖大小的灰尘没擦干净，就会被他们一顿拳打脚踢，而我所能做的，除了忍耐没有别的。

我并不是为了在黑道上混出头才参加户岛帮的，我每时每刻都牢牢记着我的目的。收集情报就像吃鱼，越新鲜越好。随着时间流逝，人们对过去的记忆逐渐淡薄，证词就不那么准确了。

凡事都要掌握恰当的时机，眼下我首先要做的，是取得户岛帮上上下下的信任。如果人家连我的名字都还没有记住，就冒冒失失地逢人便问：九月九日晚上十一点左右你在什么地方？你知道八寻帮的本间善行吗？肯定会被严厉追问，搞不好还会暴露身份。山岸也没有指望我几个星期就会有成果，他说，今年以内能调查出结果就不错了。

我每天早上七点离开寄宿的地方，在新桥的户岛帮事务所一直干到晚上九点。我竭尽全力表现自己，不管是对户岛帮内部的人，还是对来此办事的客人，都是热情百倍。没过多久，大家就“小虎小虎”地叫起我来，就像叫一只他们宠爱的小猫。

十月，在巨人队战胜太平洋联盟的第一名，荣登全日本棒球冠军宝座的辉煌时刻，我已经弄清了户岛帮的组织系统，了解了几乎所有成员的性格和嗜好，而且掌握了九月九日晚上十一点左右相当一部分人的不在场证明。

在户岛帮的成员中，最难了解的人就是世罗元辉。他从来不爱说话，也不给你说话的机会，我对他的了解跟刚来的时候没有什么两样。

进了户岛帮我才知道，混黑道的都是自我表现欲很强的人。谈起不幸的人生、第一次杀人的感受、在监狱里吃的苦……问一答十，甚至答二十。哪怕是初次见面的小头目，只要对他说几句奉承话，他也是有问必答，还会兴致勃勃地讲述自己的英雄事迹。只有世罗沉默寡言，什么都不对我说，我总觉得他的心头挂着几把锁。

当然，由于每天跟世罗见面，我也观察到一些情况。例如，除了江幡京，他好像还有别的女人。我注意到，他每个星期必有一个晚上悄悄离家，直到第二天早晨才回来。也可能是去喝酒打麻将，但一看江幡京的表情就可以推测到，世罗不是一般的寻欢作乐。只要世罗一离家，江幡京的脸马上变得阴沉起来，然后开始喋喋不休，“要不要打扑克”“要不要吃夜宵”，就像有的女人为了排遣悲伤和不快对她的小狗说东道西一样。在他们眼里，我本来就是他们养的一只小动物。

我也见过世罗残暴的一面。平时，他不但话少，连手都很少动。别的大哥对小弟动不动就是拳打脚踢，在街上走路被无意碰了碰肩膀也要跟人家打一架。世罗绝对不干这种事。但是，晚上在家里，他时常变得非常凶暴，左右开弓地打江幡京的耳光，甚至又踢又踹，还用烟头烫，根本不理会我是否在场。

动粗的理由很简单，有时是因为菜汤咸了一点，有时候是因为没替他准备好换洗的衣服……都是些鸡毛蒜皮的小事。打人之前一句话都不说，出手非常突然，事后也不解释原因，只是面无表情，默默地动着筷子。在世罗身上我第一次体会到，这种感情丝毫不外露的残暴，比起狰狞的面目和疯狂的怒骂来，更叫人感到恐怖。可是，挨了打的江幡京呢，总是在地上蹲一会儿之后，低头道歉。这个家庭内的暴力事件，都是这样结束的。

江户川乱步的小说中经常会出现延续了马奎斯·德·萨德[1]写作手法的性虐待狂。小说描写道，受虐者被施虐者打得满身瘀伤甚至皮开肉绽的时候，反而会感到愉悦和满足。莫非世罗元辉和江幡京就是这种虐待狂和被虐待狂的情人关系？毫无顾忌地在我身边做爱已经够变态的了。不过，从纸糊的推拉门那边传来的声音分析，江幡京并没有被捆绑或殴打。看来只有世罗单方面虐待江幡京，而江幡京并不是一个被虐待狂。

---

[1] 法国作家，其作品多描写性变态。英语里Sadism（性虐待狂）一词即出自他的姓氏Sade。

一天晚上，世罗又悄悄离开了家。我找了个机会委婉地对江幡京说，世罗哥实在有些过分，白吃白住不说，京姐还替他洗衣做饭。可他居然去外边搞女人，甚至对京姐动粗，这太不近情理，太说不过去了。而且世罗哥经常从京姐这里拿钱，就像从他自己的钱包里拿钱一样顺手。世罗哥用这些钱，不是陪这个女人吃饭，就是给那个女人买衣服，作为一个旁观者的我都看不过去，京姐更受不了吧？

可是，京姐却笑笑说，我不怪他，他还是个孩子嘛。

年纪比世罗大几岁的京姐，是不是被世罗顽劣的行为激起了母爱本能？我当然不能这样直接问她，只能旁敲侧击地问他们是怎么认识的。京姐只是抿着嘴笑笑说是在横滨认识的，除此以外不再多说。但是看着她说话时那出神的表情，很难认为她会拒绝世罗这种在黑道上混的男人。

世上的爱情多种多样，男人和女人之间的关系是无法用道理说明的。不过，当时的我只不过是个十九岁的毛头小伙子，还不具备理解这种道理的头脑。

十月眼看就要过去，上边开始分配给我一些有点像黑道上的人干的差事，例如在户岛帮地盘里的餐饮店转转，征收保护费等等。不过，我每次都只像跟屁虫似的跟在各位哥哥身后看着。如果碰上拒缴保护费的店主，我就会又是瞪眼，又是吼叫，甚至踢翻垃圾桶。还有一项差使是运送毒品，从位于芝浦或横滨的掮客那里购入药粉，送到东京的客户手里。当然不是我一个人干，我的任务是给哥哥们当助手。

户岛帮跟八寻帮一样，也干贩卖毒品的勾当。贩卖毒品利润奇高。但凡沾上了毒瘾，想戒是戒不掉的，会无休止地买下去，再贵也要买。贩卖毒品所得收入比征收保护费多得多。为了卖出更多的毒品，户岛帮跟八寻帮一样，也跨出自己的地盘，结果终于有那么一天，在户岛帮地盘以外的地方出事了。

事情发生在十一月五日，那天我跟着世罗和贤太坐上一辆破旧的小卡车，去赤坂的S俱乐部送货。驾驶室里坐不下三个人，地位最低的我理所当然地坐在了装货的车厢里。每到一个送货地点，就由两个人去送货，一个人留下来看车。

世罗和贤太去送货的时候，我就溜进驾驶室，手握方向盘，踩踩刹车，踩踩离合器，换换挡……自从让我跟车送货以后，我越来越想开车了。有时间的话，我一定要去考驾照，为此在户岛帮卧底的工作也得早些结束不可。

前面驶来的汽车开着大灯，从我的破卡车旁边驶过，向溜池方向疾驰而去。从后面来的汽车则拖着尾灯的红色光带，消失在附近的路口。便道上穿着西装的男人们匆匆忙忙地移动着脚步，就像被吸进去似的，消失在赤坂见附地铁站里。临街的建筑物上红红绿绿的霓虹灯，招呼着人们赶快回家。

突然，驾驶室的门被拉开了。

“他妈的！”贤太大骂着把头探进来，吓得我赶紧松开了方向盘。

“怎么啦？”我这样问，并不是为了掩饰自己的失态，因为我看见贤太一手捂着右眼，一手按着胃部，表情很痛苦。

“他妈的！”贤太就像没听见我的问话，又骂了一句，从驾驶室里翻出一个发亮的东西装进上衣口袋，然后跳下车，逆着人流飞奔而去，转眼就消失在一条黑暗的小巷里。

我也慌慌张张地跳下车，向贤太跑去的方向追过去。他拿走的是手枪。

追进那条黑暗小巷的第一个拐角处，我看见贤太和世罗都在那里。

“喂，人呢？”手插在上衣里的贤太问世罗。

“跑了。”世罗摇摇头说。

“世罗哥，怎么了？”我小声问。

世罗也弯着腰，用一只手按着腹部，另一只手按着额头。听见我说话，他抬起头来瞪着我，眼珠子都快瞪出来了：“喂！你干什么来了？”我看见他额头上有个大紫包，像是被棒子打的。

“我见贤太哥有点不对劲，以为发生了什么事……”

“滚回去！”世罗哥大吼一声，“没人看车你知不知道，你这个混蛋！”

我吓得身子缩成一团，不知道说什么好了。

贤太脸色大变，顺着原路狂奔而去，我糊里糊涂地在后面紧追。回到停放卡车的地方，贤太掀开车篷，跳上卡车。我发现卡车上的纸箱被弄得乱七八糟，有些还被打开了。贤太查看了所有的纸箱以后跳下车，抓住我的领子大骂："你这个混蛋！不好好看车，货都被人偷走了！"

"什么？"我好像听懂了，又好像没听懂，被贤太抓着脖领子乱摇。贤大的右眼又青又肿，像个铃铛。

"怎么样了？"耳旁响起世罗的声音时，贤太才放开我。

"货全被偷走了！"贤太狠命推了我的胸口一把，我的后腰重重地撞在卡车车厢上。

"钱呢？"世罗又问。

"小虎，钱呢？"贤太再次猛地抓住了我的领子。我呻吟着把手伸进夹克衫内侧的口袋，掏出一个棕色的小包。

"钱还在，回去吧！"世罗把那个小包夺过去，坐上了副驾驶座。贤太松开抓着我的手，坐上了驾驶座。

我还在原地发愣，车子开动了。我慌慌张张地跳上车厢。

卡车直接开回新桥的事务所，从停车场到事务所的路上，世罗和贤太都用手捂着脸上的伤口，谁也没说话。

事务所里挤满了小喽罗，松永力正在跟他们掷骰子赌博。世罗一进屋，立刻低下头对松永说："大哥，我有罪！"

松永力抓着骰子摇晃的手停了下来。

"我有罪！我失手了。"世罗再次道歉，并跪在地上，额头顶着地使劲磕头。贤太慢了一步，也跪下磕头。我虽然闹不清是怎么回事，也跟着跪下了。

"怎么了？"松永力走过来问道。

"货被人抢走了。"世罗回答说。

"你说什么？到底是怎么一回事？"

"我们被人袭击，货被抢走了，我有罪！"

"被人袭击？怎么搞的？喂，抬起头来！你们这是怎么了？"看到世罗和贤太的伤，松永惊叫起来。

"我们去S俱乐部送货……"

情况是这样的：世罗和贤太去S俱乐部送货，走在那条黑暗的小巷里时，两侧忽然窜出三四个人，用球棒一顿暴打。两人手上的货被抢走，由于小巷里非常昏暗，没看清那群人的脸。而且那群人一言未发，也没听到他们说话的声音有什么特征。贤太回到车上拿枪准备还击，但那些歹徒已经消失得无影无踪了。

听了他们描述的遇袭过程，我忽然发现，这跟八寻帮的本间他们被袭击的情况有相似之处。

"小虎也没看见吗？"松永问我。

"我没看见有人从小巷子里出来。"我光想着怎么开车，根本没注意到那条黑暗的小巷里有什么动静。

“这小子离开卡车，结果连留在车上的货也被抢走了。”贤太戳着我的后脑勺说。

我赶紧一边说“我有罪”，一边磕头如捣蒜。

“是不是盐田帮干的？”围在四周的小喽罗里有人问了这么一句。盐田帮是盘踞在赤坂一带的黑社会帮派。

“找他们算账去！”有人振臂高呼。

血气方刚的小喽罗们立刻七嘴八舌地响应起来，并纷纷从身上掏出匕首。

“不要冲动！”松永一摆手，“不要因为冲动误了大事！”

“可是，松永大哥，世罗兄他们被打成这样……”

“不一定是盐田帮干的。”

“一定是盐田帮！”

“搞不好会变成一场你死我活的战争，我们很可能溃不成军。”

“可是……”

“大家听好了，没有我的吩咐，任何人都不许轻举妄动！谁要是胆敢抗命不遵，立刻给我滚出户岛帮！听懂了没有？”

小兄弟们还是不甘心，松永出去开干部会以后，有人直截了当地表示不满。我松了一口气，我才不愿意去跟盐田帮拼个你死我活呢！我还不到十九岁，要我去为黑社会帮派出生入死？对不起，我还没活够呢！

几个年轻的头目也主张慎重行事，最后决定暂时观察盐田帮的动向，不轻易出击。看来户岛帮和八寻帮一样，也希望做一个合乎时代要求的现代黑社会组织。

我跟着世罗哥回家的路上，他没开口说一句话。虽然每次跟他回家都这样，但今天情况跟平时有所不同，因而倍感压抑。

出门迎接的京姐看见世罗头上贴着一大块纱布，吓得用手捂住了嘴巴：“打架了？”

世罗看都没看京姐一眼就进屋去了。

“疼不疼？”

世罗默默脱下外衣。

“流血了吗？”

世罗默默解开衬衫的扣子。

“要不要躺下来？我帮你铺床。”

世罗脱下长裤，小声嘟囔了一句：“滚出去。”

“你要吃饭吗？”

“滚出去！”世罗大吼一声，推了一把京姐的胸口。京姐踉跄着倒退两步，一屁股跌坐在地上。世罗迈开大步跨过去向京姐伸出手，但并不是去帮她站起来。

“滚出去！从这个家滚出去！滚！”世罗拉起京姐，往门外推了一把，自己大踏步走到里屋去了。古旧的窗户被震得“哗啦哗啦”作响。

“不许再回来！”世罗又吼了一声，用尽全身力气关上纸糊的推拉门。这回，整栋房子都摇晃起来，好像发生了大地震。

京姐摇摇晃晃地站起来，只穿一身家居服，趿着拖鞋走了出去。我呆立着，看看敞开的大门，再看看紧闭的推拉门，不知该怎么办才好。

“小虎！”推拉门那边传来世罗的吼叫声。

我立刻明白了他的意思，转身走出家门。

京姐站在胡同口，背靠电线杆，一只脚抬起来，用脚趾头挑着拖鞋摇晃着。

“我也被赶出来了。”我挠挠头皮，很是无奈地说。京姐点点头，换了一只脚，用脚趾头挑着拖鞋摇晃起来。我不知该怎么办才好，只能在地上找小石头乱踢。

过了一会儿，京姐好像想起了什么，问我：“你肚子饿了吧？”

“啊，饿了。”

“那个人要是吃完饭再发火就好了。”

“大哥今天很惨。”

“出什么事了？”

我犹豫了一下，还是把发生在赤坂的事告诉了她。

“是吗？原来是被人打了，他是在生自己的气。”京姐点点头，好像非常理解世罗的心情。

“可是，我觉得他不应该冲你发脾气。”

我还想说，世罗哥真像个歇斯底里的泼妇，话到嘴边又咽了回去。

“如果他冲我发一顿脾气心情能好起来的话，也不是什么坏事。要是在外面闹起来，有几条命够他折腾呀。”

“可是……”

“他的心情要是好起来了，我便会觉得，像我这样的人对他还有点用处，会庆幸自己没有白白降生到这个世界上来。”京姐仰望夜空，双手交叉放在胸前。

她说的话又超出了我所能理解的范围。

“不过还真有点麻烦，眼下我们还不能回去吃饭，在外面吃吧，钱包又在家里。”京姐转向我，歪着头无奈地说。

“钱，我带着呢。”我从裤兜里拿出钱包，把十几张钞票全都抽出来给她看。那天我替帮主的伯父擦车，他一高兴，给了我很多零花钱。

“可以借我一些吗？”

“我请客。”

“小孩子不许逞强。”京姐挥动拳头，装出要打我的样子。

我们走进地铁目黑站附近的一家小酒馆，也不知是因为酒不好，还是因为疲倦，或是担心自己的情夫，京姐没喝多少舌头就不听使唤了。一会儿拍拍身旁的客人，一会儿哈哈大笑，一会儿呜咽着大哭，我们成了小酒馆里所有客人注目的对象。但是，在世罗哥睡着之前，我们还不能回去，我只好向小酒馆里的客人们频频鞠躬表示歉意。

我们走出小酒馆的时候，已经十一点多了。京姐走路踉踉跄跄，我让她搭着我的肩膀，在没有多少灯光的商店街乱逛。

“小虎，你好温柔！”京姐的喊声响彻昏暗的商店街。

“没有……不是……”我小声说。

“世罗一次都没有对我这样好过。”

“世罗哥是堂堂男子汉嘛。”

“我要跟世罗分手，跟小虎在一起！”京姐突然转过身来抱住我。她身上的酒味、香皂味，还有女人身体特有的气味，冲进我的鼻孔，又甜又香，难以名状。

“京姐，不要这样……”我轻轻推了她一把，不料她惨叫一声，倒在了地上。我赶紧把她扶起来，“京姐，你没事吧？”

“原来小虎跟世罗一样，也这么粗暴。”

“对不起！”

京姐生气地鼓着腮帮子，站起来拍了拍衣服，立刻又叫了一声痛，倒了下去，用手捂住脚踝。

“脚崴了吗？”我更紧张了，蹲在她的身边关心地问。

“走不了了。”

“对不起！要不要去医院？”

她站起来，摇摇头对我说：“背我！”

我以为自己听错了，犹豫之中背上已经感到了沉重。

我脑袋一下子嗡嗡作响。温热的气息吹着我的耳朵，柔软的乳房压着我的后背，我的双手自然地托住了她丰满的臀部，否则她会摔下去的。

“去医院吗？”我很快冷静下来。我知道，帮规中有那么一条，染指大哥的女人是要受到断指惩罚的。

“不用。”

“那边有家药店，我去敲门。”

“有没有可以喝酒的地方？”

“别再喝酒了，你喝水吗？”

“小虎，你的背好宽啊。”

“不知世罗哥睡了没有？”

“管他呢！”京姐说着捏了捏我的脸蛋。

“我回去看看，你在这里等我。”

“一个人多冷啊。”

“对不起，我太粗心了。”我把她放下来，脱下自己的夹克衫递给她。

“我才不想回那个家呢！”

京姐丢下夹克衫，光着脚跑了。我拾起我的夹克衫和她的拖鞋，追上她。京姐拐进一个小胡同，我追过去的时候，她跑进一栋围着木板围墙的建筑，消失了。我不由得停下脚步。

京姐跑进了一家日式情人旅馆。

不过，不知是幸还是不幸，我担心的事情没有发生。大概是醉酒以后跑累了，京姐进房间以后就躺在床上睡着了，还伴随着轻轻的鼾声。我替她盖好被子，自己靠墙在地上摆了几个座垫，也躺了下来。

很多事情漩涡般在脑子里旋转，说什么也睡不着。我想把京姐丢在这里，自己找地方去睡觉，可我无处可去，既不能回父母家，也不能回明智侦探社，因为八寻帮也在那座大楼里，如果被户岛会有关的人撞见，一定会引起他们的怀疑。那个时候，我还不认识芹泽清和久高爱子。再找一家旅馆吧，钱又不够，深秋时节，睡在外边也太冷了。

我一边想着应该到哪里去，一边回忆起刚才在京姐身上闻到的那股又甜又香的味道，还有肌肤相亲的感觉。心里闷闷的时候，我突然听到了“小虎小虎”的叫声。抬头一看，原来是京姐坐了起来。为了防止发生我担心的事，我把房里的灯全打开了。

“有水吗？”京姐问。

我从水龙头里接了一杯水递给她，她一口气喝了个精光，又躺倒在床上。我也躺回坐垫上，背对着她，蜷曲着身子，像一只大虾。

过了一会儿，京姐又说话了："小虎，睡着了吗？"

"没有。"我应了一声。京姐没有再说什么。

"需要关灯吗？"我背冲着她，小声问。

"对不起。"

"什么？"

"给你添麻烦了。"

"哪里，您千万别这么说。"

京姐沉默了。

又过了一会儿，她又说话了："你觉得我这个人怎么样？"

我吓得差点儿跳起来，全身变得燥热。可是，我误解了她的意思。

"我跟世罗这种男人在一起，你一定觉得很奇怪吧？"

"没有，哪有这种事。"

"我以前住在横滨，干的是夜里的工作，你一定看不起我吧？"

"不，不会。"我以为她是个陪酒女郎，但接下来的话完全出乎我的意料。

"在横滨的黄金町。"

我差点儿叫出声来。黄金町是横滨最大的红灯区，是男人们购买女人肉体的地方。我最近常去横滨进货，所以知道这些。

"世罗是我们那里的常客。起初他并没有把我放在眼里，只是偶然有那么一天，他喜欢的女人休息，我接待了他。他第一次跟我在一起之后，对我印象不错，后来每个星期来两次，有时也不跟我上床，喝点儿酒聊聊天就回去。”

“京姐，睡吧。”

可是她的话匣子一打开，就关不上了。

“半年后的一天，世罗突然要求我辞掉工作。我也讨厌那种工作，可是我需要钱，跟店里也签了合同。他这么说我觉得很为难，但还是满脸赔笑地对他说再考虑考虑。可是他却说‘你今天就得给我辞了’。我还以为他在开玩笑，没想到他说完就动手收拾起我的东西来。我惊叫着说现在不行，他抓起我的手，就从后门跑了。我一边担心被人看见，一边又为明天将要开始新生活感到兴奋。跟他走很冒险，因为我知道他是黑道上的，他背上有文身。不过当时的我相信，跟上他我的人生会改变。

“我的人生果然改变了，不过是朝着错误的方向。因为是他不由分说把我带走的，我认为他一定养得起我。没想到他没钱也没房，在他的小兄弟家轮流借住。早知道这样我就不跟他走了，可已追悔莫及，只好去租房子安顿他。当时我想，如果不浪费，靠我以前的积蓄也能凑合着过日子。我是个奇怪的女人吧？他不是一个有固定薪水的人，收入只有上边的奖赏，不但不给我生活费，反而从我的钱包里拿钱，我的存款很快就花光了。

“没办法，我跟他说打算出去上班。他大发雷霆，说你要自重！我说我不是去卖身，只是想去小酒馆或小吃店打工。但他就是不同意，我反驳他，他就打我，还说什么今朝有酒今朝醉。可夸夸其谈填不饱肚子，最后他同意我去找白天的工作，我才当上了事务员。你说说，就是这样一个对我想打就打、想踢就踢的人，有资格教育我要自重吗？他的脑子肯定有问题！我也真是的，这样一个男人我竟然离不开他，你说我是不是疯了？”

“不，不是的。”

“世罗这个人，要是没人跟着他，他就完了。有我跟着他，也许他就毁不了……”京姐说到这里突然呜咽起来。我拼命控制着自己，不让自己回头。因为只要回头去看她，我肯定会被她吸过去，紧紧地抱住她。

“对不起，哭成这个样子。”

“没关系。”

“别看世罗那个样子，他的心可好了。他把你带回家来，就是看你连个睡觉的地方都没有，怪可怜的。不过，他不善于表达感情……”京姐说话的声音渐渐变成了轻柔的鼾声。

一个月过去了，一切平安无事。盐田帮没什么动静，户岛帮的小兄弟们也没有擅自去盐田帮挑衅。问过赤坂S俱乐部的人，他们否认盐田帮对他们施加过压力。

我打电话给明智侦探社，报告了赤坂发生的事件。我认为，世罗遇袭事件跟八寻帮的本间遇袭事件有相似之处，也许两者之间有联系。明智所长让我详细报告赤坂事件的经过，还要求我尽快找出本间事件的证据。三冈和小林调查了本间的人际关系，没有查出什么可疑人物，所以户岛帮很可能就是杀害本间的凶手。

可是，进入十二月，我还是没有找到任何线索。

户岛帮倒是平安无事，但我内心七上八下，紧张得要命。

我开始意识到京姐很奇妙地进入了我的心，我甚至不敢看她的眼睛。那天晚上，我跟她之间什么事都没发生。她一觉睡到大天亮，而我却蜷曲在座垫上，盯着到处是裂缝的墙壁彻夜未眠。早上我们离开情人旅馆就分了手，她回家，我直接去了新桥的户岛帮事务所。世罗没再让她滚出去，也没对我起疑心。

但是从那天晚上起，江幡京在我心目中不再是大哥的情妇，也不再是我寄宿的家里的女主人，不论是打扫事务所还是收取保护费的时候，都会不自觉地想起她柔软的肌肤和又甜又香的气味。总之，我喜欢上她了。每当意识到这一点，我就会想到世罗哥。虽然我什么亏心事都没做，却总是躲着他的目光。夜里早已听惯的两人做爱的动静，也会让我嫉妒得要命。

十二月七日，又出事了。

世罗和贤太再次被人袭击，货又被抢走了。

这回是在浅草。世罗的面颊和手臂被刀割伤，贤太的脸挨了好几拳。因为又是突然袭击，又没能看清对方的脸。这回还是我看车，没有挨打，但货仍然被偷走了。我虽然没有离开车，可居然没有察觉到车篷被刀划开，纸箱里的货被偷了个一干二净。贤太左右开弓赏了我好几个大嘴巴，我没有什么可辩解的，因为醉心于练习挂挡，外面的动静一点都没听见。

因为是第二次遭遇袭击，户岛帮上上下下都非常愤怒，但还是不敢轻易采取报复行动。因为浅草是可以在东京列入前五名的大帮派金子帮的地盘，跟金子帮打起来只能是鸡蛋碰石头，搞不好就会彻底灭亡。干部会研究达成的一致意见非常消极：以后多派几个人看车。

回到目黑的家里，世罗又发了疯。他用东西砸京姐，用脚踹我，又把我们赶出去了。跟上次不同，这回我没有跟京姐在一起，而是一个人去吃饭，独自住进了一家便宜旅馆。如果我跟京姐在一起，肯定会犯错误。

我向明智侦探事务所作了简单的汇报，就躺在旅馆的床上，翻来覆去地琢磨起这次偷袭事件。

是金子帮干的吗？像这种大帮派，如果有人侵犯他们的地盘，他们有必要暗中下手吗？打户岛帮根本是小菜一碟，正面攻击不是更有效吗？如果不是金子帮又能是谁？难道是买毒品的客人，为了省几个钱，集结人手抢货？可他们并不知道我们送货时要走哪条路，怎会把握得那么准确？莫非户岛帮内部有奸细……

我蜷缩在臭得噎人的被子里，一直到天亮都没睡着。

第二天早上回到目黑的家里时，世罗死了。

世罗死在浴室里，全身赤裸，脸朝上躺在地上。一只眼睛瞪得很大，眼球都要掉出来了，另一只眼睛半睁着，嘴唇好像扭曲的橡皮筋，脸颊也扭曲着，可见死的时候非常痛苦。我不知道如何形容那惨相，反正根本看不出他生前端正的容貌。痛苦成那个样子也不奇怪，他的腹部被胡乱切开，脂肪、肌肉、骨头，全都看得清清楚楚，肠子就像一条瘫在瓷砖地面上的大蛇。

京姐坐在浴室门口的地板上，脖子仿佛折断了似的低垂着，两条胳膊无力地耷拉着。我大声叫她，她一点反应也没有。她还活着。我看了看她的脸，虚无的眼睛眨动着，好像在想什么事。

京姐右手拿着一把菜刀，刀上沾满了黑色的血迹。难道是她杀了世罗？不可能。我又叫了她几声，她终于开口说话了。她说，她凌晨回到家时已经是这样了，菜刀是她从地上捡起来的。

我让她放下菜刀，把她拉到卧室里。

十平方米大小的卧室一片狼藉，好像遭受了台风袭击。衣柜倒了，摆列在上面的瓷娃娃摔得粉碎，镜子被砸裂，纸糊的推拉门上到处是破洞，壁橱里的棉被扯了出来，散乱在榻榻米上。

房间里乱七八糟，尸体被开膛破肚，跟八寻帮本间凶案现场完全一致，而且同样没有人报警。我已经完全把自己当作了黑道上的人，当然不能报警。我安排京姐躺下，立刻给户岛帮事务所打电话，说明情况后请求指示。他们说立刻派人过来，要我保护好现场，耐心等待。

不过我觉得等待是无能的表现，于是等京姐安静下来后，我又回浴室检视起现场来。我本来就是个侦探。

刚才吓晕了，光顾着害怕，没闻见浴室里的血腥味。不，不只是血腥味，还有以前封闭在身体里的脂肪、肌肉、体液、未消化的食物等等混合在一起的臭味。那是一种我从来没有闻到过的浓重臭味，简直令人无法呼吸。可是，我不敢打开窗户换气，我担心这臭味会把邻居招来。我用毛巾掩住鼻子，开始仔细观察世罗的尸体，但我还是没有勇气去看他流出五脏六腑的肚子。

尸体一丝不挂，衣服胡乱丢在更衣间的地上，没有放在专门装衣服的篮子里。衬衫、裤子、袜子都没弄脏，这说明他是脱掉衣服以后，或者说是在洗澡的时候被杀死的。

因为实在无法呼吸，我暂时离开浴室回卧室。京姐一动不动地躺着，我问她喝不喝水，她摇摇头，连眼睛都没睁。我把卧室的窗户拉开一条缝，鼻子凑在隙缝处，初冬的冷空气让我觉得舒服了许多。

呼吸完新鲜空气，我的脑子清醒了一些，突然产生了一个疑问。世罗除了被开膛破肚以外，别的地方并没有受伤，这是什么意思？如果在外边狭路相逢，被捅了肚子也算合情合理，可世罗是在洗澡，遭到袭击肯定会反抗，应该浑身是伤才对。莫非是洗头的时候被杀的？那也不应该捅肚子呀！

我回到浴室重新观察世罗的尸体，手背和手指有些伤痕，身体的其他部分没有伤口。反抗的时候，胳膊和腿最容易受伤，可世罗的这些部位没有伤。我还注意到，浴缸里一滴水都没有，难道世罗没洗澡吗？

还有一种可能性，那就是他躺在卧室里睡觉时被捅了肚子，然后被拖来浴室。

可是，我再次回到卧室仔细观察，却没有发现一丝血迹。客厅、我睡觉的小房间、厨房、厕所，这些地方都没有血迹。腹部被刺会流很多血，如果别的地方没有血迹，只能认定作案现场就是浴室。

如果是洗澡的时候被杀死的，那浴缸里为什么没有水？难道事后被犯人放掉了？为什么要放掉？是为了清洗身上的血迹吗？可是水放得精光，一滴都没留，又是怎么回事？犯人会规规矩矩地把浴缸清洗干净吗？怕留下线索暴露身份？为什么？为什么？

我想不明白，便再次走进浴室。现场观察一百遍都不算多。

浴室入口处有刚才京姐拿过的那把菜刀，刀刃和刀把都沾满血迹。我见过这把菜刀，应该是这个家里的东西。

这就是说，凶手没带刀来。这意味着凶手来这里的最初目的并不是杀世罗，进来以后，突然情势所迫不得不杀，才拿起那把菜刀。可是，突发性杀人会做到肚破肠流的地步吗？简直就像结了三代冤仇。要不就如八寻帮的山岸所说，凶手是第一次杀人，失去理智以后就乱杀乱砍起来。

不过，这也许不是偶发事件，而是早有预谋。用自己的凶器杀人，容易被追查到，用别人的菜刀则可以大大降低风险。

我东想西想找不到答案，于是再次走进浴室，看看有没有看漏什么，有没有犯人留下的物品。我慢慢移动视线，没有水的浴缸、舀水的小水盆、肥皂、血海、尸体、避孕套……避孕套？

我惊讶地踏进血海，捡起位于尸体腰部的那个避孕套仔细查看。透明、细长、筒状、顶端有突起的小袋……没错，是避孕套，刚才因为不忍心看尸体，没有注意到。

莫非世罗在浴室里做爱？如果采用女上位，没注意到浴室的门被凶手打开，来不及反抗被砍破腹部，也算合乎情理。

难道世罗把京姐和我赶出去以后，把别的女人叫来了？他不是每个星期至少有一天在别的女人家过夜吗？这回可好，叫到家里来了！真叫人气愤！

不对，现在不是气愤的时候。对了，如果是在浴室做爱的时候被杀死的，那个女人呢？

世罗死了，女人却不见了。是趁机逃走了？还是女人本身就是凶手？

这时，随着一片混乱，户岛帮的人到了。领头的是大石武史，还有松永大哥、贤太和一个叫南部征二的小兄弟。大概是考虑到人太多了会引起邻居的怀疑，所以只来了四个人。大石和松永都是见过世面的，看到世罗的惨状，也都吓得目瞪口呆。贤太立刻跑进厕所呕吐起来，南部转身就往门外跑。

如我所料，大石亲自确认尸体后也没报警，说是要由户岛帮来处理世罗的遗体，命令我们这些小喽罗去附近打听消息。看来户岛帮和八寻帮一样，出了问题自己解决。因为前一天发生过世罗和贤太在浅草金子帮的地盘被袭击的事件，不得不怀疑金子帮是事件的幕后操纵者。但对方是个大帮派，不能傻乎乎地出手报复，眼下重要的是先稳住自己的阵脚。

打听消息的任务由我、贤太和南部分头执行。根据打听到的消息，初步认定世罗被杀害的时间是夜里十二点左右。好几家邻居都听见江幡京家里激烈的争吵声，但是没人出来看，也没人报警。大家都知道平时世罗经常打老婆，以为只不过是家庭暴力，打过就完了。事实上，昨天晚上早些时候，世罗也对京姐和我大吼大叫过。

邻居虽然听到了争吵声，却没有看见可疑的人。我们还去附近的路旁和垃圾站看了看，希望能发现凶手留下的物品，结果一无所获。

除了大致把握了行凶时间以外，关于凶手的线索一点都没有找到。大石听了我们的报告，大发雷霆："找不到凶手不许回来见我！"

我们三个小喽罗吓得缩成一团，一齐跪在地上："大哥说得对，可是……"我们一时不知道说什么才好。

我一边磕头，一边战战兢兢地说出了自己的看法："也许不是男人干的。"

"你说什么？"

"先考虑女人是上策。"

"女人？怎么回事？抬起头来！"

"浴室里，有……有……避……避……"

"你小子中邪啦？乱开玩笑当心我揍你！"大石举起拳头。

"浴室里有避孕套！"我挺直身子大声说。说完以后才想起京姐就睡在隔壁，后悔说话声音太大了。

"避孕套？"大石皱起眉头。

"是的，避孕套。"

"小虎！"松永轻轻咳了一声，"你是知道避孕套是干什么用的吗？"

"当然知道。我认为，世罗哥是在跟女人做爱的时候被杀死的。"

大石跟松永对视了一下。

"别随便乱说，哪里有避孕套？"贤太用胳膊肘碰了碰我。

"有，就在世罗哥身边。"这小子好歹也算兄长辈的，我跟他说话历来很客气。

"没有。"

"有！"

"你看错了吧？是不是太恶心了，没看清楚？"

"不，我拿在手上确认过。是您没敢看才没看见吧？"

"你说什么？"贤太抓住了我的手腕。

"别闹了！"大石大喝一声制止了我们。

"你说的女人是那个人吗？"松永竖起大拇指，指指身后纸糊的推拉门。

"不是，那时候京姐不在家。应该是别的女人。最重要的是，这里只有世罗哥的尸体，没有女人的尸体。"因为害怕京姐听见，我说话的声音一直很小，"也就是说，可能有以下三种情况。第一，凶手袭击世罗哥的时候女人趁机逃走了；第二，世罗哥是被这个女人杀死的，她事先把菜刀拿到浴室藏起来，在做爱过程中下手；第三，这个女人跟凶手是一伙的，她先勾引世罗哥在浴室做爱，趁世罗哥毫无防备的时候，几个人一拥而上……"

"几个人？"

"当然，没有证据表明凶手是金子帮的人。"

"那倒是。不过，如果女人跟凶手是一伙的，那就是有计划的杀人。"

“等等！为什么要信小虎？”贤太跪直身子，“我不是说根本没有避孕套吗？这样就不能证明有女人来过。”

“有避孕套！”我瞪了贤太一眼。

“跟你说没有就是没有！大哥，我和小虎，您相信谁？”贤太的口气就像个性格乖僻的女人。

“南部！你去看一下！”大石向南部发出命令。

南部吓了一跳，但大哥的命令不能不服从。他拖拖拉拉地站起身，弯着腰走向浴室。

我继续说：“我所说的三种情况，不管是哪一种，女人都不单单是个客人，而是跟世罗哥有那种关系的人。”

贤太虽然满脸不高兴，但没有插嘴。

“也就是说，这个女人一定跟世罗哥很熟。一般情况下，他不会让一个素不相识的女人进来。”

松永听了这话，笑了：“那也不一定，要是有个不错的女人敲开我的门，说肚子痛想借厕所用用，我肯定热烈欢迎。等她上完厕所，我就把她灌醉，然后抱她上床。”

“当然也有这种可能性。不过还是请认识的人进来的可能性大。”

“那倒也是。”

“所以我认为，应该追查跟世罗哥有关系的女人。”

“原来如此。”

“实际上，世罗哥除了京姐以外，还有别的女人。不过，叫什么名字，在哪儿住，我就不知道了。”我竖起小指，把说话的声音压得更低了。

浴室那边传来呕吐的声音。

松永眯缝着眼睛，手指顶着太阳穴：“你这么一说，我想起来……”

“您知道？”

“有一回，我在街上看见世罗带着一个女人。他说既然碰上了，就一起喝杯咖啡，于是我们进了一家咖啡馆。那个女人叫什么……对了贤太，你小子也在场。在池袋，没错儿，池袋！”

“啊？对了，好像有过那么一回事。”贤太不太肯定地随声附和。

“叫……对了，叫小明，木暮明里！”松永拍着手叫道。

“哦，那个女人，我也想起来了。”贤太说。

“说是叫‘小明’，也有三十多岁了。当时我还想呢，世罗总是对比他年龄大的女人感兴趣。”松永接着说。

后来我才知道，世罗之所以喜欢比他年龄大的女人，是因为他对比自己大一轮的姐姐怀有变态的感情。这个问题跟他被杀害的案件没有关系，在这里就不详细说了。

“您知道这个女人住在哪儿吗？”我问。

“好像是在立教大学后边，当时没细问。知道名字的话，找起来应该不难。”

“已经结婚了吗？”

“这我就不知道了。”

从年龄上考虑，她结了婚也不奇怪。想到这里，我推测说：“说不定是她丈夫闯进来把世罗哥杀了。”

“如果是这样，那肯定恨之入骨，才把人剁成那样。”

这时候，大石说话了：“说不定是这个女人干的，比如说世罗提出跟她分手，她不干。和一般人想象的不同，女人更下得了手。你要是把她惹急了，根本制止不了她。”大石一边说一边频频点头，听他的口气，好像经历过类似的事情似的。

南部回来了，用手捂着嘴，脸色苍白。

“没有避孕套。”他说。

“怎么样？我说没有嘛！”贤太的胸挺了起来。

“你认真看了吗？”我瞪着南部问。

“看了，我还碰了碰世罗大哥的尸体。”

“不可能没有！”我不再下跪，瘸着跪麻了的腿往浴室走。

果然没有避孕套。我从尸体腰部拿起避孕套仔细看过后，又放回了原处，它却神秘地消失了。尸体上、血海里、浴缸里，哪儿都没有。

“好像没有啊。”松永说。

“刚才分明在这里。”我脱掉袜子走进浴室，跪在瓷砖地上，在血海里摸索。

“算了，别找了！”松永生气了。

“就在这里啊！”我把尸体翻过去，继续找。

“别找了！没听见啊？”松永吼道。

“我没说谎！”我跪在地上，委屈得眼睛里闪着泪花。

“叫你别找，你就别找了！好好洗洗！”

走出浴室，我在更衣室的洗脸池把手洗了又洗，恨不得洗掉一层皮。我边洗边对松永说：“我亲眼看见，亲手摸过，真的，请您相信我！”

“我突然想到一个问题。”松永关上浴室的门，“如果跟女人发生纠纷，小虎你刚才说了三种可能性，对吧？”

“对。”

“还有一种可能性。”

我歪着头，表示不理解。

“世罗的情妇！”

我瞪大了眼睛：“京姐？不可能！京姐被世罗哥赶出去，早晨才回家。”

“夜里十二点左右就回来了。”

“胡说！”

“你说我胡说？”

“对不起！说得太急。大哥海涵！”我赶紧跪在地上。

“没有谁能证明她夜里十二点没回来吧？”

“没人证明她没回来……可是，也没人证明她回来了呀。”

“我跟你说，我这可不是瞎猜，都是因为小虎你坚持说看见了避孕套，毫不相让。”

“我真的看见了。”

“好，我相信你。可是，现在这浴室里没有避孕套。也就是说，在小虎看见避孕套以后，有人把它处理掉了。是谁干的？这个家里的女主人就可以做这件事。”

“这怎么可能……”

“理由很简单，如果我们怀疑世罗的死跟女人有关，首先怀疑的就是她！她想起避孕套还在尸体上，便慌忙处理掉了。”

我沉默了。难道京姐隔着纸糊的推拉门听见了我们关于避孕套的争论，悄悄起来把避孕套处理掉了？不可能！我在脑子里拼命搜寻否定这种推测的理由。我对松永说：“昨天晚上京姐是被世罗哥赶出去的。就算夜里回来了，世罗哥允许她进家门，也没有心思跟她做爱！世罗哥不会去抱她，是他把京姐轰出去的！”

“这你就不懂了。心情越是不好，就越是想搂着女人干那种事，常常是急不可待，而且都会在很奇怪的地方，公园里、汽车里、厨房里，还有就是浴室。”

“京姐没有理由杀死世罗哥。”话刚出口，心里就有一个声音反驳我：怎么没有？平时受尽虐待，日积月累终于爆发……

“问问她本人就知道了。”

“大哥要审问京姐吗？”

“那当然。”

“可是……可是，大哥，过两天再审不行吗？京姐她现在……”

“你喜欢上她了？”

“没有。因为京姐一直在照顾我，除此以外没有别的，没有……”我低下头，坚决否认。

“杀人偿命，欠债还钱！”松永毅然决然地说完这句话，就离开了更衣室。世罗是他最要好的小兄弟。

黑道上的人讲究人情义理，松永并没有当场审问京姐，只问了问她今天早晨回来之后的一些情况，没有刨根问底。结果了解到两点：她回来时门没锁；家里值钱的东西没有被拿走。

松永找京姐问话的时候，大石给户岛帮事务所打了电话，要求找到那个叫木暮明里的女人。我、贤太和南部被命令继续在附近打听情况，问了半天也没有任何成果。

天黑以后，世罗的遗体被搬送到位于高轮的一间小寺庙。这间寺庙跟户岛帮关系密切，不用担心他们会报警。葬礼之后，遗体将在横滨的火葬场火化。那座火葬场也跟户岛帮关系密切，用不着去政府机关开火葬许可证。

世罗的遗体被安置在寺庙里的一个小房间，上边命令我、贤太和南部换班守灵，不许睡觉。京姐一直守在世罗的棺材前，也许根本用不着我们这几个小兄弟。

贤太和南部有时候想起世罗生前对他们的好，哭得一把鼻涕一把泪。说句老实话，我一点儿都不伤心。一来我跟世罗的交往比他们短，二来我本来就是作为一个侦探来卧底的，不可能跟世罗交心。我担心的是京姐。

她以后的日子该怎么过？我是不是应该担负起照顾她的责任？我当然不能像世罗那样成为束缚她的绳索。我得养活她。

我脸红了，不由得看了看悄然跪在世罗灵前的京姐。

我想到了自己的身份。我不是户岛帮的成员，也不是世罗的小兄弟，我是堂堂明智侦探事务所的侦探！想到这里，我又开动脑筋，分析起这桩杀人案来。

如果只有世罗被杀，京姐确实是最值得怀疑的对象，平时受到的虐待就是杀人动机。但是，我知道八寻帮本间命案，本间的死状跟世罗完全一样，都是被捅了肚子，五脏六腑流了出来，家里被翻得个乱七八糟，而且都是白天被袭击后在夜里遇害的。

这么多一致，自然可以得出结论：杀死本间和世罗的凶手是同一个人！如果说世罗是被京姐杀死的，那本间也应该是京姐杀的，这怎么可能？就算京姐杀世罗的理由有一万个，杀本间的理由却一个都没有。京姐跟本间之间根本没有任何接点。

我认为这不是单纯的个人犯罪，而是有组织的犯罪，而且是很有势力的组织。杀死世罗和本间的，很可能是同一伙人。

第二天中午，我谎称为了清醒头脑出去散步，给明智侦探事务所打了一通电话，报告了世罗被杀害的事件之后，我要求调查一下以前是否发生过类似事件。回到寺庙后，我听说松永带着贤太和南部出去了，一问才知道木暮明里已经找到，他们要去审问她。为什么要去三个人呢？他们采取的是警察审问犯人的方法，三个人轮流问同样的问题，然后在答话里找矛盾点，再通过突击矛盾点攻破对方的心理防线。

晚上，三个人一起回来了。说那个木暮明里在池袋附近一家小酒馆当店长，已经跟丈夫离婚，孩子判给了她，托乡下的外公外婆照看，她自己一个人在东京闯荡。

明里说她没有去世罗家，而且根本不知道世罗家在哪儿。松永说看不出她在撒谎。介绍完木暮明里的情况，松永说："这样，世罗的情妇就更值得怀疑了。葬礼结束后要严加审问！"

我什么话都没说。我并不是没有理由反驳他，只要我把世罗和本间两人之死的相同点说出来，他就不会再怀疑京姐。可是，那样就会暴露我的身份。八寻帮派来卧底的人，将受到怎样的惩治，可怕得简直不敢想象。

可是，如果我保持沉默，京姐的日子可就不好过了。如果她忍受不了严刑拷打，承认是她干的，那可冤死她了！一想到这里，就像我自己要遭受严刑拷打似的，胸口堵得发痛。

然而几天以后，事件以出人意料的方式解决了。

木暮明里承认她杀了世罗，随即自杀了。

交　往

9

在杀人般的暑热终于告一段落的时候，我得到了蓬莱俱乐部要在崎玉县搞促销活动的情报。那是八月二十四日早晨，我照常五点起床，锻炼身体以后吃早饭。正在享受饭后烟的时候，电话铃响了。

电话是阿清打来的。他说：“一个住在崎玉县的朋友来电话告诉我，家里收到了蓬莱俱乐部散发的广告。”阿清也通知了他所有的朋友，一旦有关于蓬莱俱乐部的情报，就跟他联系。

“崎玉县的什么地方？”

“本庄。”

“促销活动哪天搞？”

“今天。”

“我说阿清，你的侦探素质比我还要高嘛！”我跟阿清开了个玩笑。我有点嫉妒他，由嫉妒而想起了一件重要的事，赶紧又问了一遍：“今天？”

“对，今天下午一点。”

“今天去不了啊。”今天是星期六，我休息，跟麻宫樱约好一起吃午饭，之后再开车去兜风。

“可是学长，错过今天，下次什么时候能碰上很难说！”

“真是的！你早些告诉我嘛！哪怕昨天晚上也好。”我一边叹气一边咂舌。

“我刚接到朋友的电话啊！”

“知道了，就今天去。”跟麻宫樱的约会改到明天也行。

“拜托了。”

“你拜托谁呀？你也一起去！”

“啊？我不行，我扛不住花言巧语强卖东西的家伙，去那里保准上钩，要是强卖给我一条一百万日元的羽绒被怎么办？”

“两人一起去，互相监督，保证不会上当。还有，按照我计划好的作战方针，没有两个人就没法实行。”

“可是，两个大男人一起去参加这种保健用品体验会，你不觉得有点奇怪吗？要是两个女的还说得过去。要是你无论如何需要一个人跟你一起去，应该找女的，最好是装成一对夫妇。”

请麻宫樱帮忙？既不耽误约会又不耽误侦查，一举两得。可是，我跟她认识了才几天啊？如果已经认识了十年八年，也许会觉得新鲜甚至刺激，高高兴兴地跟我去。这麻宫樱可就难说了，她很可能会说，比起没滋没味的保健食品，我更喜欢吃赤坂的奶酪蛋糕！对了，那次在东京都饭店里见面，由于我说话不注意，曾经惹得她很不愉快。

在我胡思乱想的时候，阿清又说话了：“令妹绫乃不是挺有闲工夫的吗？”

10

我的目的地是一片旱地正中央的一座长条形建筑物，顶着倾斜度不大的石棉瓦屋顶，两侧有很多卷帘门，像个仓库。旁边有一块跟建筑物同样大小的空地，有很多车停在那里。

绫乃紧咬着嘴唇走在我身边，好像在生气，我也一言不发。我们兄妹并没有吵架，只是不想说话。虽说天气凉快下来了，那也只是早晚。白天在太阳底下走上十五分钟，谁都会不高兴。

我把车停在了十七号国道边的一家饭馆前，这倒不是为了节约汽油，我的车是品川车牌，开过去恐怕太招眼了。

我没跟绫乃详细说明来这里的目的，只说是受朋友之托，看看蓬莱俱乐部的商品是否值得信赖，没有提久高爱子的名字。绫乃虽然是我的亲妹妹，也不能告诉她详情，对朋友讲义气嘛。绫乃大概受到了我这个哥哥的影响，对什么事都不刨根问底。但是作为交换条件，她跟洋子去夏威夷旅行的时候，我得开车把她们送到成田机场。

那座建筑物的卷帘门升起一个，门口站着两个穿西装的人。

“等等！”我拽住正要往卷帘门方向走的绫乃，观察起停车场上的车。果然不出我所料，这些车的车牌多数是熊谷的，还有一些大宫和群马的，品川车牌的只有一辆大型客货两用车。我凑近那辆车，看见里边有很多羽绒被和纸箱，肯定是蓬莱俱乐部的车！有没有什么地方写着俱乐部总部的地址呢？我把额头顶着车窗玻璃往里看。

“看什么哪？”突然，身后传来一个严厉的声音。回头一看，一个穿西服的家伙走了过来，胸卡上的名字是“日高”，可能是俱乐部的人。

“啊……不……没看什么……那个……”我一时不知道怎么解释。

“对不起您了！他呀，有点儿头晕，想靠在这车上歇一会儿。你不要紧吧？”绫乃先向那个人解释一番，然后看着我的脸问道。

“啊，好多了。可能有点中暑，走了那么远的路……”我用手捂着额头，使劲儿喘着粗气，装成头晕的样子。

“这可不太好，赶快进去吧，里边为您准备了冰水。”日高领着我们向入口处走去。

我对绫乃耳语道：“这回你可帮了我大忙。”

“从夏威夷回来的时候，拜托你去机场接我们。”

“没问题！”

走到入口处，站在那里的两个年轻人一起威严地大声喊道：“欢迎光临！”两人都把头发染成茶褐色，穿一身西服，脚上却是球鞋，显得不伦不类。

“请您把鞋脱了，装进塑料袋里自己拎着。”其中一个茶褐色头发的年轻人对我们说。

我们按照他的吩咐脱了鞋，装进他递过来的塑料袋里拎着，踏上了铺在地上的粗糙的席子。走进去后，出乎我意料的是，里边没有摆着羽绒被和按摩椅之类的保健用品，迎面是一块白色塑料板，上面写着：

为您设计八十岁以后的健康人生

——医学博士野口英雄先生

配有长条桌的座位基本上被占满了。没有空调，只有几台电扇摇着头转。带着扇子的人对着自己的脸一个劲儿地扇风。我和绫乃被安排在靠后面的座位。

“请喝水！这是我们蓬莱俱乐部特制的负氧离子矿泉水——蓬莱养生水，喝过之后，生机无限！”日高拿着两个纸杯和两瓶水走过来，放在我们面前的桌子上，“蓬莱养生水市价两万日元，是世界上最高级的水，今天免费赠送每位一瓶，以表示对各位冒着酷暑前来参加我们的免费保健讲座的感谢之情。”

哦，这就是久高隆一郎用来泡假牙的高级水。标签上只写着“蓬莱养生水”几个字，没有标明采集地区和经销商。不是把超市卖的矿泉水换了个标签，就是灌的自来水——我之所以如此确信，是因为没来之前就知道蓬莱俱乐部的恶行。

过了没多久，白色塑料板前面出现了一个三十五岁上下的小个子男人。

“欢迎大家光临免费保健讲座！大家出汗了吧？多出点！汗水可以冲出体内的有害物质。出完汗请大家喝蓬莱养生水，喝完出汗，出完汗再喝，喝上一个月，早晨起来，您就会精神倍增！喝上半年，您晚上干事儿就会劲头十足，尽享‘性福’！”

说到这里他笑了，也许是因为没有空调在自我解嘲。这个医学博士肯定是俱乐部的人伪装的。故意穿一件白大褂，反而让人觉得做作，名字也像假的。但是，我得承认，野口英雄先生的口才不错。

他说，法国的露德水，是在圣母玛丽亚引导下发现的包治万病的水；德国的诺登瑙水，是可以让失明少女重见光明的神秘的水；印度的纳达纳水，用来洗澡能治好各种皮肤病；墨西哥的特拉克特水，可以使人永葆青春，健康长寿。但是，这些世界名水都比不上“蓬莱养生水”。蓬莱养生水的锗和活性氢的含量都高于其他名水。锗有抗癌和增强免疫力的功效，活性氢则可以消除对人体有害的活性氧。另外，蓬莱养生水还可以把剧毒二恶英分解成对人体无害的物质。

在宣传蓬莱养生水的过程中，野口英雄的演讲越来越抽象。

他说，现代社会环境被严重污染，空气被污染，土地被污染，水源被污染，蔬菜里都是农药，鱼虾里积蓄着环境荷尔蒙，肉类等于泡在抗生素里，大家的身体在不知不觉中被腐蚀。就算一个人能活八十岁，可没有健康陪伴，活着还有什么意思呢？

最后的结论当然是，只要使用蓬莱俱乐部的保健品，健康就会回到身边。但是他不直接说结论，而是频繁穿插噱头，并开一些下流玩笑，还不时问现场某个客人一些问题，要是回答不上来，就不失时机地轻轻挖苦两句，再奉承两句让其摆脱尴尬，简直赛过电视上的三野文太[1]。会场里充满了笑声和赞叹声，就像电

[1] 日本著名的综艺电视节目主持人。

视购物直播现场。

我想，要是认真听讲被洗了脑可就糟了，于是一边左耳进右耳出地听着，一边观察起会场的情况来。

客人有四五十个，多半是老年人，不过正如久高爱子所说，年轻人也不少，甚至还有一个因过敏性皮炎红肿着半边脸的穿水手服的孩子。一想到蓬莱俱乐部连这么小的孩子都骗，我就义愤填膺。

我所能看见的俱乐部职员有十二个，他们拉开同等间隔的距离靠墙站着。不知道为什么，我有一种被他们包围着的压迫感。

正如我刚进来时注意到的，看不到俱乐部的保健品摆在那里，也看不见纸箱之类的东西，除了免费发放的蓬莱养生水，什么都没有。但会场一角用屏风隔开，商品可能都在屏风后边。

再看那些职员，其中几个人的手上拿着笔记本，那里边也许写着俱乐部总公司的地址，可我有机会打开他们的笔记本吗？

野口英雄先生的演讲在热烈的掌声中结束了，我身旁的绫乃也在使劲拍手，脸上露出满意的笑容，拍一会儿手之后还双手合十，对野口英雄先生表示尊敬。

“绫乃，你不要紧吧？”我担心绫乃被洗脑，小声提醒她。

“小虎，你不拍手大家会觉得你是个怪人。”绫乃保持着那种叫人恶心的笑容对我说。我点点头，也拍起手来。

掌声过后，野口英雄先生大声说：“保健品免费体验现场会现在开始！请大家到这边来！”仿佛一声令下，他的话音刚落，二十世纪七十年代流行过的迪斯科音乐骤然响起，屏风被撤走，各种保健品出现在人们面前。

“请先品尝保健食品，不要客气，随便吃，不要钱！”

推销员的话还没说完，客人们就涌到发放保健食品的地方。由于负责发放的只有两个人，很快就排起了长队，分明是故意制造的效果。

让我感到惊奇的是，品尝过的人马上就提出多买一些，紧接着，好几个人“我也买我也买”地大声喊起来，简直就像巨人队夺得冠军之后商店大降价时的情景。有的肯定是俱乐部雇的托儿，有的则是被野口英雄先生的演讲洗了脑，陷入类似被施了催眠术的状态。

总算轮到我和绫乃了。我接过几粒黑仁丹似的东西，被告知那是用海藻、朝鲜人参、蜂王浆和海洋深层水精制而成的。我先用鼻子闻了闻，闻到一股呛人的臭味。

绫乃吃了一粒以后说：“哎呀！我好像觉得浑身是劲儿！”

我知道，她是为了让蓬莱俱乐部的人高兴，故意那么说的。

接着，我们品尝了五颜六色的药片、牛肉干似的食品，以及所谓的保健饮料，我闻起来都是臭烘烘的。也许是心理作用吧，吃了以后，浑身像被火烤似的。

我当然没有忘记此行的目的，一边假装热心倾听俱乐部职员关于保健品的说明，一边伺机四处观察。

床上用品、按摩椅、烹调用具、装饰品、服装、食品……摆得满地都是，简直就像一家破产前大甩卖的百货店，大部分都是从来没有听说过的品牌，一看包装就知道是便宜货。也有迪士尼等著名商标的图案，分明是违法仿制的。

在快节奏的音乐声中，九折优惠、买一套送两套、只剩最后一件……俱乐部职员的喊声此起彼伏，客人们也是争先恐后地购买，不仅有人买一百日元的抗菌袜子、两百日元的凉鞋，也有不少人买一万日元的暖脚器、两万日元的低周波治疗仪。

我发现俱乐部职员在说明商品使用方法时，会把手上的笔记本顺手放在桌上，我想拿起来翻看，但根本找不到机会。

这时，那个叫日高的家伙搓着手凑过来："我来向二位介绍几件值得买的东西，怎么样？"

绫乃夸张地大声问道："什么东西啊？"

"这位太太，您是不是有时候腰疼啊？"

"哎哟，讨厌！你听见没有？他叫我太太，太太！"绫乃哈哈大笑，拍着日高的胳膊说。

"哦？这么说，是您的男朋友？真够亲热的。那就叫您大姐吧。大姐，您的腰啊，肩膀啊，有时候是不是觉得疼啊？"

"现在倒是不疼，天一凉就经常疼。"

"哦，是寒气吗？大姐，今天您算是来对了！我们专门为您这种体质的人带来一件商品！”日高说完，把我们领到一个盖着羽绒被的床垫前，掀开羽绒被，“大姐，躺下试试，别客气！只有今天才能试用，平时您想试都没机会。”

绫乃给我使了个眼色，躺到床垫上去了。这时我才明白进来的时候为什么让我们脱鞋。

“怎么样？是不是觉得特别放松？”日高询问躺在床垫上的绫乃。

“我觉得这床垫有点硬。”

“大姐，您说得太对了！的确是有点硬。但是，硬一点对身体有好处。睡太软的床垫伤腰。您看，这床垫表面凹凸不平对吧？这些凸起可以刺激您背部的穴位，睡觉的同时，您能接受最有效的按摩。凸起里装有永久磁石，可以发出高达两千高斯的磁力，促进血液循环。您再看看这床单，材质特别值得注目。它是用含有氡的特殊纤维织成的，氡，听说过吧？就是氡温泉的有效成分，化学元素符号Rn，可以产生天然负氧离子，使身体放松，消除疲劳。怎么样？躺了一会儿就觉得轻松了吧？更重要的是，这种床垫可以治疗疾病。有一位患风湿性关节炎在床上躺了十五年的老太太，睡了半年就能下地走路了！”

日高手舞足蹈，越说情绪越高昂，他的笔记本和手机就放在旁边的桌子上。

我向四周扫了一眼，到处都铺着床垫，俱乐部的推销员们拼命推销着，我认为不会有人注意到我们这边。我一边用眼角的余光注意着日高的动作，一边掀开日高的笔记本，没有全掀开，而是停在了六十度角。里边胡乱写着一些我看不清楚的字，好像没有什么对我有用的情报。

“先生！先生！”

听见日高的叫声，我赶紧缩回手，笔记本恢复了原状。

“先生！这回该您试试了。”

“啊……是啊，我也试试。”我勉强笑了笑，躺在床垫上。

日高给我盖上一床被子：“怎么样？这羽绒被很轻是吧？或者说根本没有重量，对吧？简直就是仙女的羽衣！这种被子使用的是原产保加利亚的羽绒，不是羽毛，而是天鹅胸前的绒毛！真正的羽绒被是用绒毛做的，我们公司的羽绒被用的是百分之百的绒毛！您想想，一只天鹅胸前的绒毛能有多少，还要经过手工挑选，绝对没有一根杂毛！别处卖的羽绒被用的都是鸡毛，您摸过鸡毛吧，硬硬的，做成被子又重又不保暖。盖那种被子，肩膀会痛，气会喘不上来。我们公司的羽绒被轻吧？不只重量轻，我们还做了防霉处理，绝对不会造成皮肤过敏。您再看这被套，含有精细陶瓷的白金纤维，永远放射着远红外线，冬天不管多冷都会暖到您心窝里去！我们的远红外线跟您烤鱼的那种可不是一回事，我们的远红外线波长在十微米前后……”

“对不起，给我们一点时间开个家庭会议好吗？”我从羽绒被里爬出来对日高说。

“今天免费赠送羽绒枕头一对，换洗用被套一个！”

“毛巾被呢？”

“这位先生真会买东西。好，送您两条！”

我把绫乃拉到离日高远一点的地方，对她耳语道：“跟他说买一套。”

“你疯啦？你没听他说？一套一百万哪！”绫乃瞪大眼睛。

“没关系，肯定是分期付款。”

“分期付款也不要，有钱还不如买辆车，这回买大点儿。”

“叫你说你就说。填写分期付款申请书的时候写假名、假地址和假银行账号。”

“那还不当场露馅儿啊？”

“肯定露馅儿，所以咱们要在露馅儿之前溜走！”

“溜得掉吗？”

“至少有一次机会。”我知道申请分期付款后要通过电话审查，我们就趁日高打电话的时候溜走。

“我说小虎，你在搞什么鬼？”

“别多问，帮帮忙。你填写分期付款申请表的时候，多问几个问题，把那小子的注意力吸引过去！”

“你让我干这么危险的事情，去夏威夷旅行，你得为我们饯别。”绫乃缩着脖子说。

“跑得动吗？”

“上高三的时候，我在东京市运会上跑过八百米，现在也经常游泳锻炼，没问题！”

“拜托了！”我拍拍绫乃的肩膀，跟她一起回日高那边去。

“一套？一套怎么睡？”日高贪得无厌。

“先买一套用用看，用着好的话再买。”我做了个笑脸。

“平时都卖三百万一套，今天是优惠价，一百万，而且不收消费税。”

“我们两个从来都睡一个被窝，先来一套，可以的。”绫乃微笑着说。

“真叫人嫉妒。不过这是双人被，您二位晚上做多么剧烈的运动都不要紧。”日高猥琐地笑着。

“你这人真讨厌！”绫乃佯装嗔怒。

“一套就一套吧，请您到这边来。”日高拿着笔记本站了起来，走到刚才野口英雄博士演讲时用的那张桌子前。已经有几个人趴在桌子上填写分期付款申请表了。

“喂！今天是……二〇〇一年……诶？是二〇〇一年还是二〇〇二年啊？”绫乃马上就进入角色，开始吸引日高的注意力。日高弯下腰，开始教绫乃怎么填表。

日高的笔记本和手机放在桌子上，离他有二十厘米，是可以找到机会的。但是，根据刚才的经验，笔记本密密麻麻写的都是字，要想整个翻遍，从中找出蓬莱俱乐部总公司的地址是不可能的。

我把右手插进裤兜，握住了我的秘密武器。我确认日高和其他推销员都没注意，左手按住日高的手机，右手迅速从裤兜里抽出，把秘密武器插在了日高手机的外部连接端口上。

“名字写平假名还是写片假名？哎唷，我家地址太长了，写不下，写到栏外可以吗？写在这边，还是写在这边？”绫乃表演得很像，日高的注意力完全被她吸引过去了。

为了防止被人看出有东西插在手机上，我用手捂着那个五百日元硬币大小的秘密武器，等着数据传输结束。

我的秘密武器，不是通过英国M16谍报机关搞来的特殊工具，而是在廉价商店买的一种手机配件。它可以存储手机里的数据，万一手机丢了或坏了，可以把里边存储的数据传输到新的手机里。这是它本来的用途。

但是，这是一种非常危险的配件。如果把它插到别人的手机上，就会把所有数据偷出来。我现在就是在利用它这个危险功能偷取日高手机里的数据。

这个配件的缺点是传输速度太慢，一秒钟只能传输两三个电话号码，如果手机里存储的电话号码太多，就得用很长时间。要是在传输过程中被日高这帮人发现了，不被他们打折一条胳膊才怪。我的心脏剧烈跳动着，汗水顺着脊背往下流，心里一个劲儿地祈祷，日高和别的推销员千万别注意到我的行动。

“好！您辛苦了！请您稍等！”日高对绫乃说完，转身拿起他的笔记本和手机，向房间的角落里走去。果然不出我所料，他马上就要打电话确认。

我把攥在手心里的手机配件装进裤兜，长长地吁了一口气。日高手机上存储的数据已经全部被我偷过来了。

“刚才我的表现怎么样？”绫乃抬起头来看着我问道。

“好极了，快走！”我拉着绫乃悄悄退到墙根，背靠着墙，迈着螃蟹步向出口移动。

“等等！鞋！”绫乃指了指桌子下边。

“不要了！”

“不行！”

“会被他们抓住的。回头你要菲拉格慕也好，要古驰也好，我都给你买！”

“走到那家饭馆有多远你不知道吗？光着脚跑得了那么远吗？柏油马路又晒得滚烫滚烫的，不穿鞋怎么成？”

的确如此。

“我去拿，你先出去，能走多远就走多远，先光着脚坚持一下。”

“知道了，你当心点儿！”绫乃叮嘱了我一句，继续向门外移动。

我回到刚才绫乃填写分期付款申请表的桌子前，悄悄蹲下去，伸手把装鞋的塑料袋提起来。桌子上还放着那两瓶号称价值两万日元的水，那玩意儿我就不要了。我半弯着腰，提着鞋慢慢向后退。

突然，有人拍了拍我的肩膀：“怎么了？”

我吃了一惊，直起身子一看，是那个穿白大褂的医学博士野口英雄先生。

“啊，没什么。”

“哦？你还什么都没买呀？”野口把眼镜往上托了托，看看我的脸，又看看我的手。

“啊，还没有。”

“是不是好东西太多拿不定主意买哪个？来，我给你详细介绍。”野口说着一把抓住了我的手腕。

“不，不是……”我弯下腰，按着肚子。

“哦，肚子不舒服啊？厕所在这边。”野口拉着我往里边走。我的手腕被他紧紧抓着，不便使劲挣脱，只好跟着他往里走。这时我可以看见日高正站在屏风后面，拿着绫乃填好的分期付款申请表在打电话确认。日高满脸笑容，看来还没发现绫乃表上填的内容都是假的。可是，离露馅儿的时间不会有多长。

这回可不是装的了，我的肚子真的疼了起来。

“先生，您别走那么快，我肚子疼得厉害，跟不上。”我索性蹲了下去，但野口还是抓着我的手腕不放。

就在这时，救命女神降临，我裤兜里的二号手机响了。

“先生，您等等，电话，电话！”

我终于甩开了野口的手，从裤兜里掏出手机。

“你怎么了？”电话里传来女人的声音，听起来似乎有几分不安。

“啊……”我一时不知道说什么好。

“身体不舒服吗？”

“我糊里糊涂地……”

“忘啦？”

“对不起！我不是故意的。”

“不是故意的？”电话里，女人的声音变得不愉快起来。

来电话的是麻宫樱。本来我想在来这里的路上给她打电话，可是只顾设计怎么深入虎穴，把打电话的事忘了个一干二净。

“你不是故意的？我已经在这里等了一个多小时，真叫人难以置信！”樱提高嗓门叫了起来。

我吓了一跳，耳朵离开手机，转向野口说道：“实在对不起，我们店里好像打架了，在这儿听不清楚，我先到外边去一下。”说完用一只手向野口作着揖，一边往后退。

“所以嘛……那个嘛……嗯……对了……”我不知所云地对樱说。

“什么乱七八糟的！”樱的声音越来越愤怒了。

“对不起，突然遇到一件非常重要的事。”我小声说。

“跟我约会就不重要吗？”

“我一定加倍补偿你。现在实在脱不开手，晚上给你打电话。对了，谢谢你在关键时刻给我打来电话！”

总算到达出口了。我挠着头皮走到外边，收起手机，把塑料袋里的鞋倒出来穿上，一溜烟地追绫乃去了。

11

我们顺利地逃到十七号国道路边那家饭馆前，没有人来追我们。天黑之前回到东京，除了绫乃的脚底有些擦伤，没有任何损失。这时我才想到，蓬莱俱乐部要求脱鞋的意图，也许是为了让人们不方便离开会场。

回家以后，我立刻把从日高的手机里偷来的电话号码传送到我的二号手机里。

我的运气不错。手机都设有密码。密码用途很多，例如，为了防止别人使用自己的手机，可以锁定键盘，解除时需要密码；还有，把存在手机里的所有电话号码删除时，打开需要保密的电话号码时，也要输入密码。总之，重要的操作都需要密码。密码是四位数，出厂设置为0000，用户买到手以后，可以重新设置。不过据我所知，很少有人重新设置密码。

我使用的所谓秘密武器的密码只能设为0000。也就是说，如果日高把手机买到手后重新设置了密码，我就无法读取，只有把密码重新恢复到0000才行，但这么做需要日高重新设置的密码，那可不是能够简单破解的。

但是，如果做一个调查，你会发现不重新设置，一直使用0000的人多得不可胜数。不看说明书，嫌麻烦，忘了……数不清的理由使人们如此不小心。正如不管警察或银行呼吁多少次不要用自己的生日当银行卡密码，但还是有人那么做。也正如用手机占座不怕丢。在日本这个国家，觉得自己最安全的人太多了。

蓬莱俱乐部的日高也是其中之一。我这次一发命中，概率相当于买彩票中了一个末等奖。

无论如何，我成功得到了跟蓬莱俱乐部有关的电话号码。

为什么我非要把俱乐部的电话号码搞到手不可呢？因为可以据此查到地址。日高保存的电话号码里确实有俱乐部总公司，而且跟广告上印的不一样。当然，我不能直接打电话问他们地址，他们是一群骗子，不会轻易告诉我。我决定上网，使用那种通过电话号码查地址的软件检索，那样用不了一秒钟，蓬莱俱乐部总公司的地址就能被我查到。

理论上讲是这样，而实际上会有很多例外，因为这种软件是根据通信公司的电话号码簿制作的，如果蓬莱俱乐部在安装电话的时候，不希望把总公司的电话号码登在电话号码簿上，那肯定检索不了。

果然不出我所料，骗子们的地址没能检索到。

下一步应该怎么办呢？且慢，在考虑下一步之前，还有一件必须赶快处理的事。

得给麻宫樱打个电话。为了追查蓬莱俱乐部总公司所在地，我把跟麻宫樱约会的事忘了个一干二净，应该向她道歉。

麻宫樱的手机接通之后，一个很不高兴的声音传了过来。

“您真够忙的呀！”

“今天实在对不起，明天怎么样？白天晚上都可以。”

“不用勉强了。您那么忙，特意抽出时间来陪我，我可不敢当。”

“别这么说嘛。想吃点儿什么？寿司？法国大餐？”

“不用了，我在减肥。”

“那咱们就随便吃碗荞麦面。”

“我最近顿顿吃面。”

“那就一边喝茶一边聊聊天。”

“我没有什么想聊的。”

“我有啊。”

“有就说吧！”

“这个嘛，见面的时候再……”

“有话在电话里说不了吗？现在就说，什么事？”

“你的新工作怎么样？”

“一般。”

我无计可施。如果把事情的原委告诉她，也许会得到她的谅解。但我实在不愿意随便说出别人的秘密。我跟爱子有君子协定，不对其他人说这件事。虽然我是个吹牛撒谎不脸红的人，但还是非常讲义气的。

跟樱的关系搁置一段时间也好，不过就这样挂断电话，以后想起来就会觉得不痛快。于是我说：“那么见面的事以后再说吧。不过，我有一件事情想请教你。”

“不是早问过你有什么事了吗？”

“这个嘛，嗯，怎么说呢……也没什么大不了，我有个问题弄不明白，怎么跟你说呢……”其实我根本没什么想问的，只不过想比较平和地结束对话，故意延长通话时间。就在这时，我忽然想到一个话题。

“对了，我想借用一下你的智慧。”

“智慧？”

“对，樱的智慧。”

“我是个傻瓜，没有智慧。”

“只不过是个小游戏。怎么才能通过电话号码查到地址？”

“打电话让对方告诉你。”

“如果对方不愿意告诉我呢？”

“你不知道对方的名字呀？”樱好像对我的话题有兴趣。

“知道啊。”

“那走着去找。”

“傻瓜！不知道地址我往哪里走啊？”

“我不是告诉你我是傻瓜了吗？”

我的小计策失败了。

“不，我才是傻瓜。你所说的‘走着去找’是什么意思，我没弄懂，我太傻了。”我赶紧转移进攻方向。

“你根据区域码不是可以知道大致方位吗？每个区域码对应的电话局都是固定的。”

“原来如此。”

蓬莱俱乐部总公司的电话号码是03-3444开头，如果找到管辖3444的电话局，在那个区域内转着找，就能找到俱乐部总公司。可是，谁知道一个电话局管辖着多大一片地区！

“要是有一千个人分头找，这也不失为一个好办法。”

“没有按照电话号码数字大小顺序排列的号码簿吗？”

“我用电脑检索过，我想查的那个号码根本没上号码簿。”

“《伊东家的餐桌》没教给你吗？通过电话号码查地址的小窍门？”

“没有。”我忍不住笑了，电话那头的樱也笑了。在这种气氛下挂断电话还可以。

“啊！”樱突然大叫一声。

“有蟑螂？”

“不是蟑螂。我想起来了，让对方把地址告诉你！”

“刚才不是说过了吗？对方不愿意告诉我。”

“不愿意告诉你？”

“对。”

“那我就教给你一个就算他不愿意也得告诉你的小窍门。”

“快告诉我！什么窍门？”

“假装是送快递的，说有包裹需要送去，但标签上的电话看得清，地址看不清。”

我不由得欢呼起来：“太聪明了！”

“偶然的。”

“万分感谢！下次好好请你一顿，想吃什么想好了，加上今天赔罪的份儿，不管多贵都没关系！”

12

八月二十六日星期一下午，我站在了敌营前。

涩谷区惠比寿二丁目平城写字楼三号楼四层——这是我吃午饭时假装快递员打听出来的地址。保安工作结束以后，我开着我的迷你车飞驰而来。

平城写字楼位于前几年因医疗事故被媒体大肆报道过的都立广尾医院附近，是涩谷川沿岸的一座五层建筑。笹冢那边的写字楼也是五层楼，但涩谷这边的这栋要大得多。

为了防止搞错，我先到一层摆放信箱的地方确认了一下。只有四层的信箱上没写公司名称，从投信口看进去，也没有信件。上楼梯来到四层，门上也没有公司名称，但楼道里有几个用绳子捆着的破纸箱，上面胡乱写着“蓬莱养生水”几个大字。

从调查开始到现在过去了整整两个星期，终于找到了蓬莱俱乐部的老巢，我胸中油然升起一股成就感。我四处查访，跟踪监视，甚至还来了一次伊森·亨特[1]式的冒险。我真想握紧双拳，双臂伸向苍天，大叫一声："快哉！"

不！别高兴得太早，现在我只能说是刚刚征服了一道山岭，到达顶峰前不知还要经过多少艰险路程，而且前方被浓雾包围，连路都看不清楚。

我的任务是确认久高隆一郎的死是否跟蓬莱俱乐部有关，至少要搞清楚有名无实的羽田仓库管理公司是否就是蓬莱俱乐部。为此必须彻底搜查蓬莱俱乐部，可是，我怎么才能进去呢？

如果我会攀岩，便可以趁夜深人静破窗而入，不巧我没有这种技术，也没有靠偷窃办公室为生的朋友。窗户在高高的四楼，而且写字楼入口处贴着保安公司的标签，轻举妄动肯定不行。

最聪明的办法，是去蓬莱俱乐部打工，在为他们工作的过程中摸清他们的底细。可是，有哪家公司会马上录用一个突然跑来要打工的人呢？

对了，就算他们不录用我，只要能进去，说不定就能找到一条路。

最近，经常发生公司办公室的保险柜被盗的案件。强盗们趁深夜破门而入，抬起保险柜就跑，等保安或警察赶到，强盗早就跑得无影无踪了。强盗们的动作为什么这么快呢？因为他们白天

[1] 著名影星汤姆·克鲁斯在系列电影《碟中谍》中扮演的角色。

假装去公司找工作，利用接受面试等机会事先摸清了保险柜的具体位置。

我去拜访蓬莱俱乐部，问他们需不需要人手，寻机确认文件柜的位置。然后找一个月黑风高的夜晚，用撬棍撬开俱乐部的门，再像圣诞老人似的背一个大口袋，把文件一股脑儿装走，在警察赶到之前脚底抹油——我做得到吗？

我一边这样想着，一边顺着楼梯往楼下走，走到两层楼之间的平台时，肩膀突然被人拍了一下。

“你怎么了？”

我的身体一下子僵住了，就像那天被野口英雄拍了一下的时候那样，吓得肝胆都凉了。

“你哪儿不舒服吗？”

我战战兢兢地扭头一看，是一个白发瘦老头儿，穿一身浅绿色工作服，手上拿着一把擦地用的拖把。

“没有不舒服，没关系。”我给他让路，等他上去以后继续下楼。

往下走了三个台阶，一个念头突然在脑海里闪现。我赶紧回头冲着老头儿的后背问：“请问，您是这里的清洁工吗？”

老头儿回过头来瞥了我一眼，没说话，只用拖把在地上墩了两下，那意思是说：这还看不出来？

他的名字叫渡边庸一，五年前从一家电器公司退休，退休金不少，足够他和老伴儿花。可是，四十年来只知道辛勤工作的他没有任何兴趣爱好，养养花打打门球吧，没几天就坚持不下去了，只好窝在家里看古装剧，每天都要看老伴儿的脸色。这样的生活实在没意思，为了健康，也为了防止患上老年痴呆症，当然也是为了赚几个买香烟的钱，就到这座写字楼里当了清洁工——以上是我关于他的想象，名字当然也是我给他起的。

“您每天都上班吗？”我笑着问“渡边”。

“嗯。”

“周六周日休息？”

“对。”礼貌地回答我的问话之后，渡边上了一个台阶。

“上班时间呢？”

没有回答。

“早晨几点上班？”

他还是不理我。

我追上去，绕到他面前，掏出三张一千日元的钞票塞到他手里：“下班回家的路上去哪儿喝一杯吧！”

渡边把三千日元装进自己的口袋里，回答说：“下午一点上班。”

“诶？下午一点？一般打扫卫生不都是一大早吗？”

“以前是那样，可是，早晨公司的人都很忙，那时候打扫卫生简直就是添乱，所以就改成下午了。”

“添乱？您的意思是说，您除了打扫楼道和楼梯以外，还要打扫公司的办公室吗？”我心中暗喜。

“对，电梯、厕所，还有外边的垃圾站，都要打扫。”

“四楼公司的办公室也都打扫吗？”

“打扫，从一楼到五楼都打扫。”

“每层有几个房间？”

“每层都只有一个大房间，里边用隔板隔开。”

“四楼的公司有多少人？”

“每天都不一样，多的时候十几个，少的时候两三个。”

我再次心中暗喜的时候，上边有人说话了。

“你干什么哪？快上来帮帮忙！”一个五十岁前后的胖女人越过楼梯扶手看着我们喊道。她穿一身跟渡边相同的工作服。

“她也是这里的清洁工？”我问渡边。

“是的。”

“还有几个清洁工？”

“就我们两个。”

我再也抑制不住激动的心情，用拇指和中指打了个脆亮的响指，嘴巴凑到渡边耳畔问：“您想不想赚点儿外快？”

13

第二天晚上，我跟樱见面了。

“活着真好！”

我把一片带着淡淡樱花红的薄得透明的生河豚鱼片放进嘴里，越嚼越有味道，不禁发出由衷的感叹。

“哎呀！又夹破了……”

樱的手不由得颤抖了一下。

“越小心越容易破。第一次吃生河豚鱼吗？”

“不，可是的确很难夹嘛。”

“沉住气。”我笑着给她的酒杯斟满冰镇日本酒。

这里是赤坂的一家高级日本料理店。桧木柱子上的漆闪着黑亮的光，墙上挂着令人心旷神怡的山水画，木制屏风上雕刻着岁寒三友松竹梅。红漆矮桌前，我跟樱相向而坐。这是个大包间，二十多平方米的房间只有我们两个人，真是够奢侈的。

矮桌上摆着河豚鱼套餐。小钵子里是用开水焯过的细细的河豚鱼皮丝，四角形的盘子里是炸成狐狸皮色的河豚鱼肉，都很好吃。但是，这里的压轴大作无疑是我们正在享用的这道生河豚鱼片。带着淡淡樱花红的透明薄片，精细摆放在一尺七寸的青瓷大盘里，呈现菊花盛放的形态。

“粘住了，夹不起来。”樱手上的筷子抖动着。

“粘性大是新鲜的证据，不费点儿力气是夹不起来的。”我把筷子顺着盘子边一插，像小钢钻的钻头似的钻到鱼片下边，一下子夹起十来片。

“你这种小孩子式的吃法犯规。请你一片一片地夹！难是难，可你这种吃法太浪费了！”樱尖叫起来。

“豪爽地吃一下不也很潇洒吗？”我把切得碎碎的葱末撒在扇形的生河豚鱼片上，再蘸上橙汁醋，送进嘴里慢慢咀嚼，酸味里涌出阵阵淡淡的甘甜，我又大声赞叹起来。

“我吃过几次河豚鱼，但在这个季节里还是第一次吃到。”樱终于吃到生河豚鱼片了。

“说到夏天的河豚，一般是虎鱼。”

“虎鱼？”

“眼睛凸出，嘴巴扭曲，鱼脊上竖着山似的棘，一种很奇怪的鱼。”

“虎鱼我知道，不过，跟河豚鱼有什么关系呢？”

“你别看虎鱼样子难看，肉可是鲜美得很。富有弹性的口感，淡淡的甘甜，非常像河豚鱼。因为虎鱼盛产于夏天，所以被称为‘夏之河豚’。”

“是吗？这我可是第一次听说。”

“有毒的鱼都好吃，女人也一样。”

糟糕，又说漏了嘴。不知道是没听懂，还是为了表示对我的轻蔑，樱没说话，默默地把筷子伸向青瓷大盘。我缩着脖子喝起酒来。

“对了，吃河豚鱼的季节不是冬天吗？”樱歪着头问。

“所以才是夏之河豚。吃河豚鱼的季节要是夏天，干吗还要送虎鱼一个夏之河豚的称号呢？”

“那么，我们为什么能在八月吃上河豚鱼呢？冷冻的？”

“不好吃吗？”

“哪里，绝对想不到是冷冻的。”

“那就相信你自己的舌头。其实夏天也捕得到河豚鱼，只不过个头不大。虽然不及冬天的河豚鱼那样脂肪丰厚，但肉质紧实，越嚼越有味道。我们吃牛肉或猪肉的时候，不是有嫩老之分吗？一个道理。”

我从小钵子里夹了一些河豚鱼皮丝送进嘴里，又从四角形盘子里夹了一些炸河豚鱼肉，鼓着腮帮子大嚼起来，真好吃！

“我不是什么美食家，吃这么好的东西合适吗？而且还是这么高级的料理店，真叫我觉得不好意思。哎呀，我这么说话，等于叫你买单。”樱用手捂住了嘴巴。

“不是说好了吗？今天我请客。没关系，我有人赞助。”

“有人赞助？”

“是个大款。”我已经把今天请客要花的钱全算在爱子的账上了。

“撒谎！”

“被你看穿了？”

“我常常闹不清你说的话哪句是真的，哪句是假的。”樱耸了耸肩。

“我爱撒谎，也是小偷，人们不是常说，撒谎是成为小偷的第一步嘛。”

“净说孩子话！”

“我真的是小偷，举个例子吧，那天在银座的咖啡馆……”

“你不是说，那不是偷，而是教育吗？”

“我说过这话？”

“你看，又撒谎！”樱撅着嘴说，“你想知道谁的地址？”

“什么？”

“你不是问我通过电话号码查地址的方法吗？”

“哦，那个呀……”我一边往自己酒杯里倒酒，一边想应该怎样回答她。

“是不是想给《伊东家的餐桌》投稿啊？”

“让你猜着了。”

“真的吗？”

“跟你开个玩笑。有人托我帮忙调查。”

“哼，我才不相信。”樱用一种非问个水落石出不可的眼神看着我。

我躲开她的视线，看着屏风说：“我有一个叫阿清的小弟，不是亲的，但我把他当亲弟弟看待，如今正在我就读过的那所高中上学。这小子晚熟，看上一个比他岁数大的大家闺秀，可又不敢表白，好不容易把人家的电话号码搞到手，又不敢打。为了多看人家几眼，就想通过这个号码查到地址，到人家家门口蹲着去。他自己查不到，就哭着来求我帮忙。”

“这不成跟踪狂了吗？”

“差不多吧。”

“什么差不多，典型的跟踪狂！”

“我也觉得不太合适，所以你教我的那个方法我还没告诉他。”

“以后也绝对不要告诉他！”樱紧抿嘴唇，使劲摇头。

“好，绝对不告诉他。对了，你的新工作怎么样？”看来刚才信口雌黄编的这套谎话发挥了作用，我赶紧换话题。

“不怎么样。”

“习惯了吗？”

“啊，马马虎虎吧。”樱叹了口气说。

“工作很累吗？”

“累倒是不累，就是没意思。大概是因为挣钱太少。”樱又叹了口气。

“你到底欠了多少钱？啊，对不起！刚才的话撤回！”我赶紧摆摆手，又慌慌张张地拿起酒壶，往她的酒杯里倒酒。我这不是往她的伤口上撒盐吗？勾起她的伤心事，她说不定又要自杀。

“要是掌握一门技术就好了。裁缝、英语、钢琴……干这些工作收入都不少。可是我什么特长都没有，只能干捏饭团这种低收入的工作。”樱第三次叹了气，还一边用食指抹去沾在酒杯边上的口红。

“千万不要看不起自己。捏饭团也是一种特长，不是谁都捏得好，至少我就捏不好……”说到这里我忽然停住了，看着天花板发起呆来。

“你怎么了？”

“我以前好像在哪儿说过这句话。”我摸着太阳穴说。

“哪句话？”

“捏饭团也是一种特长，不是谁都捏得好。”在并不遥远的过去，我好像对谁说过这句话。

“我知道了！”樱拍着手说，“肯定是拍哪个女人马屁的时候说的，在酒吧里！”

“不不不，不是拍女人马屁。”我笑着端起酒杯一饮而尽。

“真的不是？”樱用怀疑的目光看着我。

“真的不是。”

“刚才有个人在这里承认过自己爱撒谎。”

“被人一眼就能看穿的谎，我是不撒的。”我假装平静地把长发向后拢了拢，用橡皮筋重新扎好。

“打搅一下可以吗？”门外传来女侍者的声音。

“请进！”

我话音刚落，女侍者静静地进来了。她把一个小炉子摆在矮桌中央，放上盛着半锅高汤的砂锅，水开之后放入河豚鱼杂碎，撇掉浮沫，放入蔬菜。等到煮得恰到好处时，她给我和樱每人盛上一碗，然后适当添加高汤和材料，调节火力大小。由于侍者在场，我跟樱的对话暂且告一段落。我在心中默默地赐予了这位侍者“救场女神”的封号。

最后，侍者把米饭倒进剩下的高汤，打上蛋花，做成“杂炊[1]”，作为今天河豚鱼套餐的收尾。

“吃好了，谢谢！”樱很有礼貌地对我双手合十，随后端起白瓷茶杯开始喝茶。

“不必客气。”我也吃饱了，抽出一支烟点上。

[1] 日式泡饭。

“下次我请客。”

“那太好了，我愉快地期待着。”

“你想吃什么？”

“嗯……肚子吃得胀胀的时候被问到这个问题……”

我和樱相视大笑。

“对了，我亲自下厨房给你做好吃的。”

“啊？”

“怎么？你不喜欢一般人做的家常菜？”

“哪有这种事。”

“我去你家做吧。”

“我家？我家嘛……”绫乃的脸浮现在我的脑海里。

“什么时候去？”

“这个嘛……你让我想想啊。”我暧昧地笑了笑，把烟放在烟灰缸上。

“我看你的样子有点儿奇怪。”樱往前探着头，盯着我的眼睛说。

我回避着，端起茶杯喝茶。

“是不是有人在家里等着你呢？”

“怎么可能？”我笑了。

“真的没有？”

“真的没有。”

“那待会儿我跟你回家看看，怎么样？”

我一时语塞：“下次吧。”

“你家里肯定有人在等着你！”樱的脖子伸得更长了。

“不是，家里太乱了。”

“男人们总是这个借口。”

“只不过不想让你看到那些扔在洗菜池里的脏盘子脏碗，还有扔得到处都是的脏衣服。”

“我一点儿都不在乎。”樱看着别处喝起茶来。

我掐灭香烟站起来：“好，我带你去！”

外面已经星光灿烂了吧？我们走进这家日本料理店的时候正值晚霞满天。可是走到外边一看，除了摩天大楼的霓虹灯，黑乎乎的夜空一片混浊。

我们走到青山路，拦下一辆出租车。因为今天要喝酒，我没开车。

“白金。从古川桥上明治大道，四之桥方向。”向司机说明目的地之后，我双臂交叉抱在胸前，听起车上开着的收音机。

收音机里正在转播广岛队对巨人队的棒球比赛实况。第七局结束时比分八比九，巨人队落后。但车开到明治大道的时候，已经变成十六比九，巨人队领先。巨人队赢球我没意见，可是这种平淡的比赛我不大喜欢。

车停在我住的光明庄公寓前，我对司机说了声“请等一下”，就带着樱下了车。

“这公寓够破的吧？”我缩着脖子点燃一支烟。

“哪里，挺好的。”樱轻轻摆了摆手说。

“不用说这种安慰我的话。正如你看到的，这里破烂不堪，所以我不想带你来。里边就更惨了，简直进不去人。下次好好收拾一下再带你进去。对了，我的房间是那个，里边可没有女人在等我。”我指了指黑着灯的三号室。

大概由于亲眼看到了实物，樱点了点头，没再说什么。

“走吧！”我把她推进出租车里，自己也坐进去，然后问她，“你家呢？”

“啊？”

“你家在哪儿？”

“我家？”樱愣住了，指着自己的鼻子问我。

“还有谁？莫非我还会打听司机师傅的家在哪儿吗？师傅，您说是不是？”我笑着对司机说。

“为什么问我这个问题？”

“问这个问题很奇怪吗？”

“倒是没有什么奇怪的……在世田谷区。”

“好，师傅，麻烦您再跑一趟世田谷。”

车子跑起来后，司机问道：“世田谷什么地方？”

樱不说话。

“世田谷什么地方？”我又问了一遍。

“三轩茶屋。”樱小声说。

“三轩茶屋！”我大声对司机说。我简直成了他俩的翻译。

“可是，你为什么要跟我一起去？”樱好像是为了躲开我似的，身体懒懒地靠在车门上。刚才那么积极地要到男人家里去，现在男人要去她家，她却躲躲闪闪。真叫人搞不懂！

“我不能让一个喝醉的女人一个人回家。”

“坐上出租车，一个人也是安全的，而且我也没喝醉。”

“把你送到家，这是绅士风度！”

“绅士不会深更半夜到女人家来！”

“我说小姐，你是不是想得太多了？谁说要到你家去了？把你送到门口，我就回家。”

“那还差不多。”

“我请你吃了饭，你得听我的话！”我半开玩笑地压了一下她的气焰。

“就是嘛，要听男朋友的话。”善于察言观色的司机也插科打诨道。

樱这才不说话了。

收音机转播的棒球实况解说宣布巨人队以十八比九战胜广岛队的时候，我跟樱乘坐出租车到达了三轩茶屋。

准确来说，樱家的地址应该是三轩茶屋旁的太子堂公寓。我让司机稍等一会儿，陪着樱下了车。

“让你很失望吧？”樱站在门前，低着头说。

那是一座木造的二层楼，看上去比我住的白金的光明庄好一些，但也是很落伍的建筑物，恐怕也没有卫生间。

“为什么要失望呢？咱们是一家人嘛！”我笑着拍了拍她的肩膀。

“刚才看了你住的公寓，说老实话我松了一口气。如果你住的是带庭园带池塘的豪宅，或者是三十层的豪华大厦，我就没有勇气跟你来往了。”樱双手捂着胸口，长出了一口气。

“真是杞人忧天。”

“你一直都穿得很讲究。”

“在家都是运动衫。”我边说边挽起阿玛尼衬衫的袖子。

一阵微风吹来，被闷热的空气包裹着的身体感到爽快许多。跟一周前比起来，天气发生了很大的变化。

“进来喝杯茶吧，别嫌我房子小。”樱有些害羞地抬起头来看着我。

“这个嘛，今天就不打搅了。刚才我说过不进家门，而且说得那么斩钉截铁。”

“没关系，不要那么认真。”

“不，还是不打搅了，明天早上还得早起。”我扬起手来，向樱道声再见，钻进了出租车。其实我每天早上都早起。

我觉得我喜欢上麻宫樱了。两人一起吃饭，一起看电影，普通朋友是不会这样的。

但是，说不上为什么，眼下我还想跟她保持一定的距离。

是因为认识的时间还太短吗？不，我是跟女人见面的当天就可以跟她上床的那种男人。

是因为把她跟别的女人区别对待吗？当然，她跟那种在相亲网站认识的女人的确不一样。和樱在一起说话觉得有意思，心里也踏实，花两万五千日元请她吃河豚鱼也不心疼。跟这种女人不需要肉体关系，只要在一起聊聊天，就觉得幸福。

还是因为，樱曾经自杀未遂，我在下意识地躲着她呢？

她说，我救了她以后，她的人生观发生了根本的变化。可是，人生观的形成基于长年人生经验的积累，是今天想变明天就能变的吗？逼迫她自杀的原因如果不彻底根除，说不定她哪天还会自杀。我听说过所谓的“自杀癖”。

如果我对她的感情已经很深，一旦她真的自杀，我将悲痛万分，不能自已。

千绘姑娘

关于千绘姑娘的故事，需要追溯到两年以前。

当时，我经常去西麻布一家古老的烤鸡肉串小酒馆喝酒，身旁总是坐着住在白金的安先生。

“成濑老师的故乡是哪儿？”安先生称我为老师。

“东京。”

“嗬！您是老江户啊，真叫人羡慕！”

“我可不敢自称老江户，原则上讲，得在江户世居三代以上的才称得上老江户。我充其量只能说是老东京，或者东京人。”

“老师就是爱讲歪理。您多好，总是住在故乡。”

安先生已经七十有二，被他称为老师，我觉得心里挺不舒服的。我说：“我倒是羡慕故乡在外地的人，有个回去的地方。”

“看您说的，住在东京，用不着回哪儿去，想跟谁见面，马上就能见着。理发馆、小酒馆、小面馆，都是从小就认识的，多好啊！”

“此言差矣。所谓故乡，就是要在遥远的地方，会令人怀念，只能偶尔回去，才更使人感到故乡的宝贵。加上回去一次要花很长时间，正好可以用来换换心情。像我们这种生活圈子跟故乡是同一个的人，哪有换换心情的机会啊？”

“歪理又来了。叫我怎么说您呢？老师啊，您是站着说话不腰疼啊！我呢，故乡倒是有，可是呢，想回回不去，您说我这心里，是要多难受有多难受……”安先生说到这里说不下去了，端起酒杯往嘴里灌酒。

我跟这位老人是在一家电脑培训班认识的。港区的区政府以高龄老人为对象办了这个培训班，我被聘为那里的教师，安先生是我的学生之一。

我在那里教了将近两年，在那些上了岁数的学生里边，像安先生这么差的学生，在我的记忆里好像还没有过。单单是让他理解鼠标左键和右键的不同，就花了两个月的时间。不，也许直到现在他都没理解。

但是，安先生学电脑比谁都热心。下课以后也总是缠着我问这问那，问上一个小时以后，作为对我的感谢，总是带我到西麻布的这家小酒馆来。虽然安先生已经不在电脑培训班学习了，我们还是经常一起来喝酒。

“安先生的老家在哪儿啊？”我一边为他斟酒，一边问道。

“茨城，筑波山后边的一个小村子。”

听他这么一说，我笑了：“刚才您说想回回不去，我还以为有多远，当天往返都可以嘛！下个周末我开车带您回去一趟！”

“不是远近的问题。老板！是吧？”安先生放下酒杯，冲着店老板喊了一声。老板大声回答说：“可不是嘛！”

“哈哈，我知道了，您在老家抢了银行，警方发了通缉令，您不敢回去。”我开了一个低级玩笑。

“老师，可惜啊，可惜您只猜对了一半。我在村里确实偷过东西，不过，我们村里根本就没有银行。”

“那就是信用社。”我继续开他的玩笑。

“我在家里不是老四嘛。”安先生的话有点不着边际。

“是吗？您是老四啊？”

“这有什么大惊小怪的，一看名字您就明白了。”

“不明白。”

安先生的全名是安藤士郎。

“这还不明白，‘士郎’跟‘四郎’发音一样。”

“可是字不一样。”

“老师，您这么大学问，怎么连这都不知道？‘四’这个字不吉利，所以用的是‘武士’的‘士’。”

“原来如此。”

“您还是老师呢，反应也太迟钝了吧？”

其实我是故意装傻充愣，为的是使两人间的对话更有意思。

“那么我问您，老四又怎么了？”

“因为我是老四，才到东京闯天下来了。”

“什么？我又不明白了。”

“那我就说给您听听。因为我是老四，所以父母也好亲戚也好，都不指望我能有什么大出息。分到我手上的地，只有猫脸那么大一块，不管怎么精耕细作也吃不饱，更谈不上成家立业。忽然有一天我想到，我安藤士郎难道就这么过一辈子连温饱都解决不了的日子吗？想着想着，悲从中来，看着美丽的晚霞，我的眼泪哗哗地流个没完。我不能这么窝囊地过一辈子，于是决定到东京来闯一闯。我在村里到处吹牛，说一定要在东京混出个人样儿来。父母不但没有阻拦我，反而用嘲笑的口气对我说，你想出去就出去吧。他们压根儿不认为我能有出息，我这个四儿子对他们来说，有没有都一样。他们这种态度把我惹火了，我决意离开老家，到东京闯天下。”

“这是什么时候的事情啊？”

“一九五〇年的事，看到美丽的晚霞那天是五月十四日。”

“好记性！”

“那天是我的生日。我就是这么来东京的。当时谁都认为我在吹牛，没有一个人送我几个钱当盘缠，父母也没给一分钱。当时连饭都吃不饱，当然不可能有存款。坐火车需要钱，于是我就去偷了。”安先生的话转了一圈又回来了，“我盗墓去了。”说完他吐了吐舌头。

“啊？”

“盗墓弄到不少钱，我就用那笔钱来到了东京。对老祖宗我可是千恩万谢！”说到这里，安先生端起酒杯一饮而尽。

“什么？难道您老家建有金字塔？金银财宝陪葬？”

“我们那里有个习惯，人死了埋葬的时候把现金、大米、偶人之类的放进棺材。大概是担心死人在阴间没钱花、肚子饿或闷得慌吧，而且渡冥河也需要钱。当时是土葬，只要刨开几座坟，就能弄到一大笔钱，多是硬币，不过也有纸钞。盗墓后我就逃之夭夭了。一些珍奇的古币，我带到东京以后变卖，没少赚。”

“跟到庙里去偷香火钱差不多嘛。”我莫名其妙地佩服起安先生来。

“差不多吧，所以后来遭报应了。”

“盗墓是晚上去的？”

“那当然，大白天的怎么可能？”

“够害怕的吧？”

“啊，当然害怕啦。因为是土葬，骨头还保持着人的形状，骷髅也看得清清楚楚，比看恐怖电影还吓人。更重要的是，自己干了绝对不应该干的事情，害怕遭天罚，立马丧命。后来我去过东京后乐园有名的鬼屋，哪算得上恐怖，跟我盗墓时看到过的场面没法比。”安先生肩膀突然哆嗦了一下，闷头喝起酒来。

“原来如此，您是因为盗过墓才不能回老家呀。不过，那都什么时候的事了？从法律上来说，时效早就过了，再说，谁还记得您盗过墓的事啊。”

“我并不是因为盗过墓，才回不了老家。我每天朝着故乡，双手合十向祖先祈祷，请求他们原谅。回不了老家的原因是我一事无成啊！当时我夸下海口，说到了东京一定要出人头地，结果一无所成，我哪有脸面去见父老乡亲？”

“事到如今，您就不要再想那么多了。”

“哪能不想呢？”

“您不是一直都很努力吗？”

“人们哪，看的是结果，不是过程。”

“难道您一次都没回去过？”

“当然。”

“您这话真叫我吃惊。来东京多少年了？半个多世纪了吧？大家都在惦记您哪！”

这时候已经是二〇〇〇年了。

“早就把我忘了。老四嘛，没人把你当回事。”

“不会的。您应该让家里人看到您还健在，也要给祖先上上坟。”

“这些道理我都明白，可就是没有勇气回去。我是个没用的东西！”安先生端起酒杯喝了个见底，“啪”地把酒杯放在了桌子上。

“男人，哪个不是打断了牙齿往肚里咽！”老板好像很理解安先生似的，又送上来一瓶酒。

“咽归咽，可我越老越想念故乡，我真是不想老啊！”安先生悄然自语道。

真傻——这话我并没有说出口，只是在心里想了想。我伸出筷子，夹了一块早就凉了的煮鸡杂。

“老师，您的孩子呢？”

我摇摇手说没有。

“太太呢？”

“我还是独身。”我缩着脖子笑了。

“双亲呢？”

“已经不在了。”

“那您一个人过日子？”

“跟我妹妹一起过。”

“那挺好。我一个人过，孤独！特别是在这深秋的夜里。我约老师一起喝酒，也是因为想念家乡。要是有个亲人跟我一起过就好多了。”

安先生的太太在哪儿？先于他去世了？孩子在哪儿？要么安先生一直独身？我一边在心里默默地想着这些问题，一边喝酒。

就像看透了我的心思似的，安先生主动把答案告诉了我：“其实啊，我有个女儿。”

“啊，是吗？”

“今年十七岁了。”

“哟，高中小美女呀！”我心里觉得很奇怪，安先生七十二岁，七十二减十七等于……我在心里计算着。

还没等我算出来，安先生又替我说出了答案：“五十五岁的时候生的，真不好意思，都那个岁数了。”

“有什么不好意思的。男人嘛，到什么岁数都喜欢女人。”我笑笑说。

“我结婚的时候已经五十四岁了。老婆是日暮里那边一间酒吧的女招待，难为情。”

“这有什么难为情的？女招待也是需要特殊才能的，要让每个来店里喝酒的客人心情愉快，并不是谁都做得到。”

“是吗？您这么说让我好高兴。那女人的确有您说的那种，什么来着，特殊才能！只要有她在，气氛马上就变得温和起来。她大眼睛，长睫毛，身材特别好，可年龄跟我悬殊太大。当初她二十三岁，我比她大三十多岁，很快就过不下去了。孩子她带走了，这也没办法，我一个五十多岁的老头子，哪带得了孩子。”安先生用手指擦着酒杯沿，长长地叹了一口气。

“离婚的时候，您女儿多大？”

“一岁零九个月。”

“后来您女儿怎么样？”

安先生摇摇头，右手伸进上衣口袋里掏出钱包，从里边抽出一张褪了色又皱巴巴的照片递给我：“离婚之前照的。”

照片上是一个戴着维尼熊肚兜，坐在榻榻米上的小女孩。柔软的头发是自来卷，两只眼睛睁得大大的，一副很害怕的样子。无论笑还是不笑，安先生的眼睛都像是用钢笔在脸上画的两条线。小女孩大概长得像妈妈吧。

“名字叫千绘。”安先生眯缝着小眼睛说。

“只要孩子生活幸福就好。”我把照片还给他，他用手指在照片上女儿的额头上爱怜地抚摸了一阵，珍重地放回钱包里。

“对了，老师，我想求您帮我办一件事。”安先生突然挺直了身子说。

“什么事？”

“您能不能代替我去看看我女儿，看看她现在怎么样了？”

“我？”

“您太忙，没时间？”

“忙倒是谈不上……您亲自去看嘛。”

“我不行。我跟老婆离婚的时候，说好了不能再见面。在千绘的记忆里，根本就没有我这个父亲，如果我突然出现在她面前，说我是她父亲，会吓着她的。”安先生使劲摆着手说。

“拉开距离看上一眼没有什么关系吧？”

“不行不行，我不敢看。别说看了，单是想象一下，我这心都快跳出来了。”安先生扭曲着脸，用手捂住了胸口。

“您女儿现在在哪儿？”

“这么说您答应替我去看看了？求求您，下次我还请您喝酒！”安先生说着，追加了酒和烤鸡肉串。

“要是石垣岛的话我可不去。”我半开玩笑地说。

“没那么远，就在川崎市。”

“什么？这么近？安先生您自己……”

“不是跟您说了不行吗？心脏非得停跳不可！”安先生说着抓住了自己的胸口。

“好吧，我就为您出一把力！”我竖起大拇指说。

安先生抓住我的手一个劲儿地说谢谢：“您可千万不要对她说是我这个做父亲的拜托您去看她的。”

“知道了。”

“老师，您不是有那个什么电脑照相机吗？”

“数码相机？”

“对，就是那个！用那个照几张千绘的照片好不好？咔嚓咔嚓，照几张。”

“好！我这个星期天就去，咔嚓咔嚓！”在我看来，这件事情再简单不过，“咔嚓咔嚓”就能完成任务。

三天之后就是星期天，我坐上火车，直奔川崎市。

由于不太熟悉川崎那边的路，我没开车。从品川火车站上车也就十多分钟的路程，但列车经过多摩川大桥发出隆隆响声的时候，还真有那么点儿小旅行的味道。

川崎市幸区中幸町一丁目大仓公寓二〇一室——这是安先生给我的地址。安先生说，离婚后不久，前妻来过一封信，告诉他已经跟一个姓三宅的人结婚。信封上就是这个地址。

我走出车站，手里拿着地图，一边确认地名，一边找目的地。虽然是秋高气爽，时间也还不到八点，我还是走了一身汗。

大仓公寓是一座三层楼建筑，二〇一室的门上没有写着住户姓名的小牌子，一楼的信箱上也没有名字。我走到外边绕着公寓观察了一下，二〇一室的阳台上放着滑雪板和纸箱一类的东西，看来有人住。

从现在开始，我只能等待，因为我不能敲开门去给千绘照相，那样会引起误会。我得在这里等她出来，跟踪她，在车站之类人多的地方趁她不注意，咔嚓咔嚓照上几张。所幸大仓公寓各家各户的门都有临街的开放走廊，很容易看到人从家里出来。

我来之前就有需要等很长时间的精神准备，带上了带耳塞的便携式收音机。我站在一根电线杆下，一边听收音机一边盯着千绘家的家门。为了防止千绘一大早就出门，我特意来得很早。我曾经有过当一名出色侦探的理想，这些问题肯定考虑得到。

当然，我最终还是没有实现自己的理想，折腾半天还是个半吊子。

快十一点的时候，二〇一室的门开了，从里边走出一个发型很怪的年轻人。他一边穿夹克衫一边下楼，走到路边停着的一辆轻型摩托车前，连头盔都没戴，骑上就走了。

我觉得有点奇怪。第一，这个年轻人不可能是千绘的继父；第二，他出门后把门锁上了，说明他不是访客。莫非是千绘继父的拖油瓶？也不是没有这种可能，但是……

我离开电线杆走进大仓公寓，爬上二楼，站在二〇一室门前观察了半天，什么蛛丝马迹都没观察到。

我决定假装居委会的办事员，问问二〇一的住户是不是叫三宅，如果是，我就继续盯梢。可是，按了好几次对讲门铃，都没有回音。

于是我又摁了二〇二室的对讲门铃，一个声音听上去很疲倦的男人答话了。

“请问，旁边二〇一室的住户是不是姓三宅？”

里边没有反应。

“请问，旁边二〇一室的住户是不是姓三宅？”

“我这不是在想吗？”里边的人有点儿不高兴。过了一会儿，他又说话了：“不是，我替他收过几次邮包，好像是姓平井，要不就是平田。”

我垂头丧气，但还是有些不甘心："是否住着一个女高中生？"

"没见过。"

"这位平井先生搬过来之前谁在二〇一住？"

"我搬来的时候他已经在二〇一住了。"

我又问了二楼其他几户人家，都说不知道二〇一住着三宅和一个大概在上高中的少女。但我并非一无所获，我从二〇五室那里打听到，管理这栋公寓的是荣惠房地产公司。

离开大仓公寓步行十分钟，我找到了位于一条叫做"南河原银座"的商业街的荣惠房地产公司，里边有三个二十多岁的女职员，负责接待找房子的顾客。我走近柜台，向其中之一问道："请问，你们是负责管理大仓公寓的房地产公司吧？"

"什么？"女职员歪着头，好像没听懂我的话的意思。

"位于中幸町一丁目的大仓公寓，三层楼。"

"对对对，中幸町的，那个公寓现在没有空房。"说完她示意我坐下来谈。

"我不找房子，只是想打听一下那里以前的住户。"我没坐，继续站着说话。

"哦。"

"在二〇一室住过的三宅先生。"

"请稍等一下。"女职员冲我点了点头，转身离去，消失在里边的门里。过了一会儿，一个六十多岁的男人跟着她从里边走出来，一看就是干过多年房地产的老油条。

“什么事？”老油条问我。

“我想打听一下以前住在大仓公寓的三宅一家搬到哪里去了。”

“你是干什么的？”

“我是幸町小学的。住在大仓公寓的三宅千绘是敝校毕业生，我们正在制作校友录，可是不知道她现在的住址。”我从大仓公寓来这里的路上看见了那所小学。

“哦，小学的，不过，在一般情况下，我们不能随便透露住户搬迁的地址。”老油条一边这样说着，一边拉开了文件柜，“什么公寓来着？”

“大仓公寓，二〇一室。”

“大仓公寓……大仓公寓……有了。”

老油条抽出一个红色的文件夹，拿到柜台上来。

“二〇一室的三宅先生，有一个可爱的女孩。”我希望千绘是个可爱的女孩子。

“二〇一室的三宅……三宅……二〇一室……我想起来了，那个菲律宾人！”

“菲律宾人？”我惊奇地问。

“对对对，是有个可爱的女孩。”老油条眯缝着眼睛说。

“菲律宾人是怎么回事？”我往前探着身子，又问了一遍。

“你不是打听三宅吗？三宅的太太就是菲律宾人啊。”老油条摸摸眼睛，狐疑地看看我，又看看文件夹。

“对了，千绘的母亲是外国人。”我掩饰地补了一句，接着问，“他们搬到哪里去了？”

“对不起，这上边没有记录。”老油条翻弄着文件夹说。

“三宅先生没说过他们一家要搬到哪里去吗？”

“好像没说过。对了！”

“您想起来了？”我又往前探了探身子。

“说是要关了这边的店，搬到很远的地方去。”

“很远？”

“具体什么地方，他到底说没说我实在想不起来了。”

“千绘的母亲是不是……做女招待的？”

“嗯，在菲律宾酒吧。”

“您知道那间酒吧的店名吗？我可以到那里去打听一下。”

“店名我可不知道，只听说在堀之内那边。诶？小学毕业？他们搬到大仓公寓的时候，孩子有那么大了吗？”老油条说完掰着手指头算了起来。

“麻烦您了！”眼看谎话就要被拆穿，我慌忙撤退。跑了很长一段路以后，回头看看没有人追上来，我才气喘吁吁地放慢了脚步。

安先生的太太是菲律宾人，是我没有想到的。他为什么没向我说明呢？当然，他主要说千绘，没怎么提到太太，但是不是觉得娶了个菲律宾老婆很丢脸呢？我也一样，在房地产公司听到他的太太是菲律宾人的时候，还大吃一惊，可见歧视穷国的意识仍然根深蒂固。

堀之内是首都圈内有名的红灯区，有泰国浴室，也有很多酒吧。所谓的酒吧，既没有酒也没有菜，也没有桌椅，只有两三个浓妆艳抹的女郎站在里边抽烟聊天。她们身上穿着几乎透明的衣服和超短裙，只要客人一进店，她们马上会色迷迷地靠上去，浪声浪气地打招呼说“玩玩吧”。对，她们是妓女。堀之内的酒吧都是为嫖客提供短时间性服务的店，可以称之为“性快餐店”。

横滨的黄金町也是这种地方。想到这里，我想起了江幡京，心里一阵难过。可是，现在的我没有时间在这里多愁善感。我不单单是个过路人，我的目的是找到千绘母亲当过女招待的店。我走得很慢，不时四处观望，结果被误认为是在找妓女的嫖客，站在路两边的妓女们不停地向我打招呼。

为了躲避妓女们的纠缠，我在一个路口往右一拐，走进一家叫做“玛布提”的店。

店里黑乎乎、静悄悄的，收银台也没有人，正面挂着黑天鹅绒帘子，好像鬼屋的入口处。我掀开帘子往里看的时候，有人说话了。

“四点才开始营业！”一个推着拖把擦地板的男人出现在我面前。

“请问，您这里有外国小姐吗？”我爽快地问。

“有啊，我们这里是菲律宾小姐，一个小时三千，便宜！”

“我想打听一个人，有个叫三宅的菲律宾小姐在您这里干过吗？”

“你是干什么的？”男人的声音和表情都变了。

“我是她前夫的亲戚。前些日子，她前夫的父亲病逝，遗嘱中说，要把财产分给孙女一部分。这孙女就是这个菲律宾小姐和前夫生的，叫千绘。大概是因为老人家只有这么一个孙女，才留下了这样的遗嘱。可是现在不知道千绘住在哪里，我就到这边来找找看。”我信口说完上述谎话，把一盒事先准备好的点心递过去，“这是一点小意思。”

“真啰嗦，总之一句话，你是想知道那个菲律宾小姐的住址，对吧？”

“对，后来她又跟一个姓三宅的日本人结婚了，应该姓三宅。”

“三宅？是辛迪吧？”男人用手顶着太阳穴思索着。

“有个女儿，叫千绘。”

“啊，你说的这位菲律宾小姐，大概就是辛迪。”

“那么，三宅辛迪辞掉这里的工作后到哪儿去了？”我就势追问道。

“辛迪是她的艺名，本名叫……”

“维拉亚！”从帘子后边闪出一个女的，清秀的眉眼，乌亮的黑发，棕色的皮肤，修长的身材，圆圆的小脸蛋上洋溢着异国情调，典型的南亚美女。

“哟！萨布丽娜，今天来得够早的呀！”

“井口先生好！我去医院拿了避孕药以后直接过来的。”

这个叫做萨布丽娜的妓女对我说，辛迪本名叫维拉亚，不是菲律宾人，而是泰国人。

我觉得这很有可能。在房地产公司的那个老油条眼里，什么菲律宾、泰国、越南，都一样。

“辛迪有个女儿，”萨布丽娜继续对我说，“叫千绘，辛迪天天带着女儿的照片，我见过，很可爱！”

“辛迪是什么时候离开这里的？”我趁热打铁。看来辛迪就是千绘的母亲。

“很早，大概有五六年了。”

“您知道辛迪离开这里以后到哪儿去了吗？”萨布丽娜并没有穿高跟鞋，但我跟她说话也得仰着头，她比我高一大截。

“名古屋。”

“您知道具体地址吗？”

“不知道，她只告诉我是去名古屋。”

我看了看井口，他也摇头表示不清楚。

“您没问她到名古屋以后要做什么工作吗？”我继续问萨布丽娜。

“辛迪说她要在那边开一家自己的店。”

“她自己开店当老板？”

“可不是嘛！她又找了一个老公，新老公给她出钱开店。新老公是名古屋人，所以要到那边去。”

“新老公？她跟三宅先生分手，又跟别的男人结婚了？”

“当时还没有结婚。女人离婚后六个月内不准结婚！”

这个妓女日本的事情知道得还不少。

“新老公叫什么？”我继续追问。

“不知道。”

井口也摇摇头。

“店名呢？”

“我没问，落合经理也许知道。”

“落合经理？”

“卡萨布兰卡的。”

井口补充道：“就是拐角那家泰国浴室。”

“落合经理说他在川崎火车站见过辛迪。”

“什么时候？”

“辛迪从这里消失那天。”

我把萨布丽娜这句话理解为辛迪离开川崎去名古屋那天。我向萨布丽娜说了声谢谢，转身对井口说：“谢谢你们在百忙之中帮了我这么大的忙。托你们的福，我寻找千绘的工作有了很大的进展。不过，还有一件事情想请您帮忙。”

“喂，有完没完？”

“我想现在就去见卡萨布兰卡的落合经理，请您给他打个电话，就说有人要去找他问问辛迪的事，这样我会更顺利一些。”

“你直接去有什么不可以的？”井口脸上露出厌恶的神情。

“我带你去！反正我现在有闲工夫。井口，不许把点心都吃完！”萨布丽娜说着就往门外走。

我又问了井口一个问题：“有辛迪的照片吗？”

“没有没有！”井口不耐烦地挥挥手。

我只好追着萨布丽娜走出了店门。

卡萨布兰卡是一家装饰成中世纪城堡模样的泰国浴室。刚到门口，一个娘娘腔皮条客阴阳怪气地跟萨布丽娜打招呼：“哟！打算换个地方，来我们店上班呀？”

“落合经理在吗？”

“在。这位大哥，现在是优惠时间，每次优惠五千日元！”皮条客好像没有看出我是萨布丽娜带来的，大声冲我嚷嚷。

我指指萨布丽娜，又指指我自己，紧跟在她身后进了店。

萨布丽娜跟这里的人很熟，招呼都不用打，就顺着铺有红地毯的走廊往里走。左拐右拐来到里边一间房，不敲门就进去了。

里头一个染着金发的家伙正在看电视上的赛马直播，看见萨布丽娜进来，大声叫道：“哎唷，我当是谁呢？身体怎么样？”说着伸手摸了摸萨布丽娜丰满的臀部。

萨布丽娜一把推开他的手：“色鬼！我告诉你老婆去！”

“你在店里的时候不是让我摸的吗？”

“不到我们店里来，就不许摸！”

“分得还挺清楚。这位是？”那家伙注意到了我的存在。

“辛迪的亲戚，在找辛迪。落合经理，把辛迪的情况跟他说说吧！”

我向落合鞠了一个躬，说了声请多关照。

“辛迪？”落合歪着头反问道。

“我们店的辛迪！你这个没良心的，已经把人家忘啦？”萨布丽娜鼓着腮帮子生气地说。

“哦，去了名古屋的那个辛迪呀？记得。”

“果然是名古屋啊？”我不由得凑了上去。

“好啦，那我回去啦。下次请作为客人到我们店里来，今天也可以！”萨布丽娜塞给我一张名片，冲我摆摆手，走了。

“关上门！”落合冲萨布丽娜喊了一声，回头把电视的音量调小，冲我摆了摆手。

我把刚才在玛布提说过的那套谎话又对落合说了一遍。

落合听完我的话，说：“我是在川崎火车站碰上她的。当时她拉着一个大箱子，还领着一个小女孩。我问她是不是去旅行，她说要搬到名古屋去，我吃了一惊，太突然了。”

“您没问她在名古屋的住址吗？”

“没有。当时我想请她吃顿饭，可是她说火车就要开了，来不及，只说了两三句话就匆匆走了。”

“都说了些什么呢？”

“她说要在新横滨换乘新干线去名古屋。”

“还有呢？不是说她跟了一个名古屋的男人吗？”

“好像是。不过在车站我只看见了她和孩子。”

“名古屋那个男人叫什么名字您知道吗？”

“不知道。”

“她要在名古屋那边开一家店？”

“好像是。”

“店名是什么，大概在什么位置？”

“我没问……不对，问过，您等等。”落合说完站起来走到办公桌前，拉开抽屉，在里头胡乱翻找。

过了一会儿，落合拿着一张名片大小的纸走回来对我说：“店名是‘山下’。”说着把纸条放在了茶几上。

我看见纸上歪歪扭扭地写着两个字：山下。

“这是她跟我分手的时候亲笔写的。”

那是辛迪在玛布提时用的名片，“山下”两个字写在名片的背面。

“是日式酒吧吗？”

“从名字上看好像是。”

“辛迪是泰国人，为什么给酒吧取这么个名字？会不会是名古屋那个男人的姓？”

“不，是店名，她还对我说，有机会到店里来坐坐呢。”

我觉得也许是辛迪直接把新丈夫的姓用作店名。这时我忽然看见在名片的一角还写着“市场”两个小字，笔迹跟“山下”不一样。

“这是什么？”我指着“市场”两个字问。

“这是我写的。对了，我想起来了，我问过她的店在什么地方，她说是名古屋那边的市场，那是我回来以后补记的。”

“市场？”我感到困惑。莫非辛迪不经营酒吧，改行经营海产品了？“山下”挺像海产品批发公司的名称。

“这也没什么奇怪的，有些大商业街就叫市场，比如大阪的黑门市场。”即使这样说，落合也是满脸困惑。

“您没听错吧？”

“那也说不定。很久以前的事了，回忆不起了。”落合摇摇头说。

“谢谢您！托您的福，我觉得距离辛迪越来越近了。”说完我把名片还给他。

“不要了，你拿走吧！”

“那我就不客气了。”我收好那张名片，又说，“对了，再求您一件事，您这里有没有辛迪的照片？”

“没有吧。”落合一边这样说着，一边站起来再次走到办公桌前翻抽屉。过了一会儿，他笑眯眯地回来了：“只有这一张，我们俩好的时候照的。”

那是一张大头贴。心形的框子里，落合与一名黑头发大眼睛的少妇脸靠着脸。焦距好像没对准，但足以把握住脸部特征。

“这个能送给我吗？”

“可以。把刚才给你的名片借我用一下。”落合把大头贴揭下来，粘在名片背面，“您要是找到了辛迪，一定要转告她，就说我还惦记着她，让她有机会到川崎来。”

“一定转告。”

我觉得，虽然在黑道上混的人看上去都不是好东西，但都挺讲义气的。我不讨厌他们。

回到东京，我连家都没回，直接去找安先生。

“你老婆是外国人，为什么瞒着我？”我不满地劈头就问。

“我并没有打算瞒您，我要找的是千绘，维拉亚……无所谓……不，恐怕内心深处还是想隐瞒的，丢人……”安先生缓缓低下头，小声说了句对不起。

“算了算了，该说对不起的是我。”想说的话说出来了，我也就不生气了。

“老师，我都向您坦白了吧，您要给我保密啊。”安先生低着头小声说，“我跟维拉亚是假结婚。”

“啊？”

“在日暮里的酒吧里见到她时，她是个非法滞留者。这时，某家婚介所找到我说，如果我愿意跟维拉亚假结婚，就给我一笔钱。这家婚介所实际上是黑社会操纵的，专门组织外国女人从事色情行业……”

在日本，从事色情业的外国女人大多是持旅游签证入境的，因为在酒吧和泰国浴室打工申请不到工作签证。旅游签证最长滞留期间是九十天，也就是说，这些外国女人最多只能在日本干九十天。当然她们可以在签证到期之前回国，重新申请签证，但那样做一来非常麻烦，二来很可能被拒签，于是就出现了非法滞留现象。不过，非法滞留者一旦被警察发现，立刻就会被强制遣送回国，之后就很难再次踏上日本国土了。

为了解决非法滞留者的危机，假结婚应运而生。跟日本人结婚，就可以拿到配偶签证，但结婚对象并不那么好找，于是出现了由黑社会操纵的婚介所。婚介所专门找那些经济困难的独身男子，对他们说，只要答应假结婚，就能获得相应的报酬，从几十万到上百万。当然，这些钱都由非法滞留的外国女人支付，她们还要向婚介所支付相当的手续费。即便如此，她们手里剩下的钱还是比在本国多。尽管东京证券交易所的股指跌破了一万日元大关，尽管失业率超过了百分之五，日本这个国家还算富裕。

“但是，我的情况有所不同。”安先生开始他的长篇演说，“我的条件是，钱我不要，只要求那个外国女人跟我一起住。我都五十多岁了，婚都没结过。比起金钱，我更想尝尝结婚的滋味。维拉亚同意了。既不用支付报酬，也不用付房费饭费水电费，她可以节约一大笔钱，比起别的假结婚来舒适多了。

“我没有别的奢求，只愿意家里有个女人，能跟我坐在一起吃吃饭看看电视，我就满足了。我不要求她做饭、洗衣服，当然也没有性生活。如果我强迫她，不是跟要钱一样吗？

“可是，两人在一起生活了一段时间，她就主动要求跟我睡一张床。也许是日久生情，不，大概是她可怜我。她怀上了孩子，我以为她肯定要堕胎，但她是一个虔诚的基督教徒，绝对不会堕胎。

“千绘出生后，我过了半年多的幸福生活。维拉亚很快回她的酒吧打工去了，我照着《育儿大全》竭尽全力养育千绘。维拉亚不管回来多晚，都要抱抱孩子，我呢，就给她做一碗热面条。节假日，我们带着孩子一起去超市买牛奶和一次性尿布，跟一家人一样……

“幸福的日子没有持续多长时间，维拉亚提出跟我分手。她没有说具体原因，但我可以猜得到。大概她忽然想到，自己为什么要跟这个老男人在一起？本来就是没有爱情的婚姻！她这么想也是理所当然。女儿的名字是我起的，她可能很后悔同意我给女儿起了这么个日本味十足的名字。我要是再年轻一些，长得再帅一些，挣的钱再多一些，可能就是另外一种结果了。

“维拉亚正式跟我分手以前，就跟那个叫三宅的人好上了。虽然我认为，就算三宅不出现，维拉亚也会跟我分手，但还是咽不下这口气，偷偷去看了三宅的家。人家比我年轻得多，而且是大田区一家小工厂的老板，每个月都给维拉亚母女生活费，几乎可以说是她们母女的监护人。维拉亚找了个好男人，她和千绘跟上这个男人，会得到幸福。”

安先生一口气说完这段经历，呈大字形躺在了榻榻米上。

“对不起，是我逼着你把不愉快的往事说了出来。”我说。

安先生一骨碌从榻榻米上爬起来：“您说什么哪老师，应该是我向您道歉！把这么莫名其妙的事情拜托给您，让您牺牲自己的休息时间到处帮我找千绘。谢谢您！累坏了吧？走，喝一杯去，我请客！”

我制止住他：“不不不，请客的事，找到千绘以后再说。”

“不是没戏了吗？”

“没戏？到名古屋就能找到！”

“您肯替我去名古屋？”安先生眼睛里闪烁着希望的光芒。

“当然！不就是名古屋嘛，坐新干线，用不了两小时就能到！”

“可是，老师，不知道住址，您怎么找？”

“您放心，找得到的！我以前是小林少年[1]！”

“小林少年？”

“我呀，以前在侦探事务所干过。”

“嘿，是吗？您是什么都干哪！走，咱们喝一杯去！”安先生站了起来。

“事情还没办成……”

“为预祝成功干杯嘛！”

吹牛谁都会，问题是，怎么才能找到千绘？

回家以后，我问绫乃：“你对名古屋熟悉吗？”

“一点儿都不熟悉。”

“咱们家有住在名古屋的亲戚吗？”

“没有。”

“你在名古屋没有朋友？”

“小虎，你想去名古屋旅游？”

---

[1] 江户川乱步的侦探小说中的人物。

“不是旅游，最近我大概要去一趟。”

“给我买一套御园座的最中冰激凌来！”

“什么？”

“御园座！剧场！那里卖一种特制冰激凌，把冰激凌夹在酥脆的糯米饼里，可好吃了！”

“先别说这个，我问你在名古屋有没有朋友。”

“有啊。”

“你怎么不早说？我有个问题，你能替我打电话问问吗？”

“后天见面。”

“啊？”

“住在东京的名古屋人不行吗？”

“行啊，行！”

“他是我们这个业余歌舞团的成员。”

“哦，原来是这么回事。”

“后天我们有活动，结束后我可以安排你跟他见面。”

“一定啊。”

“他呀，是洋子的男朋友，叫加贺见！”

“嘿……”

“也不知道他们什么时候好上的，让我大吃一惊。”

“嗯。”

“洋子喜欢上他也可以理解，不过，在团里老是粘在一起，多碍眼。而且女的都喜欢加贺见，实在太碍眼了。”

“你呢？”

“什么？”

“你有男朋友吗？”

“刚才我不是说过了吗，在团里谈恋爱，太碍眼！”

“团外呢？”

“他呀……”绫乃目光迷蒙地看着天花板，意味深长地笑了笑，问道，“你觉得他会偏向哪一边？”

两天以后，下午，在白金台白金大道的露天咖啡馆，我见到了加贺见。

加贺见高高的个子，脸盘不大，丹凤眼，英国人似的高鼻梁，谁见了都不会觉得讨厌的适中长发，两侧挑染，脖子上围一条酒红色围巾，的确是个引人注目的男人，加上吉他舞蹈样样在行，不可能不招女人喜欢。

相互介绍以后，我把绫乃和洋子赶到别的座位上，跟加贺见单独谈。

“在名古屋，有没有一个相当于东京筑地的市场？”我说话的口气比较傲慢。这倒不是因为对方看上去年龄比我小，而是因为他长得比我帅，我有些嫉妒。

“您指的是中央批发市场吗？”

“在什么地方？”

“在金山。”

“金山？”我从口袋里掏出袖珍名古屋地图册。

“名古屋火车站南边。对不起，请把地图给我。”加贺见接过名古屋地图册，翻到金山那一页，把中央批发市场指给我看，位置在名古屋棒球场和热田神宫之间。

“这里是名古屋最大的批发市场，此外还有两个相当于东京大田市场的批发市场。”加贺见指给我看另外两个市场，一个叫高畑市场，一个叫北部市场。前者位于名古屋西部，后者位于名古屋机场附近。后者在行政区划上虽然已经不属于名古屋市，但说它是名古屋的批发市场，应该没有问题。

“还有，那种一般人可以买东西的市场，比如说东京的阿美横丁市场、大阪的黑门市场那样的，有没有？”

“有，柳桥中央市场。”加贺见把地图册翻到柳桥中央市场那一页指给我看。柳桥中央市场就在名古屋火车站附近，步行大概只需要五分钟。

“这里有酒吧什么的吗？”

“市场里有没有不好说，附近到处都有。”

“也有外国女人打工的酒吧吗？”

“肯定有。”

我有一种强烈的感觉：所谓市场，绝对不是什么批发市场，而是这个柳桥中央市场。批发市场跟维拉亚对不上号。

就在我这样想的时候，加贺见说话了："您打算去名古屋进货？"

"不，找人。一个从东南亚来的女人，在名古屋某市场的酒吧里当女招待。"我简单地做了解释。

"如果是那种酒吧，那很可能在柳桥中央市场附近。"

"你也这么认为吗？"我开始对这个帅哥有好感了。

"批发市场不合情理。另外，名古屋也有一个叫市场的地方，是不是跟您要找的市场有关系呢？"

"除了刚才说过的那几个市场还有别的市场？"

"我不是这个意思，我指的是地名。"

"什么？"

"想起来了，在守山区。"加贺见翻着地图，指着名古屋室内棒球场北边的一片地区，那里有两个黑体字：市场。

"地名？"

"对，名古屋市，守山区，市场町。"

"哦，地名也有叫市场的，可能性也不是没有……"我摸着自己的下巴，不住地点头。我想起来了，千叶县的船桥市也有一个"市场町"。

"不过，成濑先生，我得向您说明一下，"加贺见歪着头说，"这一带是郊外，不能说绝对没有那种酒吧，至于是不是有外国女人在那里打工，就很难说了。”

“不一定非得有外国女人。”我说。店名叫“山下”，应该是一家比较朴素的小酒馆。个人经营的小店，从经济方面考虑，开在郊外应该比入驻繁华的市区更合适。

“还有个叫市场木町的地方，不知您是否需要了解。”

“还有？”

“西区的市场木町。这里也不是什么繁华区，不过比起守山区的市场町还要热闹些。”

“谢谢你！有了你的指点，找起来就方便多了。对了，你跟洋子的事进展得怎么样了？”

加贺见幸雄，我觉得这人挺不错的。

星期天，我搭乘早晨七点零三分的新干线从东京站出发了。

从星期二到星期五，我在东京把该做的事都做了。

我先上网，在名古屋市守山区市场町查找名叫“山下”的酒吧，没有。紧接着又查小酒馆、小吃店、咖啡馆等餐饮业场所，只有两家叫“山下”。西区的市场木町则一家都没有。

我也查了柳桥中央市场附近的酒吧，没有叫“山下”的。后来我索性查遍整个名古屋，本来以为会有几百家，结果只出现了八家。我分别给这八家叫“山下”的店打电话，问有没有一个叫维拉亚的外国女人在那里打工，都说没有。

于是我去到位于有栖川宫纪念公园的都立中央图书馆查阅全国的电话号码簿。尽管卡萨布兰卡的落合一口咬定“山下”是店名，但我心里一直没有否定这是维拉亚新丈夫姓氏的可能性。名古屋到底是拥有两百万人口的大城市，姓山下的，名古屋东北部有三百七十二个，西部有三百七十四个，中南部有五百十一个，光是把这些人的电话号码抄下来就让我头昏脑涨。我还花了五天时间打电话，结果一无所获。

我身心俱疲。但是就此鸣金收兵，我就不是成濑将虎了。侦探的调查活动，总有百分之九十九是白干。我不能灰心，如今拒绝电话局把自家号码载入号码簿的不是大有人在吗？

我决定跑一趟名古屋。

八点五十六分，我乘坐的新干线到达名古屋站，在那里换乘东海道线，很快就到了金山站。下车后，我直奔中央批发市场。

咦？怎么这么清静？我忽然想到今天是星期天，批发市场休息。我不甘心，到里边的小酒馆、寿司店、烤肉店问了一圈，还把维拉亚的大头贴拿给大家看，结果没有一个人对这个外国女人有印象。

我坐车返回名古屋站，把失败的预感深深埋在心底，快步向柳桥中央市场走去，不到十分钟，就看见马路两旁林立的店铺。我见小酒馆就进，见人就问，问到快中午，依然毫无结果。

我先坐地铁，再换乘名古屋铁路，奔向守山区的市场町。

离市场町最近的车站是矢田站，刚下车就能看到名古屋室内棒球场巨大的银色屋顶，仿佛触手可及。可出站时我吃了一惊，原来这是一个既没有自动检票机，也没有工作人员的无人小站。从繁华的市中心到这里，只不过坐了半个小时的车，而且旁边就是现代化的室内棒球场，怎么会是个无人小站呢？

走出车站不久，就能看见一条大河。这条河好像叫矢田川，河床非常宽阔。有人在慢跑，有人躺在河堤上晒太阳，人们利用星期天享受着大自然的恩惠。

走过一座一百多米长的石桥，就是守山区市场町，从地图上看，这是一座方圆一公里左右的小镇。

我在大街上看见一家理发店，心想这里应该是女人常来的地方，进去打听的结果令我大失所望。又问了几家店铺，还把维拉亚的大头贴拿给大家看，依然没有收获。

我返回车站，坐车去了西区的市场木町。这里比守山区市场町繁华一些，却也没有打听到维拉亚的下落。剩下的还有高田批发市场和北部批发市场。已经下午四点了，我的体力和精力都消耗殆尽，十一月的冷风夺走了我的体温，好冷啊。

我买了一罐热咖啡，喝下去暖暖身子。我找了一个背风的地方，打开地图册，不是找去高田批发市场和北部批发市场的路，而是查一下怎么回名古屋站。我想放弃寻找，回东京去。

我在翻地图的时候，突然有两个字跳进我的眼帘：一场！

我眼前一亮，叫出声来：“对呀！‘一场’跟‘市场’发音一样！”[1]

这个“一场”位于清洲町，通火车。从名古屋站到清洲站，坐东海道线只需六分钟。

我认为这个偶然的发现也许是命运的安排，于是抱着最后一线希望，向清洲进发。

清洲离名古屋虽然只有一站，气氛却跟名古屋市区完全不一样。铁路一侧全是稻田，另一侧是市区，非常冷清。虽然住家不少，还有一家大型电机工厂，店铺却没几家，过往行人很少，车站前也没有别的站常见的房地产公司和拉面馆，甚至连公共汽车和出租车的停靠站都没有，像一个偏远地区的小镇。

虽然很失望，我还是顺着大街往里走去。走了没多远，我发现了一家理发店，进去后，我向一位坐在长椅上看电视等理发的中年女性打听，这一带有没有从东南亚来的开酒吧的女人。

“有啊。”

由于对在这里找到维拉亚没抱什么希望，听到她的回答，我愣了一阵才掏出大头贴给她看。

“对，就是这个人。”她非常肯定地说。

---

[1] 日语中这两个词的发音都为ichiba。

“她的店是不是叫山下？”

“不是。”听到这否定的回答，我心里一凉，但接下来的话让我差点儿欢呼起来。

“叫千绘。”

“千绘？”

“对，千绘。”

“请您告诉我这家店在什么位置！”我急切地掏出地图，请她在千绘酒吧所在位置做个记号，然后飞也似的跑出了理发馆。

我是个实利主义者，得到千绘的消息后，情绪特别高昂，连这个冷清的小镇也喜欢起来。这里的大部分人家还是传统的黑漆木板墙和格子窗，门前种着姿态优雅的松树。走在街上，会产生一种怀旧的情绪。我真羡慕这些能够保持传统的现代人。

不过，这种怀旧情绪并没有维持多久。前方红绿灯闪烁，车流滚滚的大马路随即出现。我穿过这条大马路往南走，很快就到了目的地。

那是位于汽车修理厂和一片住宅区之间的一座粗糙的板式组合建筑，店门上方有一块很大的油漆招牌，上面的词不是“千绘”，而是三个大写的英文字母“TIE”，字母经过艺术处理，右上角往上翘着。

看到那三个英文字母的瞬间，我一下子全明白了，不禁笑出声来。

维拉亚是泰国人，比起汉字，更喜欢使用英文字母。她为落合写在名片后面的，实际上是横着写的“TIE”三个英文字母。大概是写的时候有些着急，T的位置低了些，那条竖线短了些，略向左偏斜；I离T太近；E中间那横太长了。

落合和我都是按照习惯竖着看名片，维拉亚慌忙之中写得歪歪扭扭的三个英文字母TIE，竖过来看就成了汉字“山下”。

我悟到的还不止这些。

TIE是她女儿名字“千绘”的日语发音，但她没有使用正式的拼法CHIE，而是使用习惯拼法TIE，恐怕也是有理由的。

英文词TIE是“领带”的意思，作为动词，有“系、连接”的含义，发音上又和拉维亚的祖国泰国的英文THAI相同。

维拉亚用TIE三个字母，把她最爱的女儿和祖国紧紧地连接在了一起。真是一个聪明绝顶的女人！

笑过之后，感动的泪水夺眶而出。终于找到了！疲劳顷刻之间消失得无影无踪。

这时候还不到六点，TIE的门上还挂着“准备中”的牌子。不过，店前的灯箱式移动招牌已经搬了出来，还亮了灯。

现在进去也没什么不可以，管它三七二十一，反正百分之百是这家店，没有必要犹豫！

“欢迎光临！”

我刚把店门推开，一个清脆爽朗的声音就钻进了我的耳朵，只见一名穿着红色连衣裙的女子正用抹布擦柜台。不是维拉亚，是个非常年轻的日本姑娘。

“开门了吗？”我问。

“已经开啦，您这边请！”姑娘把我带到一个座位上，安排我坐好。

“可是，门上还挂着‘准备中’的牌子呢。”

“哎呀！我忘了！”她吐了吐舌头，跑了出去。

我坐在好像不怎么结实的椅子上，环顾四周。这间酒吧不大，柜台前大约有十把椅子，还有一组可以坐六个人的沙发，然后就是一个唱卡拉OK的小舞台。还没有别的客人来，店员好像也只有刚才那个女孩。

女孩回到柜台里边，打开音响开关，流行音乐在酒吧里响了起来。

“这位先生，您好像是第一次来敝店吧？”女孩问我。

“对，第一次来，连清洲都是第一次。”

“是吗？没什么好看的吧？”

“不是有座清洲城堡吗？”来的路上，我从车窗看见了一座城堡。据史书记载，日本战国时代的一五六〇年，织田信长就是从这里出发，奇袭桶狭间，以少胜多打败了当时势力强大的今川义元，从而闻名天下的。

“我才不喜欢什么城堡！我喜欢能买东西又能玩的地方。”

“要买东西，要玩，可以去名古屋。从这里到市中心又不远，住在这边再合适不过，相当于东京的自由之丘或荻洼。来瓶啤酒！”我觉得这女孩是当地人，就跟她聊了起来。的确，从距离上讲，清洲跟自由之丘差不多，但街道上的气氛截然不同。在东京想看到清洲这样的景色，非得跑到青梅或成田那边去不可。

姑娘从冰箱里拿出一瓶啤酒，从柜台里拿出一个杯子，趴在柜台上给我斟酒。迷人的乳沟从她的低胸连衣裙里露出来，我一时不知该把目光投向哪里。

“先生是东京人？”

“对，来，祝咱们有缘相识，干一杯！”我举起酒瓶，要为她斟酒。

女孩拿出一个小杯子，双手捧着接受我的馈赠：“谢谢您，我就不客气了。”

一大一小两个玻璃杯撞在一起，发出清脆悦耳的声音。

我左看右看，看不见维拉亚的身影，就问：“妈妈桑还没来？”

“嗯，她有点事，待会儿也许会过来看看。”女孩说话时，牙齿好像咬着什么东西。

“这里的妈妈桑是泰国人吧？”

“对。诶？您第一次来，怎么会知道妈妈桑是泰国人？”

“这个嘛，刚才听过路的行人说的。我喜欢在有东南亚女人的酒吧里喝酒。”

“比如说，菲律宾酒廊之类的地方？”

“那种豪华的地方我不喜欢，我就喜欢这种小酒吧。不过，既然妈妈桑不在，我就过会儿再来。”

“小妈妈桑不行吗？”姑娘指着自己的脸笑着问我。

“当然也可以，不过，还是外国人好。”

“我一半是外国人呀！”

“什么？”

“我是妈妈桑的女儿，真正的小妈妈桑！”

“啊？！”

“有什么可大惊小怪的？也是，我长得一点不像外国人，很多人都不相信。哎呀！还没给您上下酒菜。先来点意思意思。”女孩说着开了一袋米果，抓了两小把放进一个木制小盘子里。

她就是千绘？不对吧，安先生说，千绘才十七岁，可是，眼前这位女孩身穿露胸的软缎连衣裙，黑色胸罩隐约可见，涂抹着厚厚唇膏的艳红嘴唇，浓密的假睫毛上刷着睫毛膏，长长的指甲抹上了珠光闪烁的指甲油……

不过话又说回来，最近的孩子们由于喜欢化妆，看起来都比实际年龄大。仔细看看她的双臂，皮肤绷得很紧，手背和手指上的纹路都没长成，说十七岁也不奇怪。但是，十七岁的孩子怎么能在酒吧当女招待呢？是不是安先生老糊涂，把年龄弄错了？

“菜单在黑板上写着，我们这里的拿手菜是炒面。”小妈妈桑把装着米果的木制小盘子放在我面前，顺手为我斟满酒。

“听你说话没有本地口音，从什么地方搬来的？”

“我？没有口音吗？这里的方言我也经常说。不过您要是这么说，我是从东京那边搬来的。”

“东京什么地方？”

“这个嘛……川崎。”

果然是千绘！于是我单刀直入：“请问小妈妈桑，你叫什么名字？”

“千绘，你可以叫我千绘妈妈桑。”

我虽然有精神准备，可还是觉得像挨一巴掌似的，脸上火辣辣的。她既不是我的女儿，也不是我的恋人，我为什么有这种感觉呢？

为什么她还没有成年就在色情酒吧当了女招待？她的母亲维拉亚怎么样了？新爸爸是干什么的？我想问的问题太多，但这些问题也许会伤她的心，安先生一定不希望我这样做。

“欢迎光临！”随着千绘清脆的声音，又进来一位客人。这下可救了我，我正不知道该对千绘说些什么好呢。

后来我又叫了一杯烧酒，喝完就离开了千绘的酒吧。出门之前借着酒劲儿，我用数码相机为千绘拍了好几张照片。

出来后我没有直奔车站。现在是六点半，离最后一班新干线还有将近四个小时，我打算在酒吧外边观察一下。十一月的风吹得我直打哆嗦，我把夹克衫的拉链拉到头，双手插在口袋里，还是觉得冷。于是我在自动售货机里买了一罐热咖啡，一边暖手，一边来回走。

八点左右，从千绘酒吧里走出来一个男人，大概是喝多了，走起路来摇摇晃晃的。街上那么多车，他这样太危险了。我上前扶住他，关切地问："您不要紧吧？"

"不……要紧，不要……紧……"喝醉的人舌头都不灵活。

"您还记得我吗？刚才我也在千绘酒吧喝酒。"

"哦，你……好……"那人握住了我的手。

"您喝得好开心啊。"

"开……什么……心、心哪，还没……喝够呢。"

"那咱们再找个地方接着喝。"

"没……没钱啦。再……再喝，我妈该……骂，骂我了。"

"没关系，我请客！"

"哦？那……走吧！"那人拍拍我的后背，搂住我的肩膀。

这家伙姓新开，醉了也会算计。在新开的引导下，我们走进一家寿司店。闲聊几句之后，我找机会转入正题。

"千绘酒吧的妈妈桑，今天没到店里来吧？"

"可不是……嘛，今天……又没……见着。"新开喷着酒臭，长吁短叹。

“妈妈桑不怎么到店里来吗？”

“最近……没怎么见过她。我妈可啰嗦了，我回家晚一点儿……她就骂我。喂！老板，再来一份海胆寿司卷！”

还吃啊？今天他可逮着冤大头了。

“是因为身体不好吗？”我问。

“嗯，好像是肝脏……不好，不，要不就是……肾脏。”

我已经预感到维拉亚生病了：“没住院吗？”

“住院？没有吧。对了，没有。要是住了……院，就不会在店里……露面了。”

“所以她女儿才到店里帮忙？”

“对。千绘……好可爱呀！”

“她什么时候开始在店里当小妈妈桑的？”

“有半年了吧。”

“每天？”

“嗯。”

“还上学吗？”

“上学？”新开瞪大了眼睛。

“对呀，她才十七岁，应该正在上高中。”

“早就毕业了。”

“啊？”

“千绘二十一岁了。”新开说完，食指竖在嘴唇前面，压低声音说，“得说二十一，不许说十七。”

“违反儿童福利法？”

“嗯，要是被人知道了，妈妈桑就会被罚款，酒吧就会倒闭，那样的话，妈妈桑和千绘就活不下去了。而且，这一带酒吧很少，我们这些人就没地方去乐呵了。”新开好像酒醒了，大口大口地吃着海胆寿司卷。

“没雇别的店员吗？”我给新开斟了满满一杯啤酒。

“没有，那里一直是妈妈桑一个人。”

“现在该雇一个了吧？”

“因为没钱雇人，千绘才到店里帮忙的嘛，这孩子真了不起。”

“没考虑关门休息一阵子吗？”

“休息不了才叫千绘当了小妈妈桑的嘛！”

“妈妈桑的丈夫是做什么工作的？”

“正因为丈夫没了才休息不了的嘛！”

“离婚了？”

“跑了！”

“跑了？”

“欠了一屁股债，跑了！”

“什么时候跑的？”

“有一年了吧，为此妈妈桑可是吃了不少苦。丈夫欠下的钱她得还！我想帮她，可我一个工薪阶层，能帮多少呢？也就是常到她的店里去，让她增加点儿收入而已。”新开叹了口气，端起啤酒一饮而尽。

我们从小接受的教育就是绝对不能说谎，在家也好，在学校也好，听得耳朵都磨出茧子来了。但是，长大后要是仍然严守绝对不说谎的戒律，不但没人说你诚实，还会被骂作大傻瓜。

打个比方，明天是圣诞节，你有一个四岁的女儿，正在愉快地盼望着圣诞老人送来的圣诞礼物，你却对她说，圣诞老人是美国商人制造出来，为了骗走人们口袋里的钱。圣诞老人并不存在，圣诞礼物是爸爸花钱买的。尽管你没有说谎，但能说你的诚实是正确的吗？

我的苦恼也在这里。是把千绘的现状如实告诉安先生，还是编一套谎话让他安心？回东京的新干线上，回家以后在被窝里，当保安值班的时候，我一直在考虑这个问题。

最后的结论，还是把千绘的现状如实告诉他。

如果我编一套谎话，说千绘在一所只有有钱人家的小姐才上得起的私立学校，校规严格。她既不染发也不化妆，学习成绩年级排名二十，还是学校网球队副队长，虽然没有男朋友，但经常收到男同学的情书……这样无异于愚弄安先生。我实话实说，也许是在内心深处觉得我成濑将虎比他安藤士郎程度高，也许是出于对弱者的同情，也许不过想试试说了实话到底会怎么样。就好比他托我去买蛋糕，反正没有指定生产厂家，而且他这个年纪也吃不出好坏，我就在超市随便买个批量生产的便宜蛋糕了事。

不管怎么说，安先生是我的朋友。虽然他年龄比我大，在电脑培训班我是他的老师，我们也是朋友。既然是朋友，就应该是平等的。

我决定告诉他真相以后，就去找他。我让他看了我用数码相机拍的千绘的照片，把千绘跟她母亲目前的真实状况讲给他听。

果然不出所料，安先生精神上受到了很大的打击。看过照片，听完我的讲述以后，他没有像往常那样拉着我出去喝酒。

安先生受到的打击实在是太大了。在那以前，他每个星期肯定要给我打一次电话，每个月至少约我一起喝两次酒。但在那之后，他再也不给我打电话，再也不约我一起喝酒了。我放心不下，请他一起去喝酒，但他脸上没有一点儿笑容，问他近况如何他也是沉默不语，好像变成了另一个人。

原因我最清楚，所以我更加不忍心看他这样下去，也不知道应该对他说些什么才好。我错了，当了一回诚实的大傻瓜！我跟安先生的关系自然也就疏远起来。

我把安先生当作朋友，但我的朋友不止他一个，而且我还身兼数职，不能老是惦记着他——我用这个理由原谅了自己。

我跟安先生已经有一年多没有联系了。

蜜　月

14

昨天晚上的豪华河豚鱼大宴，可以看作为我的出征壮行。

八月二十八日星期三下午三点，我站在了蓬莱俱乐部的老巢，平城写字楼三号楼入口处。

我的身旁是阿清，两个人都穿着清洁工的浅绿色工作服。

那天，我悄悄问“渡边”，是否可以替他打扫几天写字楼。我跟他说，不是抢他工作，只是想当几天清洁工罢了，他可以到处去玩儿，工资照拿，除此以外我再给他几个零花钱。

不干活拿工资，还能得到零花钱，天底下不愿意的人绝对没有。渡边马上接受了我的请求，还跟另一个清洁工老太太打了招呼，以同样待遇把差事让给了阿清。

我的计划，是通过为写字楼里各家公司打扫卫生深入蓬莱俱乐部，找机会偷看文件，拿到他们诈骗久高隆一郎的证据。虽说一个人深入虎穴我也不怕，但到底还是两个人更仗胆，找到证据的机会也会大大增加。于是我就把阿清叫来了。

不过，因为我有保安和电脑培训班老师两份工作，阿清新学期即将开学，明年还要考大学，我们只能每周一、三、五来。

今天是具有纪念意义的第一天。我们把两位专业清洁工请到附近一家饭馆，一边吃午饭，一边向他们请教打扫卫生时应该注意的事项。

“我竟然也要当一回侦探了。”上阵之前，阿清一边抽烟一边感慨地说。

“高中生不能抽烟！”我一把夺过他的香烟。

“紧张嘛！学长，您当过侦探不害怕，我可是头一回。您看！”阿清说着向我伸出手来。他的手在不停地颤抖。

我把他的手扒拉到一边去：“你见过叼着烟打扫卫生的吗？一个优秀的侦探不能在任何方面有一点点松懈。你给我像一个真正的清洁工那样好好擦地板！”

我们先打扫厕所，用刷子和清洁剂刷洗瓷砖地面和便器，补充卫生纸，然后清扫楼梯楼道，最后清扫各间办公室。

我原本担心，这栋写字楼里办公的人们发现换了清洁工会问我们，为此还精心准备了一套谎言，并事先跟那两个专业清洁工统一口径，结果根本没有人问。看来谁都没留意过清洁工长什么样儿。

另外，我还担心在俱乐部总公司会碰上我跟绫乃一起去崎玉县那场免费讲座时遇到过的员工。当时我们跟日高和野口都有过近距离接触，要是被他们认出来可就麻烦了。虽然我戴上了口罩和眼镜，但心里还是七上八下的。

我的担心是多余的。四楼没有一张熟悉面孔。日高他们每天忙着去各地推销商品，大概很少来总公司。

这里就是蓬莱俱乐部总公司。这里看不到员工把自来水装进空瓶的场面，也看不到骗来的巨款。办公室里排列着二十多张钢制办公桌，有接待处、文件柜、复印机，跟一般公司没什么两样。员工们时而开玩笑，时而认真地坐在电脑前打字。

大房间被屏风划分为三个区域，一个是办公桌集中的办公区，一个是有长桌和黑板的会议区，还有一个区域摆着大型木制写字台、皮椅和保险柜，应该是老板办公的地方。

第一天观察到的情况只有这些。因为打扫卫生必须认真，能观察到这个程度就算不错了。

之后，我跟阿清每周一、三、五去平城写字楼当清洁工。

我们虽然可以利用擦地板的机会观察桌面和电脑屏幕，却没有可能翻看桌子上或抽屉里的各类文件。

正如渡边所说，俱乐部总公司办公室里大部分时间只有两三个员工，而且都是女性。男的大概都出去搞推销了。

女员工之一四十多岁，好像是部门经理，她的部下是两个年轻姑娘，一个叫堀场，一个叫优子，主要工作好像就是复印材料，没事儿干的时候就坐在那里涂指甲油。

我没有机会翻看文件并找到指控蓬莱俱乐部诈骗的证据，就算那些人不把清洁工放在眼里，也不会听任你翻看公司的文件。

一直到九月六日，我还没有任何收获，但是我并不灰心，相信只要坚持下去，就一定会有机会降临。我坚持每周三次去当清洁工。

15

今天是十三号，星期五，我没有任何将要发生灾难的预感。出生以来不知道经历过多少个黑色星期五[1]，什么不幸的事情都没有遇上过。

可是到了晚上，我碰到了一个小麻烦。

---

[1] 源于西方的宗教信仰，认为13号的星期五会发生不幸的事情。

“我是最近被你疏远的麻宫樱。”二号手机里传来一个不快的声音。

“啊，怎么了？”

“如果没有什么特别的事情就不能给你打电话吗？”

“哪里，看你说的。”自从当上了平城写字楼的清洁工，我就没有跟麻宫樱见过面，也很少用电话或短信联系。她明天开始三连休，我也没有主动约她，所以她满肚子意见，大概是以为我在躲她。

“对不起，冒昧地向你打听一件事。”麻宫樱话里带着刺。

“什么事？”

“昨天晚上你到哪儿去了？”

“哪儿都没去啊。”我拼命在记忆里搜寻着，是不是做了什么得罪了她的事。

“骗人！”

“骗你干什么？”

“你不在。”

“什么？”

“昨天晚上我到你家去了！”樱一字一顿地说。

“啊？你到我家来过了？”

“对！我想为你做顿晚饭，买好东西去的！结果呢，你不在！”

“那你应该提前告诉我嘛！”我笑着说。

“我想给你一个惊喜。”

“是吗？真对不起，毁了你的精心计划。对了，我的确出去了一会儿。”我还在笑。

“到哪儿去了？”樱逼问得很紧。

“洗澡。”

“骗人！”

“没骗你，我到澡堂洗澡去了。”

“特意到横滨那边洗澡去了吧？”

“啊？”

“另外，你洗澡要洗三个小时吗？”

“什么？”

“我在你家楼下等了三个小时！”

我吃了一惊：“三个小时？”

“八点到十一点！”

“十一点？那么晚了一个人在街上，多危险哪！”

“要是那个人在家，我就不至于被秋露打湿衣服了。”她好像在捧着脚本念台词。

“好吧，我跟你说实话，”我叹了口气，“我去见了一个人。”

“约会呀，真叫人羡慕！”

“别误会。我不是跟你说过，我有一个叫阿清的弟弟嘛，见他去了。”

“帮助他跟踪女人？”

“喂！不是那么回事。我们到六本木喝酒去了。”

“一直喝到后半夜？也不注意身份啦？”

“喝多了，忘了时间。”

“高兴得连时间都忘了？想必是个很不错的地方吧，希望下次能带我去！”樱今天这是怎么了？火气这么大。

“是我不好。明天和后天你有时间吗？我当面向你道歉！”

“你知道我为什么这么生气吗？”

“嫌我夜里玩得太晚了？”

“你连续两天叫我吃了闭门羹！”

“啊？”

“前天晚上我也去了。”

听了这话，我手脚冰凉：“前天晚上你也来了？”

“肉和生鱼片，连续两个晚上都糟蹋了！”

“真……对不起！你提前告诉我啊！最近忙得要命，经常不在家。”

“忙得要命还去喝酒啊？真是的！”

“前天晚上不是喝酒。”

“哟！那干什么去了，约会？”

“误会了！”我冲着看不见的她一个劲儿摆手。

“看把你急的，我只不过是随便问问嘛！”

“再稍微等等行吗？”

“等什么？”

“我手头这点工作很快就完，到时我一定请你来我家，你的拿手菜暂时存在你那里几天。”我又冲着看不见的她鞠了个躬。

“工作？”

“对，工作，可以说是工作吧。”

“晚上的工作？”

“晚上嘛……对，晚上也工作。”

“不是什么不正经的工作吧？”

“你放心，我是站在正义这一方的！”

“正义？”

“眼下我只能告诉你这么多。等问题解决了我一定详细告诉你。不管怎么说，你……”

这时，身后传来绫乃的声音：“咖啡好了！”

“为了早日吃到你亲手做的菜，我要尽快把手头的工作处理完！好了，就这样吧，晚安！”我怕她听见绫乃的声音，慌忙挂断了电话。

“小虎！咖啡好了！”绫乃大声叫起来。

“不要突然这么大喊大叫。”我很不高兴地回头训斥道。

“叫你还要事先通知啊？怎么通知？”绫乃笑着把一杯咖啡递给我。

我皱着眉咂了咂舌头。

“这就是对待给你冲咖啡的人的态度吗？”

“烦人。”我一把夺过杯子，“别啰嗦了，快去准备你的行李。”说着端起杯子就喝了一大口，烫得喉咙火烧火燎的。

绫乃的声音被樱听到了吗？如果听到了，会不会以为是电视里的声音呢？真是不可思议，我居然为这种事坐立不安起来。

16

黑色星期五晚上那个小麻烦，比起五天后发生的事情，简直可以忽略不计。十八号，星期三，我遇到了一场大灾难，说那天是迟到的黑色星期五，一点儿也不为过。

那天，我跟阿清一起照常化装成清洁工，潜入平城写字楼。

阿清一个劲儿地流清鼻涕，我一个劲儿地咳嗽——我们俩都感冒得不轻。天气忽冷忽热，加上连日疲劳，身体的抵抗力大大下降。

阿清建议今天休息一天，但我认为，说不定今天蓬莱俱乐部的人会放松警惕，拒绝了。我这样说并非没有根据，天气对人体的影响是一样的，俱乐部的人很可能有人感冒请假不上班，那样的话，我们不就有机会了吗？

结果我错了，由于身体不好反应迟钝，我们招致了一场大灾难。当然，灾难不是降临到我头上的，是我自己找上门去的。

那天，蓬莱俱乐部总公司跟平时有些不同。部门经理和那个叫优子的女孩不在，桌子上收拾得干干净净，不像是早退。另一个叫堀场的女孩脸色很不好，不时剧烈地咳嗽着。

男员工只有三个，如果他们外出，机会就来了。我一边这样想着，一边拖着地。忽然，坐在椅子上的堀场站起来，小跑着出去了。大概是去上厕所吧。

“学长！”阿清晃动着拖把小声叫道。我环视四周，不知从什么时候起，那三个男员工已经不见了。

“你看，不休息对了吧？快！我查这边，你查那边！”

我坐在老板椅上，拉开大号写字台的抽屉，开始在文件堆里寻找有“羽田仓库管理公司”或“久高隆一郎”字样的文件。

“学长！”阿清压低声音叫了一声。

“动作快点！别东找西找，随便乱翻！”我一边小声命令，一边翻开一叠账单。

“学长！”

“办公桌查完查文件柜，今天不要动电脑，一死机就麻烦了。”我又拉开一个抽屉，拿出一本名片簿翻看起来。

“学长！”

“啰唆什么？现在是动手的时候，用不着动嘴！喂！发现什么了吗？”我抬起头来，看见的是眼镜后面一双凶恶的眼睛。

“找什么？”那人问。他穿着一身灰色的西服——是蓬莱俱乐部的人！

“学长……”阿清站在一旁，眼泪都快流出来了。他的手腕被那人抓着，反拧到背后。

“别动！动一动拧断你的胳膊！”那人警告阿清，伸手把我靠在写字台边上的拖把拿走。想起来了，眼前这个大背头戴眼镜的家伙叫村越，虽然只有二十五六岁，却是蓬莱俱乐部某个部门的部长。我听过别的员工称呼他“部长”。

“你们这些小毛贼！”村越猛推阿清的后背，阿清踉踉跄跄地跌进我的怀里。幸亏有我接住他，否则非摔个嘴啃地不可。

“老老实实在那儿待着！敢动一步就杀了你们！”村越简直就是个黑社会的恶棍，他举起拖把晃动着威胁我们一番后，消失在屏风后方。

“我还没弄清到底怎么回事，就被他抓住了手腕。”阿清揉着右肩，哭丧着脸说。

我也没有察觉有人回来。也许是光顾着集中精力找证据，也许是感冒造成的听觉迟钝。我从老板椅上站起来，看了看身后。

窗户很大，没有插插销。

“别动！你还想从窗户跳出去啊？”村越转了一圈，从屏风后面回来了。

从窗户跳出去是不可能的。这里是四楼。

“喂！那个头上顶着头巾的，背冲着我退过来！你！戴口罩的，坐下！”村越命令道。

我重新坐在老板椅上，阿清背冲着村越移动过去。村越把阿清的双手拧到身后，用胶带紧紧地缠起来，又把他的双脚缠起来，一脚把他踹倒。随后我也被用同样的方法剥夺了行动自由。

“找什么呢？”村越用拖把把顶在我身上问。

“钱。”我试着动了动双手，一动都不能动。

“第几次了？”

“第一次。”

“胡说！”

“真的。看见你们公司的人都出去了，就鬼使神差地……以前屋里总是有人，没敢动手。”

“第一次，真的！”阿清插嘴说。

“没问你！”村越用拖把狠狠打了一下阿清的屁股，阿清痛得号叫起来。

“说！第几次？”

“第一次。”

“说老实话！”

阿清又忍不住插了嘴，结果又挨了一下。阿清小声嘟囔着：“你这个杀人犯！”

“不过轻轻拍了你一下嘛！”

“杀人犯！”

“你这个小偷，还敢骂我？”

“杀人犯！”阿清大叫起来。

“我叫你嘴硬！”村越抡起拖把，狠命地打起阿清来。阿清最初咬着牙忍耐，脸都扭曲了。最后，他终于忍耐不住，连珠炮似的喊道：“你们这些混蛋，强买强卖，杀人越货！南麻布的久高隆一郎，你敢说不认识吗？你们为他买了保险，然后开车撞死他，骗取保险金！你们罪恶滔天，我早就把你们看透了！”

“阿清！”我想制止他，已经来不及了。

村越惊得眼珠子都快瞪出来了，“原来你们不是小偷。说！你们是干什么的？”

“外苑清洁服务公司的。”这是“渡边”告诉我的。当然现在这么说也没用。

“谁派你们来的？”

“没有谁指派我们。”

“你们在找什么？”

“钱。想要钱而已。”

“闭上你的臭嘴！”村越大骂一声，一脚踢在我的肝脏部位。我疼得连气都喘不上来。

“你这家伙为什么老戴着口罩？天这么热，不想摘下来透透气吗？”村越蹲下来看着我的脸。我刚说了句“对灰尘过敏”，口罩就被他一把扯了下来。不过蓬莱俱乐部在崎玉县举办免费保健讲座的时候，村越不在，我不用担心他认出我来。

“好吧，多给你们点儿时间，好好想想，要想不吃亏，还是如实招认了为好！”村越说完一屁股坐在桌子上抽起烟来。

蓬莱俱乐部肯定是家违法的公司，不然的话，在办公室里抓到小偷，为什么不打电话叫警察？绝对不是因为村越心眼儿好，他是怕警察一来，弄不好就会暴露蓬莱俱乐部违法犯罪的事实。

但是，面对眼下这种处境，我知道这些也没用。我一直在偷偷扭动双手，可是胶带缠得太紧了，不但没有一点儿松动，反而深深卡进肉里，好像皮肤都要被割裂了。

要是村越再踢我四五脚，说不定我就得招认。如果是为了我自己的家人，就算被打晕我也要忍着，久高爱子跟我一不沾亲二不带故，我也没像阿清那样喜欢上她，讲义气也是有限度的。

就在我的怯懦在心里逐渐占了上风的时候，整个楼层的火灾报警器响了。

村越先是吃了一惊，马上冷静下来，悠然自得地继续抽烟。火灾报警器误报的情况比较多，人们一般不会听见警报就跑。

但是，这回好像不是误报。

“里边还有人吗？着火啦！快跑！”传来女人的尖叫声，好像是那个叫堀场的女孩。

“还真他妈的着火了？”村越从桌子上跳下来，跑到屏风另一边。

“啊，部长，着火了！快跑！”

“哪儿？”

“好像是垃圾箱，别的楼层的都跑光了！您看！”

我听见了开窗户的声音。

“啊？这么大烟！还真他妈的……”

“咱们公司里还有人吗？”

“没有了。”

村越和堀场的对话听不见了，报警器不停地鸣叫着。

“他们说着火了？”阿清既像在问我，又像在喃喃自语。

“好像是。”

“火大吗？”

“可能不小。”

“你没闻见什么东西烧焦了的味儿？”

“闻见了。”

“我们怎么办？”

“别出声，挪出去！”说完我就像一条大青虫似的，蠕动着向门口移去。

可是，移动还不到半米我就动不了了。手脚被捆得太紧，看来只能等着被烧死在这座大楼里了。

“等等！马上给你松绑！”一个熟悉的声音在耳边响起，我惊得张大了嘴巴——是樱！

“别乱动，乱动容易受伤！”樱冷静地对我说。

是梦，还是幻觉？我不敢相信自己的耳朵和眼睛。就在我发呆的时候，手被解放了。

“脚上的胶带你自己解！”樱说完转到阿清背后去。

“你怎么在这儿？”我终于能开口说话了。

“以后再给你详细解释，现在要做的是赶快逃跑！”樱用裁纸刀把缠着阿清的胶带割断，我也解开了缠在自己脚上的胶带。

情节的发展太出人意料，我懵了。但是，有一点可以确信：眼前的麻宫樱，就像美国女影星法拉·福西特在她的成名电视连续剧《霹雳娇娃》里扮演的美丽女警那样值得信赖。

17

在樱的引导下，我们没有走消防通道，而是走普通楼道逃离平城写字楼。途中没有碰上村越和堀场他们，很快就混入了看热闹的人群中。

“现在你可以把实情告诉我了吧？”等樱处理完我手上的伤后，我问。

“看完魔术后还是不要问魔术师背后的奥妙，那样才余味无穷。”

现在我跟樱同处一室，也就是我在光明庄公寓的房间。我们先把阿清送回家，随后到这里来了。绫乃不在东京，她现在也许在夏威夷喝鸡尾酒或跳草裙舞。总之现在我跟樱独处。

“你不告诉我，我会失眠。你是不是就在那附近工作？”

“不是。”

“你简直像一直在看着我们行动。在我们最需要帮助的时候，你就出现了。”

“对，我一直在跟踪你。”

我愣了三秒钟：“什么？你在跟踪我？”

“我不会开车，所以叫了一辆出租车跟踪你。”

“连出租车都用上了？为什么要这样？简直就是……”

“跟踪狂，对不对？”樱伸长脖子瞪着我。

我搔搔头皮：“最近好像出了这么个新名词。”

“我才不想当那种恶心的跟踪狂，又得花钱又得请假。”

“那你为什么跟踪我？”

“因为你不好！”

“我怎么不好了？”

“跟我约会你不去，晚上还总不在家，我认为你肯定跟别的女人好上了，所以想跟踪你，到时候当场抓奸！”樱低着头，用力抓着膝盖。

“你这女人，胡思乱想什么？”我忍不住笑了，这一笑可不要紧，被村越踢伤的地方剧痛起来。

“这有什么好笑的！”樱生气地把脸转向一旁。

我得承认，最近我对樱的搪塞实在太暧昧了，才让她怀疑我有别的女人。

“是我不好。不过，我真的没有别的女人。”

我双手来回晃动着指着房间的各个角落，意思是说：你看，哪有什么女人？

“现在看起来好像真的没有。”

这女人可真不好惹。

“我一直在那座写字楼外边等你，左等右等都不出来，心想你到底去里头干什么了，就进去一层一层地找。刚走到四楼，就听到了你的声音。”

“我的声音？”

“对，就是你的声音，好像在跟谁吵架。我探头往里看了看，因为有屏风挡着，看不见人。我蹑手蹑脚地走过去一看，看见你和阿清被捆着手脚倒在地上。站着的那个男人很凶，一看就知道不是好人。我想救你们，可是如果我不管三七二十一冲上去，肯定不是他的对手，他一只手就能把我抓起来。要救你们，就只能引走他，于是我启动了报警器。”

“原来是你干的。”我点点头，“可是，我分明闻见了焦糊味儿，而且村越也说烟很大。”

“火也是我放的。”

“啊？”

“根据以往的经验，就算火灾报警器响了也有人不跑，认为是报警器误报。我想，如果那家伙也是这种人就麻烦了，于是先点了一把火，然后再按响报警器……”

“这也太危险了吧？”我叹了一口气。

“我现在想起来也觉得后怕。”樱抱住了自己的双肩。

“这可不单单只是后怕的问题，放火是犯罪！”

“这我知道。”

“放火可是重罪。有时候杀人也不过才判三年有期徒刑，放火最少判五年！”

“咚！”一声巨响，震得我这租金低廉的破房子直颤悠。抬头一看，原来是樱的两手重重地敲了一下榻榻米。

“你打算去报警？”樱说完又重重地敲了一下，然后慢慢闭上眼睛，“在那种情况下，你说我该怎么办？不那样的话怎么能救得了你们？”

我哑口无言。说实话，如果不是樱及时相救，我们说不定已经被蓬莱俱乐部那帮家伙杀了。这一点我可不能忘。

“谢谢你救了我，真的，我打心眼儿里感谢你。”我一个劲儿地重复着这句话。我的感激之情是真心的。

为了摆脱眼下的尴尬局面，我起身去厕所。走起路来左脚有些疼，是被村越推倒在地的时候摔的。脸颊和胳膊肘都有擦伤，手腕的皮破了，还有皮下出血。不过，只受了这么点儿伤，简直是奇迹。要知道为了骗取保险金，蓬莱俱乐部那些家伙已经杀了不少人，要是他们的人回来了，杀死我和阿清恐怕连眼睛都不会眨一下。

想到这里，我觉得对樱无论怎么感谢都不过分，她是我的救命女神！

回到房间，只见樱双肘撑在矮桌上，双手支着下巴发愣。

“刚才在便利店买点东西回来就好了，碰巧我这里咖啡和茶叶都没了。要不喝点儿水？拧开水龙头就有最新鲜的水。”

樱看了我一眼，笑了。看来她心情好一些了。

“咱们还是去外边吧。我肚子有点饿，哎哟，都七点了。”

“先把刚才的话题谈完了再说。”

“不是已经谈完了吗？衷心感谢！我的救命恩人！”我向樱深深地鞠了一个躬。

“现在轮到我问你。你为什么会落到那步田地？”樱端正地坐着，仰起头来认真地看着我。

“这个嘛……”我不知该怎么回答她，但还是点了点头，在她身边坐下，“一两句话还真说不清楚。”

“你就是说到明天早晨，我也愿意奉陪。”

不能再瞒着她了，我把久高爱子的委托一五一十告诉了樱。

樱不时发出惊叫，脸上的肌肉抽搐着，直到我把事情的原委说完，没有插一句嘴。

“真是不可思议，”讲完久高爱子的事，我笑了，“要是我一开始就告诉你实话，你就不会怀疑我有别的女人，也不会跟踪我，当然也不可能救我的命。也许现在的我还被绑在蓬莱俱乐部里，或者已经被装进麻袋扔到东京湾喂鱼了。可是你看，现在我在自己家，手脚都是自由的。这些都是托你的福，没有你的那点误会，就没有现在这个结局。人生路上，真说不准什么是幸什么是不幸。上语文课时老师教过一句成语，叫做因祸得福，我现在体会可深了。真是不可思议！”

樱的身体僵直，两手规矩地放在膝盖上，一句话都没说。

“你说是吧？”

樱茫然地点了点头。

“你怎么了？”我看着她的脸问道。

她的表情没有发生任何变化：“找到了吗？”

“什么找到了吗？”

“为保险金杀人的证据。”

“没有。我们还没找到就被绑起来了。”

樱直愣愣地看着我，又不说话了。

“你怎么了？”我关切地问她。

“太可怕了……”她用双手捂住了脸。

“你现在才觉得害怕？那些人跟黑社会的没什么两样。如果你早知道这些，恐怕就不敢干那么大胆的事了吧？”我笑着拍了拍她的肩膀。

“不是，我怕的是他们来报复你。”

“你担心这个啊。没关系，他们不知道我跟阿清是什么人。东京这么大，他们上哪儿找我们去？找不到的。没有把我们身上的驾照之类的证件搜出来，是村越的失策。”

我也没有对“渡边”说明我们的真实身份。

“你们还要到那里去吗？”樱抬起眼皮看着我问。

“必须去！”

“太危险了。”

“当然我得等他们淡忘了再去。”

“反正你还是要去，对吧？”

“对，要去，我还什么证据都没找到呢。”

“那么危险的地方，别去了。”

“今天是偶然失手，身体不舒服，反应有些迟钝。”而且我的自尊心也不允许我半途而废。

“可是，人家看见你长什么样了。别去蓬莱俱乐部了，化装成清洁工你也进不去。”

“当然得另想办法。”

“什么办法？”

“至于什么办法，一边养伤一边想。不着急不用慌，说不定哪天就会突然冒出一个好主意来。”

樱沉默了，紧咬着嘴唇。

我点上一支烟，抽了起来。嘴巴里边也有伤，烟薰得伤口麻辣辣的疼。

我的烟抽了一半，樱抬起头来：“答应我，不要再去了，不要再到那种危险的地方去了。”

“那不行，一旦答应别人，就得替人家办成，半途而废算什么男子汉！”我是个不服输的人，在我看来，现在结束这件事，无异于在距离珠穆朗玛峰顶只有五百米时转身下山，所谓“急流勇退”是狗屁道理。而且他们打了我，这一箭之仇非报不可。

“你忘了你对我说过的话了？”樱用挑衅般的目光看着我。

“我对你说什么了？”

“你没说过自杀如何如何之类的话吗？说你最讨厌自杀。”

“啊，自杀是最愚蠢的行为。”

“那么你就是最愚蠢的！你现在的行动就是一种自杀行为。对方是一群杀人不眨眼的恶魔，你执意到那里去就是去自杀！”

“你那是诡辩。自杀跟自杀行为是两码事。”

“一码事！都是不珍惜自己的生命！”樱拍着桌子狂喊乱叫起来。随后，她盯着我看了一会儿，叹了口气认真地说：“答应我，不要再到蓬莱俱乐部去了，推掉这个危险的工作！”说完闭上眼睛，手指按在颤抖的眼睑上。

“你哭啦？”

“只不过是隐形眼镜掉了。”

“知道了，我不去了。”我点着头说。

“说好了，不许骗人！”樱睁开眼睛，握住我的双手。

“不骗你，我还不急着死。”我拍拍她的肩膀，又顺势抚摸她的头发，然后把她的头搂过来，拥在我的怀里。樱轻轻地

“啊”了一声，没有拒绝。

我在樱的脸颊上轻吻了一下，又在她那涂着淡红色口红的嘴唇上轻吻了一下。我放开她，看见她闭着眼睛，一股热浪从内心深处涌起，我把嘴唇紧紧地贴在了她的嘴唇上。

过了不知多长时间，我的嘴唇才离开她的嘴唇。我的额头顶着她的额头，小声说道：“我送你回家。”说完轻轻把她推开。

“你身体不要紧吗？”樱整理着蓬乱的头发，羞涩地问。

“不要紧的。”

“用不着我来照顾你吗？”她的意思很明确，她今晚想住在我这里。

但是，我拿起车钥匙站了起来。

“我可以给你做饭。”

“下次吧，我这副狼狈样不能尽情享受你的拿手好菜。多亏我平时在健身俱乐部苦练，如果没有这么发达的腹肌，内脏说不定都被踢坏了。”我今天怎么这么饶舌？

在我的内心深处，有某种说不清的东西还在拒绝着她。

杀死久高隆一郎，其后

七月十四日下午，古屋节子站在有栖川宫纪念公园的树荫下，不紧不慢地抽着烟。

有栖川宫纪念公园在江户时代是陆奥盛冈藩的宅邸。苍翠的树林，白鹭栖息的池塘，高悬的瀑布，清澈的溪流，是东京都内有限的几座自然公园之一。

在古屋节子前方数米远的地方，站着一位穿白色开领衫的老人，一手拄着拐杖，一手扶着桥栏杆，呆呆地看着在溪谷里玩耍的孩子们。

古屋节子慢慢把手上的烟抽完，缓解了一下紧张情绪，向老人靠近。

“久高先生！”节子轻轻地叫了一声。

老人转过身，用手摸着浅棕色礼帽的帽檐，看着古屋节子。

“您就是久高隆一郎先生吧？”

老人有些惊奇地点了点头。

“久高先生，前天您到广尾站附近的一家咖啡馆去了？”

久高隆一郎疑惑地摸着眼镜框，没有答话。

“就是那家叫‘巴比伦’的咖啡馆，您不是在那里跟两个蓬莱俱乐部的人说话吗？”

“你是谁？”久高隆一郎用拐杖指着节子问。

“我也被蓬莱俱乐部骗了，跟您一样，也是个受害者。”

“什么？”

“久高先生也被蓬莱俱乐部害苦了吧？那天在巴比伦，我在一旁听见了你们谈话的内容。”节子说着谦卑地鞠了一个躬。

“你也……被蓬莱俱乐部……”久高用拐杖拄着地，向前跨了一步。节子点点头，走到久高身边，跟他并排站在一起。久高的表情缓和下来。

“好不容易攒的几个钱被他们骗了个精光，养老金还不够还账的。”节子唉声叹气地说。

“那些人简直就是恶狗，是秃鹫！我真生自己的气，那么拙劣的骗人手段，怎么就没有识破呢？”久高用拐杖戳着地面。

“逼得我把安井曾太郎[1]的画都卖了！”

“那太叫人心疼了。”

“眼下还欠着五千万，真对不起我死去的丈夫啊！”节子用

[1] 日本著名画家，曾任东京艺术大学教授。

双手捂住了脸。

“真可怜……也许我还不像你那么惨。”

“还有比我更惨的。有一位高井先生，连儿子的公司都赔进去了。还有一位藤本先生，房子都卖了，六十多岁的人了，跟老伴儿搬到一间不到十平方米的小房间里住……那怎么住？单是想象一下我都受不了。”

“你认识蓬莱俱乐部欺骗的其他受害者？”久高惊讶地问。

节子点点头：“今天我就是为了这个才来找您的。最近有一位加藤长一郎先生，也被蓬莱俱乐部害得很惨，他正在出面组织一个受害者自救会。”

久高眼睛一亮：“哦？是吗？”

“目前包括我，一共有七个人表示要参加自救会。加藤先生说，多一个人就多一份力量。”

“他说得对。”

“所以，久高先生，请您一定要参加！加藤先生让我有空就去蓬莱俱乐部开的巴比伦咖啡馆，因为俱乐部的人经常在那里胁迫受害者。我前天在那里碰上了您，知道您也是受害者，所以特意来见您。”

“原来那家咖啡馆也是蓬莱俱乐部的，怪不得他们每次都让我到那里去。”好像解开了一个多年未解的谜，久高频频点头。

“您参加吗？”节子不失时机地问道。

“啊？这个嘛……”久高显得有些犹豫。

“有什么不方便吗？”

“事情来得太突然，我得好好想想再说。”

“这还有什么好想的？难道您不后悔被他们骗走那么多钱吗？”

“后悔是后悔，可是……”

“可是什么？难道您想就这么咽下这口冤枉气吗？”节子皱着眉头问。

“那倒不是……”久高摆手否认。

“这不就没问题了？咱们一起跟蓬莱俱乐部斗争吧！”节子说着，把手放在了久高握着拐杖的手背上。

久高吓了一跳，赶紧躲开。

节子好像根本没意识到久高的尴尬，像个女大学生似的双手捂着前胸。“太好了！我真高兴！”她眯着眼睛看着久高，“咱们走！”

“走？去哪儿？”

“去参加自救会的活动！”

“现在？”

“对呀，就是现在。”节子脸上露出迷人的微笑。

“这也太突然了……”久高沉吟着。

“今天是第一次集会，兼成立大会，请您一定要参加！”节子说着，拉起久高的手腕就走。

久高又吓了一跳，把手抽回来："那好吧，我先给家里打个电话。"久高害羞地笑笑，打开了挂在脖子上的手机。

节子按住他的手："不行！咱们自救会还处于保密阶段，对家里人也要保密。"

"我只说今天晚回去一会儿。"

"那就到了目的地再打吧，车在那边等着，违章停车，被警察抓住可是要罚款的。"节子不由分说，拉起久高就走。

车停在广尾门附近，是一辆灰色小轿车。驾驶座上坐着一位留着大背头的男人，头发灰白，看上去有六十多岁了。

坐进后排座，车子马上就开动了。节子开始向久高介绍那个开车的人："这位是高木先生，也是咱们自救会的。对了，我还没做自我介绍，我叫古屋节子。"

一路上，节子不停地跟久高聊天。节子找不到话题的时候，开车的高木马上接上话茬继续说。他跟节子一样，也欠下了蓬莱俱乐部的债，只好执行俱乐部的命令。至于是不是叫"高木"，就另当别论了。

这两条蓬莱俱乐部的走狗，一直没有给久高打电话的机会。途中久高曾一度要求下车，把节子急坏了，问他为什么。

久高叹了口气说："我还是有些犹豫。"

"事到如今，您还有什么可犹豫的呢？"

“提起蓬莱俱乐部我也气得要命，他们至少骗了我五千万。最近我总算醒悟，那根本就是一个诈骗集团。就算我不计较个人得失，也不能眼看着他们再去危害别人！”

“那不是用不着犹豫了吗？”

“那天我在巴比伦咖啡馆对他们说，很多东西我动都没动，退还给你们，我也不要求你们全额退款，只按照那些东西的实际价格退给我一部分就可以了，但他们连这样的请求都不答应。跟他们说什么都没用，只能诉诸法律！”

“对，只能去法院告他们。但一个人去告不如大家一起，人多力量大！”

“你先听我把话说完。要告他们，就得把一切公之于世，他们是怎么骗我的，骗了多少钱，这些信息全部都要公开。这样做等于告诉世人我有多么愚蠢，简直是奇耻大辱。眼下我还没有这种勇气。”久高抱着脑袋长吁短叹。

“为了这么点儿虚荣心就……”

“人哪，地位越高，虚荣心就越强。你们女人不懂这个……对了，你可不要告我歧视女性。”久高勉强笑了笑。

“那您就来个心字头上一把刀，忍了？”

“当然很窝心，不过，钱嘛，身外之物……”

“您真打算忍了？”开车的那个人忽然插话了。

“就算交了学费吧。”

"学费？五千万！"

"说忍，其实也忍不下去。我个人的损失固然心疼，但更重要的是，不能容忍他们继续为非作歹，不把他们绳之以法，解不了我的心头之恨！"

"钱是身外之物，你们这些有钱人说话可真轻巧。你要是愿意忍就忍吧，反正你的人生也不……"

"高木先生！"节子打断高木的话，不让他继续说下去。她转向久高，握着他的手说："我们就是要向世人揭露蓬莱俱乐部的真面目，让他们的丑恶行径暴露在光天化日之下！一个人的力量是有限的，只要大家团结一心，就能斗倒蓬莱俱乐部！"

"你说的不错，可我还是犹豫啊。"

"还犹豫什么？"

"在我们家除了我，大家从一开始就看透了蓬莱俱乐部的把戏。就连我刚出校门的孙女，一看装蓬莱养生水的瓶子，就知道是假的，劝我不要再傻了。可我就是不听，结果落到这步田地，五千万就打了水漂，我怎能腆着老脸对孙女说爷爷错了呢？"

"还是无聊的虚荣心。"

"不是虚荣心的问题，而是一家之主的尊严。即便发现自己错了也不能认错，这是我们久高家的规矩。我真生自己的气，要是一开始就不相信蓬莱俱乐部的宣传，就不至于损失那么多钱。这都是因为前年生病住院后，精神变得脆弱导致的后果。唉，现在说这些有什么用呢？”久高边说边叹气，还不时懊悔地用拳头砸自己的大腿。

“对不起，没想到您有这么多难处，强拽您到这边来……”节子向久高道起歉来。

“算了，不用道歉。不管怎么说，今天我还没有想好，你们的会议我就不参加了，你找个地方停车让我下去。”

“要不这样，您呢，到了会场上不用发言，只听听大家的说法，然后再坐我们的车回去。您就别一个劲儿要下车了。”节子抚摸久高的大腿，投去妩媚的微笑。

“那好，我光听听，不发言，当个观察员。”久高终于被节子说服了。

天快黑的时候，车子到达目的地川崎市。高木没有把车开进市区，而是开到一处荒无人烟的丘陵地带。

车头冲着茂密的灌木林停下来，节子先下车。五十米开外的地方停着一辆黑色奔驰，当节子走到奔驰车附近时，车门开了，从车上下来两个穿黑衣服的男人，其中一个拍了拍节子的肩膀，另一个对节子说：“你辛苦了，到车里休息吧！”

随后，两人向久高隆一郎乘坐的灰色轿车走去。他们都是蓬莱俱乐部的人，一个叫赤田，一个叫村越。

节子坐在黑色轿车上，看见赤田和村越上了那辆灰色轿车，一左一右把久高隆一郎夹在中间。赤田和村越命令节子把这个老人带到这里时，节子什么都没问。她知道赤田和村越想干什么。

过了半个多小时，灰色轿车的门开了，赤田和村越架着耷拉着脑袋的久高隆一郎走了出来。开车的高木没有下车，等三人走开一段距离以后开始倒车。

节子从奔驰车上下来。她不是故意违抗命令，而是想亲眼看看到底要发生什么。

以前，节子什么都不问。俱乐部命令她把吉田周作骗出来的时候，命令她以吉田照子的名义开账户的时候，命令她在下村勇的饭里撒白色粉末的时候，都不告诉她这样做的原因，她也从来没有问过。只是，当她执行完命令后，定会有不幸的事件发生。

虽然她早就察觉到这一点，却还没有亲眼见证过自己的行动是如何引起不幸事件的，蓬莱俱乐部的人也没有告诉过她。在她的内心深处，还有百分之一的侥幸，认为自己的行动也许跟那些不幸事件没有关系。人嘛，谁都不愿意承认自己有过错。

现在，是证实那百分之一的侥幸也许是事实的最好机会。如果亲眼目睹了不幸事件，自己摆脱罪恶感的路就被彻底堵死，以后就再也无法用那百分之一的侥幸来原谅自己了。

在奔驰车里等待时，节子心里矛盾得很，到底要不要亲眼证实这点侥幸呢？她一直没有拿定主意。但是，当她看到赤田和村越架着久高隆一郎从车里出来的时候，就不由自主地下了车。

她看见赤田和村越架着久高隆一郎站在路旁。高木的车在慢慢往后倒，三十米，五十米，灰色轿车消失在拐弯处。

这是一条连中间线都没画的柏油马路，节子他们的车来到这里后，还没有一辆车通行过。没有过往行人，附近也没有人家，只能听见附近有乌鸦在叫。太阳早已落山，周围黑压压一片，上了岁数的节子已经看不清树木的轮廓了。

这时，她隐约听见汽车发动机的声音，拐弯处出现了汽车前大灯耀眼的白光。

接下来的事情发生在一瞬间。

发动机的声音越来越大，汽车前大灯的白光晃得节子几乎睁不开眼睛。白光中，一个人被推到路中央，随着“砰”的一声响，那个人被撞飞，在暗夜中划出一条抛物线，重重地摔在地上，就像一个做撞击试验时使用的橡皮人。

赤田和村越马上奔过去，蹲在被撞倒的久高隆一郎身边，摸摸这儿摸摸那儿，确认人已经死亡后，赤田冲着刚刚倒回来的灰色轿车摆了摆手，高木马上就从车上下来了。

赤田递给他一个信封说：“给！船票！”

高木看了看信封里边的东西：“是在大洗上船吧？”

“对，二十三点五十九分开船，时间绰绰有余，开车要小心！”

“那么，我的借款呢？”

“不用担心，不是说好了吗，减一千万！不过，那是你在北海道把车处理掉以后的事！”

“喂！”围着高木的车转了一圈的村越说话了，“把保险杠上的血擦干净！”

高木钻进车里，取出一条毛巾。

“撤！”村越冲赤田摆了摆手。

节子见状赶紧回到了奔驰车里。

赤田发动了奔驰车，立体声音乐在车里响起，村越点燃了一支烟。

“高木先生呢？”心脏还在剧烈跳动的节子怯生生地问。

“去北海道的小樽吃寿司去了。”赤田哼着音乐回答说。

“到那么远的地方去吃寿司？”

“你看见什么了吗？”坐在副驾驶位置上的村越回过头来，不满地瞪了节子一眼。

节子吓得连连摇头，再也不敢问什么了。后来节子才知道，高木开着那辆撞死久高隆一郎的车，在茨城县的大洗港上了开往小樽的客船。在小樽，他把车卖给了专门倒卖二手车的俄罗斯人。蓬莱俱乐部就是这样神不知鬼不觉地消灭了撞死久高隆一郎的物证。

节子亲眼看到赤田和村越把久高隆一郎推到路中央，让高木撞死了他！

而将久高隆一郎骗到荒郊野外来的人，正是她节子。百分之一的侥幸没有被证实，她百分之百是蓬莱俱乐部这个犯罪团伙的爪牙！

高木是具体执行者，我只不过是帮了他一把，人不是我杀的……不管节子如何自己安慰自己，心情也无法平静下来。

古屋节子沉入了罪恶的深渊。

但是，无论她多么绝望，罪恶感多么深重，也无法从蓬莱俱乐部这只巨大毒蜘蛛的蛛网里摆脱出来。

下一个目标，是一个叫安藤士郎的七十多岁的单身老人，完全具备保险理赔金谋杀的条件。

节子再次有意麻痹自己的情感，堕落为邪恶势力的帮凶。

感情破裂，又重归于好

18

那天我对樱说不再去蓬莱俱乐部，那并不是我的心里话，只不过是为了摆脱当时的窘状采取的权宜之计。

我是个自恋的男人，被伤害自尊心后夹着尾巴逃跑的事，我绝对不会做。不仅如此，把蓬莱俱乐部的恶行昭示天下的想法，在我心里也一天比一天强烈。

听起来好像在说漂亮话。我承认，与其说是所谓正义感在心中觉醒，倒不如说是为了自己的虚荣心。作为一个业余演员，我在很多电视剧里演过配角，但没有演过一次主角。如果我能把蓬莱俱乐部的恶行昭示天下，那我就成了为正义而战的大英雄，对，也就是主角！人这一辈子，难道不应该有当一回主角的雄心壮志吗？

所以，我打算伤好以后，重新开展侦探活动。

可是，这个打算持续了还不到三天，我就萎靡不振起来。

原因之一，是我想不出再次潜入蓬莱俱乐部的办法。

不用说，再化装成清洁工是不行的。其他如假装电器维修、消防检查，也都不适合我。我这张脸被他们看见过，这是最致命的问题。我没有天知茂[1]扮演的明智小五郎所具备的变脸术，也没钱雇一个好莱坞特效化妆师。

蓬莱俱乐部内部的情况大致掌握了，可以考虑深夜撬开门窗进入，在保安到达之前把文件偷出来。重要文件肯定在老板写字台的抽屉或保险柜里，那个保险柜不太大，我跟阿清两个人完全可以把它抬走。问题是，阿清恐怕不敢去了。就算他敢去，偷出来的文件也不能保证就有关于久高隆一郎的证据。要是没有，再想进去可就没有什么可能性了。他们肯定要加强戒备，我这个业余侦探就只有打败仗的份儿。

那么，抛开蓬莱俱乐部总公司办公室，通过其他途径能不能找到杀害久高隆一郎的证据呢？我苦思冥想，想不出任何办法。

原因之二，就是我伤得实在不轻。

受伤以后，腰部疼痛总是不见好转，到医院检查才知道是骨裂。我平时那么注意锻炼，摔了一下居然骨裂了，这对我打击很

[1] 天知茂（1931年3月4日—1985年7月27日），日本演员、歌手。

大。虽然自我安慰过，平时练的是肌肉而不是骨头，摔的部位太容易骨裂，不拄拐杖也能走路……但心情无论如何也好不起来。

唉，我也没有什么了不起的，不过如此。想到这里，我意志消沉，糊里糊涂，转眼间两个星期就过去了。

十月五日星期六，吃完午饭我上街了。

自从认识了麻宫樱，我就不再乱找女人了。不是因为我觉得那样做对不起她，而是忙于侦探工作，没有那么多精力和体力。现在不干侦探了，自然就想找个女人上床运动。加上有意克制自己不跟麻宫樱发生肉体关系，身体里积聚了太多的性欲，太想发泄一下了。

今天我不打算追求所谓心灵的沟通，这方面樱已经满足了我。我今天只想要女人的肉体，所以我不找一般的女人，勾搭到手需要时间，太麻烦。我要找专业妓女，她们才能最大限度地满足我现在的欲望。

我在涩谷站前拨通所谓交友俱乐部的电话，然后到他们指定的咖啡馆里去等人。按照俱乐部的规则，对于派来的妓女，嫖客觉得满意就带她去情人旅馆，不满意的话可以马上换人。

今天来的是一个叫松本早苗的女人，名字当然是假的。我玩这种女人的时候也使用假名，以免将来碰到不必要的麻烦。

早苗胖乎乎的，长相也不是我喜欢的那种。不过我嫌换人麻烦，就带着她直奔附近一家情人旅馆。

我跟樱的关系越来越好。特别是那出美女救英雄的戏码上演以后，我们的亲密程度一步两个台阶地增进，一周见三次的时候都有。但是，我们没有发生肉体关系，接吻也只有在我家那一次，我不希望越过那条线。

于是我就找别的女人来满足我的性欲，真是个以自我为中心的家伙。

我已经跟樱约好明天见面，傍晚，在麻布的十番集合后一起去超市买东西，然后来我的光明庄公寓。樱要做几个拿手好菜，我们一起共进晚餐，就像一对新婚夫妇那么恩爱。

可是，在这前一天，我却要跟别的女人做爱，我这样做算不算犯错？

以前我从来没有这样想过。今天的女人跟昨天的不一样，在我看来就好像今天的食谱跟昨天的不一样，明天抱着另一个女人上床的时候，连今天抱过的女人长什么样都忘得一干二净。

想做爱，却不去拥抱樱。既然不拥抱樱，那么，我是应该彻底禁欲，还是应该跟樱分手去满足性欲？我随便找一个只做爱的女人，应该是跟樱不同的女人吧？那她们的不同之处又在哪里？

我找不到答案，于是先按照以往的惯例去做。

虽然找不到答案，但有一点是清楚的。自从这个叫麻宫樱的女人出现在我的生活中，我的内心深处发生了某种微妙的变化。

我和早苗在道玄坂往右拐，走进百轩店商业街，正要穿过一条脏乱小路的时候，忽然看见从情人旅馆区那边走过来一对挽着胳膊的情侣。

我“啊”了一声，赶紧拽着早苗转向路边的一台饮料自动售货机，我用早苗的身体挡住自己。

“干什么呀你？”早苗瞪了我一眼。

“买瓶饮料！”

“买瓶饮料用得着使这么大劲儿拽我吗？疼死我了，肯定骨折了。”

“别啰嗦了，快买！”我背冲着小巷，背着手把零钱塞给她。

“买什么？”

“你喜欢买什么就买什么！”

丁零当啷，一阵硬币掉进自动售货机的声音。

“对面那一男一女走过来了吗？”我问。

“过来啦。”早苗不耐烦地说。

“他们过去以后拍拍我的后背。”我点燃一支烟，心脏剧烈地跳动。

“你认识他们？”

“这跟你没关系，他们过去以后，你只管拍拍我的后背。”

“咚”的一声，饮料掉了下来。

“你不喝吗？”早苗问我。

“你喝吧！他们离开咱们十米，不，二十米的时候，拍拍我。”一支烟转眼之间就抽完了，我的心脏几乎要把前胸撞一个大洞飞出来。我又点燃一支烟，不管我怎么拼命吸，也止不住肺部的剧痛。

“唉呀！”早苗叫了一声。

“怎么了？”

“还不到二十米就拐弯了。”

“你这个笨蛋，不早说！”我扔下早苗去追那一男一女。

在第一个路口拐弯以后，我立刻看见了挽着胳膊走在一起的一男一女。男的穿一身休闲装，头戴鸭舌帽，女的穿着连衣裙，没戴帽子。

我蹑手蹑脚地追了上去，将跟他们两人之间的距离缩短到五米左右。

女的腰带上系着一条围巾作装饰。我再靠近些，围巾上的图案也看得一清二楚。茶色基调的有光泽的面料上，一匹装备着黄金马鞍的骏马，拉着一辆带伞盖的四轮马车。

我愣愣地站在了路中间。

那是樱！

麻宫樱挽着一个男人的胳膊，从情人旅馆区走了出来！

远远地我就认出来了，看背影，更是我熟悉的樱！不到一米五的小个子，细瘦的身材，烫成波浪大卷的黑发。绝对不会认错人，两天以前我刚刚跟她见过面。

我见过她穿这件连衣裙，她腰带上的围巾是我送给她的爱玛仕，那是我为了祝贺她找到新工作，花两万一千日元给她买的！

樱挽着那男人的胳膊渐渐走远，消失在熙熙攘攘的人群里。

她为什么挽着那个男人的胳膊？

我呆呆地站着，动弹不得。

樱挽着一个男人的胳膊，从情人旅馆那边走了过来！

我拼命摇了摇脑袋，质问自己：你看见他们从情人旅馆里出来了吗？没有！你只看见他们从情人旅馆那个方向走过来！情人旅馆区那边还有漂亮的住宅区，还有公园，有美术馆，那男人也许是家人，哥哥或者弟弟。可是，为什么挽着胳膊？又不是小孩子，兄妹或姐弟之间会挽着胳膊走路吗？

这时候有人拍了拍我的后背，回头一看，是早苗。

“你还没回去啊？”我恍恍惚惚地问道。

“啊？你也太过分了吧？”

“你回去吧，我今天不想了。”我无力地向她挥挥手。

“回去？别开玩笑了！”

“实在没有那个心情。”

“那好啊，拿钱来！”早苗伸出手来。

我从裤兜里掏出钱包，抽出一万日元。我往外抽钞票的时候带出一张发票，那是前天在加油站加油的收据。我送樱回家的路上顺便给我的迷你车加了油。那个男人也曾送樱回家，甚至在她家里跟她上床吗?

对了，那天吃完河豚鱼，她曾拒绝我送她回家，大概是怕我看出她家里有过男人的痕迹吧?他妈的!

我的心情突然又变了。我把钱收起来，把钱包重新装进裤兜，拉起早苗的手。“干就干！”我也不管早苗大声喊痛，拉着她直奔最近的一处情人旅馆。

进屋以后，我立刻就动手扯她的衣服，扣子噼里啪啦地掉了，胸罩也扯坏了。

“等等，先冲个澡……”

不等她把话说完，我用嘴唇塞住了她的嘴巴。我用双手抱着她的头，把她推到在床上，轻咬她的嘴唇，吸吮她的舌头。

我掀起她的裙子，把连裤丝袜和内裤一起扯下。我听见丝袜被扯破的声音。

用舌头舔，用手指摸，用牙齿咬，用嘴巴吸，我疯了似的爱抚早苗丰满的裸体。

早苗突然用清醒的声音说道：“时间快到了，延长是要多收费的。”

“操你妈的！”我用拳头狠狠地捶打着床垫。为什么我不能勃起?

19

我离开早苗后去了白金台的健身俱乐部。

举八十公斤重的杠铃还嫌不够分量，先增加到八十二公斤，后来又加到八十五公斤。练完杠铃练哑铃，练完哑铃蹬健身脚踏车。受伤以来第一次这么大运动量地锻炼，很快就累得气喘吁吁，肌肉酸疼。

我把自己的身体折磨得几乎没有半点力气，还是不能把樱赶出脑海。回家后，我早早钻进被窝，可是躺下一个多小时，翻了不知道多少次身，就是睡不着。

我索性放弃睡觉的念头，掏出手机查出存在里边的麻宫樱的手机号码，不按拨打键，就那样放在榻榻米上。过一会儿拿起来看看，再放下。反复多次后，终于按下了拨打键，但不等接通就挂断，这样也反复了好几次。

最后，我总算下决心等到电话接通，但我在樱的手机号码前加上了184，这样樱的手机上就不会显示我的手机号。

“喂？”是樱的声音。

我屏住呼吸。

“喂？”

我竖起耳朵听着，那边没有男人的声音。

“喂？哪位啊？”

我不回答，挂断了电话。

数分钟之后，我又拨通了一次。

“喂！”还是樱的声音。

我屏住呼吸。

“喂？”

我竖起耳朵听着，那边还是没有男人的声音。

反复多次后，樱不再接电话了。

我这是怎么啦？成跟踪狂了吗？

对！我成了跟踪狂！等我猛然清醒时，已经站在了樱住的太子堂附近的小山庄公寓前边。一层有四户人家，二层也是四户。樱就住在一层右数第二户。

时间是晚上八点，樱的房间里没亮灯。

我躲在一根电线杆后，点上一支烟抽了起来。这里离大街很远，来往车辆和行人都很少。

八点半，我到附近的便利店买了两包烟，樱的房间里还是没亮灯。

我又拨通了她的手机。

“喂！”是樱的声音。

我挂断电话，看了看樱的房间，依然黑着灯。

九点了，樱的房间没有任何变化。我终于忍不住走进公寓，来到樱的房间门前。门上用图钉钉着一张纸，纸上写着“麻宫”两个字。我把耳朵贴在门板上听，听不到任何动静。

我攥紧拳头，闭上眼睛做了一次深呼吸，睁开眼睛用拳头敲起门来。一次、两次、三次……没有反应。抓住门把转了转，门是锁着的。我在信箱里、电表上、煤气表后边、花盆下边，到处找起来。我知道有人习惯于把钥匙放在这些地方。

我这是在干什么？连我自己都弄不明白。尽管不明白，却无法控制自己的身体，好像是身体自发地要去确认某件事情似的。

我绕到公寓后边，摸了摸后窗，窗户的插销插得好好的。窗帘很厚，根本看不见里头的情况。

我再次回到公寓正面，查看信箱里边的东西，里边有水费通知单、广告等等，看不出有男人的痕迹。

我唉声叹气地回到停在路边的车上，抽完一支烟，再去小山庄公寓那边看看，看完再回到车上抽烟。

过了十二点，日期变成了十月六日。我还在重复着上述那些机械性动作。

我的大脑一直在思考。在思考什么呢？我说不清楚，但肯定是在思考。

圆圆的月亮在云块之间时隐时现。天空一直就是这个样子，一会儿白惨惨，一会儿灰蒙蒙，就像人的心情，很不安定。

四周一片静寂。云块浮动得那么快，可身旁那棵大树的树叶却没有丝毫的动静，也听不见鸟啼虫鸣。

黑暗中，浮现出一只手电筒的光环。

借着这微弱的光线，男人踩着松软的泥土一步步前行。他双手抱着一个用毛毯做的大包袱，包袱大得惊人，几乎要从他的手上掉下去。

前边是一个大坑，是他花了整整一个小时挖成的。

他来到大坑边上蹲下，轻轻地放下那个大包袱，再轻轻一推，那个大包袱就滚到坑里去了。

他蹲在坑边上看了看坑里的大包袱，然后双眼紧闭，双手合十，好久没挪动位置。两行眼泪顺着面颊无声地往下流。

这样呆立很久之后，男人拿着铁锹站起来，开始将挖出来的土填回坑里去。

唰，唰，唰……

他像个机器人似的，有规律地挥动着双臂。

他脸上的泪已经干了，眼神里流露出坚毅的神色，似乎已经下定了什么决心。

云块之间可以看到圆圆的月亮，惨白的月光照在男人的脸上。

一阵音乐声响起，我猛然抬起头，发现我坐在迷你车上，不知什么时候睡着了。

音乐声还在响，是从裤兜里发出来的。

我掏出一号手机，迷迷糊糊地看了一眼屏幕，没有显示电话号码。我按下通话键，把手机放在耳朵上。

“啊罗哈——”[1]

一听这傻瓜似的声音，就知道是绫乃。

“这几天你好好吃饭了吗？”

“嗯……”烟抽得太多，我的声音都哑了。

“老在外边吃饭会造成盐分摄取过量。”

“无聊不无聊啊？”

“夜里经常出去鬼混吧？”

“没有。”

“昨天晚上往家里打电话，打了好几次都没人接。在哪个浪女人家里吧？”

看看车外，一辆送晨报的摩托车疾驰而过。

“我值夜班。”我清清嗓子，又叼上一支烟。

---

[1] 夏威夷语ALOHA，指爱慕、思慕、同情、怜悯、再见、你好等意思。文中指你好。

“再编个稍微像样点的谎好不好？”

“你就为这些屁话花钱打国际长途？”

“我超替你担心哎，还以为你病倒住院了呢！”

“你到底有什么事，快说！”

“确认一下你还记不记得我后天回家。”

“记着！”

“071次航班，十五点十分到。”

“知道知道！”

“一定去机场接我哟！对了对了，美波来电话了吗？”

“没。”

“没有为杰尼斯运动会[1]的事来电话吗？”

“没有！”

“奇怪，明明下个礼拜就要举行了。喂，我说小虎，帮我给美波打电话确认一下嘛！”

“我太忙了。”

“忙着夜里找女人？”

“烦人。你有钱有工夫打这么长时间的国际长途，你自己给她打！”我实在忍不住了，大吼一声把电话挂断。

抬起手腕看了看表，六点四十分了。不知道什么时候睡着

[1] 日本演艺公司杰尼斯事务所举办的运动会。参加成员为事务所的艺人。

的，好像还做了一个可怕的梦。我发动迷你车，开着它跑到七环路边上的一家餐厅。

从昨天中午到现在什么都没吃，但一点儿食欲也没有。我叫了一杯可以免费续杯的热咖啡，坐下来慢慢喝。

喝完第五杯咖啡的时候，正好十点。我开车回小山庄公寓。

敲敲麻宫樱的门，还是没反应，于是我去敲旁边一号的门。

“谁呀？”里边传出一个男人有气无力的声音。

“对不起，我想打听一下，隔壁二号住的是一位女士吧？”

“啊。”

“有男的跟她一起住吗？”

“这个嘛……”

“这位女士怎么样？”

“什么怎么样？”

“比如说是不是爱交际，是不是很喜欢玩，等等。”

“这我可不知道。见了面最多点头打个招呼。”

“没见过别的男人跟她一起进出吗？”

“没有。”

“一次也没有？”

“不记得有过。”

“她屋里有没有过男人说话的声音？”

“好像没有过。”

“从昨天到现在她一直不在家。她经常不在家吗？”

“这可说不好，不过，安静的时候多。”

我又问了三号的人，没有得到任何关于男人的信息。

20

回到家里，我一直躺在床上发呆。

手机响了，是樱打来的。我决定不理她。响了大概有二十多次才安静下来，过了一会儿又响了。

“你怎么了？”我按下通话键后，樱担心地问。

我不说话。

“见面的时间应该是今天下午四点吧？”

“不对吗？”

“喂！喂！”

“喂！你没挂电话吧？是不是信号不好，我这边信号挺好，你到底怎么了？”

“你扪心自问吧！”说完我就把电话挂断了。

手机又响了。

“你今天这是怎么了？莫名其妙！”樱生气了。

“你这女人，太过分了。”我不冷不热地说。

“你什么意思？”

“我真是个大傻瓜！”

“你什么意思？”

“拿别人的真心耍着玩儿！”

“我听不懂你在说什么！我不想听你这么教训我，拿别人的真心耍着玩儿的是你吧？你一直都在骗我！”

“当侦探的事我已经对你解释过了！”

“那你的生日呢？”

“生日？”

“连生日你都骗我！你早就讨厌我了吧？”

“那还不是为了帮你！”当时我救她干吗？早知现在，当初还不如让她自杀了呢！

“算了，跟你说不到一块儿去，再见！”樱说完挂了电话。

混蛋！说再见的应该是我！谈恋爱真他妈的费劲，对方的每个行动都想问个究竟，真是大傻瓜！我累了，还是只保持肉体关系轻松。

这回是我把电话打过去。

“想道歉吗？晚了！”樱怒气冲冲地说。

“昨天你干什么去了？”我控制着感情问道。

“我干什么去了，没有义务告诉别人！”

“下午一点左右，在什么地方？干什么来着？”

“啊？”樱说话的声音发生了变化。

“涩谷道玄坂，穿连衣裙，腰带上系着我送给你的围巾！”

“什么？你……”在我的猛烈攻势下，樱明显动摇了。

“我看见你跟一个男人从情人旅馆里出来了！”我口气虽然很硬，但心里却希望她否认。

“为什么……”

“是你吧？”

“等等，你听我解释。”

樱的这句话把我仅存的一点希望打得粉碎，我把电话挂了。但樱马上又打了过来。

“我不想听你做任何解释！”其实我特别想听。

“求求你，请听我解释，你现在在家吗？我马上过去。”

“别来！”

“电话里没法说。”

“别过来！”现在见面，真不知道我会做出多么过分的事。

“我确实有难言的苦衷，求求你，让我向你详细解释。”

“那……明天吧。”

“谢谢你！我几点过去合适？”

“不要到我家里来！”

“可是，这不是在咖啡馆里能说出口的。”

“不许来！”我不敢保证明天心情能平静下来，两人同处一室是很危险的，“明天下午五点，我在广尾的有栖川宫纪念公园附近的中央图书馆门口等你。”

“知道了。现在，我只想问你一句话，行吗？”

“问吧！”

“你为什么在涩谷那种地方？”

“我去锅岛松涛公园拍电影，从那儿经过。”到了这时候还编这种谎话，我觉得我自己卑劣得很。

21

第二天，按照约定时间，我们在中央图书馆门口会合。我觉得好像有一年没有见过麻宫樱了。

樱向我打招呼，我连看都没看她一眼就走下台阶，一直走到图书馆前的一座小喷水池前，在池边坐了下来。

附近有拄着拐杖遛弯儿的老人，有滑旱冰的年轻人，附近的草坪上有小孩子在追逐嬉戏，还有牵着狗散步的家庭妇女。

樱一边说这里不是谈话的地方，一边往后退。但是我坚持认为这里也许正是谈秘密事情最合适的地方。我觉得公园里人多，众目睽睽之下我可以克制自己的感情，避免对樱造成伤害。最后樱向我屈服，在我身边坐下。

“对不起！”樱向我低头道歉。

“为什么要说对不起？”

“因为我对你隐瞒了。本来我不打算这样，结果还是欺骗了你，真的很……”

“不用道歉，快解释你的行为吧！”我打断她的话。

“我……借了很多钱。”

“你跟我说过。”

“两千万。”

“哦。”我掩饰着吃惊的表情，故意淡淡地说。

“也许是三千万。说实话连我自己都不知道到底是多少，总之是听到会让我晕倒的数字。一小时七百二十日元的捏饭团工作连利息都还不上，所以才……找男人……”樱吞吞吐吐起来，小手指头摸着那颗泪痣。

“卖淫？”我露骨地脱口而出。

樱默默点头承认。

“不止一两次吧？”

“不止。”

“从什么时候开始的？”

“一年前。就这样也只能勉强还上利息，根本看不到出路。我身心疲惫，觉得这样生活下去还不如马上死了痛快……”

所以她才卧轨自杀。

“你阻止了我自杀，开始我真的非常恨你。你把我拉回地狱，我觉得你太残酷，简直是魔鬼。但是之后不久，我渐渐平静下来，心想再努一把力，再忍耐几年，也许一切都会好转，于是我又有了生活下去的勇气。我非常感谢你救了我，这是我的真心话。可是，无论我怎么努力，现实还是跟以前一样残酷。只要活着，就得不停地还债；要还债，就得去挣钱。正经工作解决不了我的现实问题，结果就只能去找男人。对了，我说我找到捏饭团的工作也是谎话，捏饭团的时间，还不如用来招那些需要女人身体也能给我援助的男人更实际一些。”

说完上面一大段话，樱长长地叹了一口气，头沉重地垂下。

草坪上的人越来越多。有的牵着大狗，有的抱着小狗，大家都在向众人显摆自己的爱犬，人人都很快乐。狗儿们都毛色姣好，聪明伶俐。但是，不管是人还是狗，谁都想不到就在离他们十米远的地方，有一个女人因为借了高利贷，不是走投无路卧轨自杀，就是为了还债出卖肉体。现实就是这样残酷。

“为什么要借高利贷？”我小声嘟囔着问道。

“还有一件事隐瞒了你。我……十九岁的时候结过一次婚。对不起！”

“这用不着道歉。”

“还生了孩子，是个女孩。”

“结婚生孩子，理所当然。”

“结婚不久就离婚了，原因我就不详细说了。孩子被她父亲领走了。确切地说，是被她爷爷奶奶抢走的……”

“这种怨恨你还是对三野文太说去吧。”我叼上一支烟。

“一年半前，那孩子突然得了一种难以治愈的病，医生说，在日本现有的医疗条件下，她最多再活两年。据说有一种最先进的化疗技术有希望治好这种病，可惜日本医学界还不认可这种技术，必须去澳大利亚，疗程半年，之后还需要康复治疗，费用之高无法计算。日本的医疗保险在澳大利亚当然无效，全部费用都需要自理。这时候孩子的爷爷奶奶来找我，让我也拿一部分钱。虽然离婚以后，我跟孩子连一面都没见过，但不管怎么说她是我亲生的女儿，我没有理由拒绝。我没有存款，就到处借钱，凑了整整三百万给她爷爷奶奶送了过去。孩子总算住进了墨尔本的一家医院，我长出了一口气，但我的地狱生活也就此开始。我救孩子心切，借了很多高利贷，利滚利的那种，交款通知单上数字增加的速度吓死人，转眼就是五百万、一千万、一千五百万……现在连我自己都说不清到底欠着多少钱。为了还债，我只好去干这种见不得人的勾当。”

这次樱说的时间更长，说完以后剧烈地咳嗽起来。

我双肘支在膝盖上，仰着头愣愣地看着图书馆上方的流云。流云被落日染成了淡红色，草坪上那些牵着抱着狗儿的人们的脸已经看不清了。过了秋分，天黑得一天比一天早，但穿着短袖衫的我一点儿都不觉得凉，好像每年更换秋装的时间都在往后推。地球的环境确实在发生变化，但不可思议的是，日落的时间却跟以前完全一样。

沉默良久，我问：“孩子得救了？”

“治疗进行得很顺利，目前情况也很稳定。”

“以后你打算怎么办？”

“争取不让利息再增加，然后一万一万地还。还有就是买彩票碰运气。”说到这里，樱自嘲地笑了笑。

“不要再卖身了。”我说。

“可是，我没有别的办法挣钱。”

“我来想办法，你就不要再卖身了。”我抬起头来。

“可是，你所说的办法是……”

“不是说了我想办法吗？我想办法就是了。”我转过身去，直视着樱的眼睛。

“可是……”

“不要再说可是，不要再伤害自己了，就算我求你，不要再伤害你自己了。”说着我紧紧地把樱抱在怀里。

有人从我们面前走过，旁边的草坪上也有很多人，还有很多人从图书馆里陆陆续续走出来。可是我根本不在意人们的目光，紧紧地抱着樱。

现在我才清楚地认识到：我爱上这个女人了。

22

我手握迷你车方向盘，在有栖川宫纪念公园大道与木下坂街、南部坂街构成的三角形上转着圈跑，副驾驶座上坐着久高爱子。闲聊一会儿之后，我切入正题：“这事打电话说也没有什么不可以，但为了表示礼貌，决定跟您当面谈。”

“这么郑重其事，什么事？”爱子文雅地用手遮着嘴巴。

“那件事用不了几天就可以解决。”

“是吗？果然是蓬莱俱乐部吧？”爱子的表情紧张起来。

“不，现在还说不准，但是，很快就会查清楚的，一定为您查清楚！”

“谢谢您，我等待着您的好消息。”爱子把身体转向我，行了一个鞠躬礼。尽管是在车上，身体不能自如活动，爱子还是双手规规矩矩地放在膝盖上，礼仪端正。

“然后呢……现在才提这个可能会使大家感到不愉快。我们好像忘了一件大事。”

“大事？”

“对。我帮您侦破这个案子，不应该白干吧？”

“哦，您是指钱的问题呀。当然不会叫您白干，肯定要付钱给您。另外，交通费、电话费等等，您也不用拿发票来，您说个数，我马上就支付给您。”

我点点头，干咳几下清了清嗓子：“您打算付我多少钱？”

“我不知道这方面的行情，您说个数，您说了算。”

“这么说，我说多少您就给多少？”

“是的。不过，如果您说要一亿，我就没法答应了。”爱子又文雅地用手遮住了嘴巴。

“您要是让我说了算，我就不要您付钱了。”

“啊？”

“我不要报酬，也不报销交通费、电话费。”

“可是，成濑先生您刚才不是……”

“报酬我不要，但有交换条件。请您借给我一笔钱。”

“借钱？”爱子歪着头，感到不可思议。

“对，但不是借十万或二十万的，也不是借几百万，而是以千万为单位。”

“一千万嘛……”

“不行吗？”我斜眼看着爱子，她的头一会儿歪向右边，一会儿歪向左边，一时不知怎么回答才好。

“不是不行，只不过您突然说了这么大一个数目，靠我一个人还是有些困难。”

“那当然，不过，我不是向爱子您一个人借，而是向久高家借。有关蓬莱俱乐部的调查结果出来以后，我就正式拜访久高家，提出借钱事宜。到时候只求爱子您助我一臂之力。”

“啊，要是那样的话……”爱子仍然歪着头在思考着什么。

“钱我一定会还的。不但要打借条，还要找担保人。”

“我相信您。”

“我投了一笔五千万的意外人身保险，受益人是我妹妹，我可以留份遗嘱，万一我出了意外，保险理赔金由久高家接受。”

“您言重了，不要这样……”

“我也可以再加入一个保险，总之是我用生命担保，钱，我绝对一分不少地还给久高家！请您一定要帮我这个忙！”我猛地低下头去，额头差点儿撞在方向盘上。

“您这是做什么？怪吓人的。”爱子缩着肩膀说。

“是怪吓人的，突然向您提出借钱，而且是一千万。”

“到底是为了什么事？”爱子盯着我的眼睛问。

“这个嘛，说出来挺不好意思的。”我摸了摸鼻子尖说。

“不说也没关系，不过，我挺替你担心的。”

“担心什么？”

“成濑先生说得那么悲壮，别是慷慨赴死吧？”爱子的声音有些颤抖。

“慷慨赴死？”我把爱子的话重复了一遍，不禁笑出声来，“我才不会死呢！我这不是正想向久高家借钱吗？死了还借钱干什么？”

“您说的也是。”爱子还是满脸不放心，双手捂着面颊。

“不管怎么说，事情很快就要办成了，您再耐心等几天。”这话是对爱子说的，也是对我自己说的。

那句话之后，我再也没说话，默默地握着方向盘，一直把爱子送回高家府邸。

分手之际，我对爱子说：“请您千万不要冲动。”

“冲动？”

“我觉得您想做一件不该做的事，但愿是我多虑了。”

“您这话什么意思？”爱子看着半空的眼睛游移不定。

“沉溺在痛苦的心境中不能自拔，会给周围人带来不幸。”

“您怎么净说些莫名其妙的话，我这样的人能干什么呢？”

“我是您的同盟，但是我不愿意看着您一意孤行。正因为我是您的同盟，才不想让您朝不好的方向走。”

“真奇怪，净是些听不懂的话。”爱子勉强笑了笑。

“听不懂没关系，请您把我的话记在脑子里，无论如何，我们都不要急着去死。对了，谨言慎行，不是久高家的家训吗？好了，再见！”

这是十月十三日星期天的事。

我终于披挂上阵，走上了决战的舞台。

23

跟久高爱子分手数小时之后，我来到了五本木。不是六本木而是五本木，位于目黑区正中央的一个住宅区。

在祐天寺与学艺大学之间，顺着驹泽大街往北走不了多远，有一座叫做“佛罗伦萨五本木”的单身公寓，也不知道这座公寓为什么取了这么个奇怪的名字。我走上三楼，按响了三〇三室的对讲门铃。

“来了！”对讲门铃的小喇叭里响起一个女孩的说话声。

“这么晚来打搅您实在对不起，我是刚才打过电话的……”我郑重其事地说了一家快递公司的名字。

“好的，马上给您开门！”

不一会儿，漆黑的大门打开，露出一张年轻女人的脸。

“您就是堀场香织小姐吗？”我问。

“我就是。”

“在平城写字楼四层蓬莱俱乐部工作的堀场香织小姐，没错吧？”

“诶？啊？”她满脸疑惑地看着我。

“这么晚到您家里来实在是对不起，这种事我绝对不再做第二次。”我低头赔礼。

“那个……我的包裹呢？”堀场拿着印章的右手不知所措地晃动着。

“没有包裹。”

“啊？”

“我不是快递公司的。您不记得我了吗？”我向前伸着脖子，用食指指着自己的脸。

堀场皱起了眉头。

“想不起来？也难怪，这张脸上总是戴着眼镜和口罩，还像个海盗似的在头上缠着一条头巾。”

“啊？”她惊得瞪大眼睛，用手捂住了嘴巴。

“今天特意到此有事相求。”

“我……我喊人啦！”堀场后退了一步。

“等等！别乱喊乱叫的，先听我把话说完，求求您了！”我边说边伸出左手去抓她的手腕。

“别碰我！”她又往后退了一步。

“安静点儿，我不会把您怎么样的。我向天发誓，绝对不会把您怎么样的，求您听我把话说完，一分钟就行。”我举着双手，表示没有拿任何凶器，也不会动她一根手指头，“我就这样说。”

“什么话？快说！”堀场退到冰箱一侧，并没有听我说话的意思。

“我想进你们蓬莱俱乐部的办公室，请帮帮忙。”

“什么？”

“我现在就想进去，钥匙借我用一下。”

说服蓬莱俱乐部的人借给我钥匙，打开平城写字楼四楼那个办公室的门，这是我的最后一搏。好吧，拿去吧——绝不会那么简单。但是，除了说服他们之中的某一个人借给我钥匙，没有更好的办法。

当然我可以趁深夜把门撬开，在保安公司的人赶到之前拿走一些文件，可就算成功了。偷出来的文件不一定有用，而且为此还要做很长时间的侦查和准备工作。与这种方法相比，说服俱乐部的人借给我钥匙，是非常稳妥的办法，警报器不会响，可以不慌不忙地在里边一份一份地翻文件、找证据。

如何才能让他们的人借钥匙给我呢？说打扫房间的时候忘了东西？说想利用星期天给地板打蜡？这类谎话都行不通。

于是我决定实话实说，把蓬莱俱乐部干的罪恶勾当乃至杀人嫌疑都如实相告，唤起对方的正义感。

去说服谁合适呢？那些男的肯定不行，他们都作了太多恶，说不定为骗取保险金杀过人，这种人根本就没有正义感。相比之下，搞内勤的女职工很可能不知道内情，说不定能说服她。

我知道的女职员只有那么几个，怎么才能跟她们接触上呢？我想到了从日高手机里偷出来的电话号码，挨个一查，查到一个名字：堀场香织。

于是我用樱教给我的办法，冒充快递公司员工给堀场打电话，说包裹上的住址看不清楚，让她把地址告诉我。

我晓之以理、动之以情地说服起堀场香织来，用了不知多久，堀场终于认真听了起来。

“……事情就是这样。请借给我钥匙，我要把蓬莱俱乐部的恶行昭示天下！”说完后，我深深地向她鞠了个躬。

“明白了。”堀场说话声音很小，但我听得非常清楚。

“是吗？您肯借给我？”我松了一口气，身上的力气好像一下子全没了。

“不过，我担心你拿走后不还我，那样我就完了。”

“今天晚上一定还给您！”

“我跟你一起去不行吗？”堀场把手指插在钥匙环里转着钥匙问我。

“如果您不嫌麻烦的话，这样最好。”

“还有，我一个人跟你去有点儿……我叫上优子跟我一起去好吗？我的同事，你当清洁工的时候见过。”

堀场的话不能说没有道理，大晚上的，一个年轻女人跟一个陌生男人在一起，确实有点儿害怕。

“优子家在哪儿？”

“下目黑。”

“很近嘛，可以！”

“那我现在就给她打电话。我还要换衣服，你稍等一下。”堀场说完就到里屋去了。

我又松了一口气。

我们在林试之森公园附近接上优子，向她说明事情原委，然后直奔平城写字楼，到达蓬莱俱乐部的时候是晚上九点。

如果是平时，这个时间可能还会有人加班，但今天是星期天，而且明天是十月的第二个星期一，即体育节，也就是说，今天是三连休的第二天。整栋写字楼黑乎乎的，没有一个人加班。

我特意选择了这一天，万一堀场到什么地方玩儿去了，明天我还有机会。结果一下子堵住了堀场，这大概是今晚的作战计划一定会成功的好兆头。

写字楼虽然没有亮灯，但大门没有锁，电梯也能开动。上了四楼，堀场在蓬莱俱乐部门口写着保安公司名称的小盒子里插进一张磁卡，小盒子上的扬声器发出机械音："监控已解除。"

"如果不插卡，一开门保安公司那边的警报就会响。"堀场解释了一句之后，将一把银色的钥匙插进钥匙孔里，"咔嚓"一声，门开了。

"非常感谢。我尽快结束这里的事情，请你们等我一会儿。明治大道那边的咖啡馆应该还开着。"我边说边打开钱包。

"我们唱卡拉OK去！"优子抢过我刚从钱包里抽出来的一万日元，冲堀场笑了笑。

"我这边的事情办完以后立刻打您的手机。估计最晚到十一点。"我说。让她们等我的目的，是请她们在事后锁门并重新启动保安公司的监控设备，那样就不会留下任何痕迹了。

我做了一次深呼吸，推门走进蓬莱俱乐部。我知道右边墙上有电灯开关，但我的手没有伸向那边，而是把怀里的小型手电筒掏了出来。那是军队里和警察们使用的一种长约十厘米的小型手电筒，电池寿命很长，不但亮度足够，还有遮光圈。

我的第一目标是总经理办公桌。我坐在大皮椅上，拉开抽屉，像间谍电影主人公那样把手电筒叼在嘴上，双手翻阅文件。

翻了一阵，没有看到久高隆一郎的名字，却有一个我更熟悉的名字跳入了我的眼帘：安藤士郎。

“诶？”我不禁叫出声来。我不敢相信自己的眼睛，把写着“安藤士郎”的信封翻来覆去地看，确实没看错。我拿出信封里的东西一看，那是一份人寿保险，被保险人也是“安藤士郎”。

“怎么会有这种事？”我小声嘟囔着，看了看被保险人的地址，没错，是位于东京都港区白金的安先生的住址，生日是一九二八年五月十四日，这个日子安先生亲口告诉过我。

“怎么会……”我坐在总经理的皮椅上愣住了。

安藤士郎的活法

去年十一月底，安先生给我打来一通电话。

“老师，好久不见了！”

“啊，您身体还好吗？”不知为什么，我跟初次见面的人说话完全没关系，但面对很久不见的熟人时，心里总会有些紧张，一时找不到合适的语言。

“还凑合吧。”安先生的话听起来好像没什么精神，“老师，实在对不起，突然给您打电话是因为有事跟您商量。”

“看您说的，有什么事尽管说。”

“不过，这事在电话里不好说，您能到我这里来一趟吗？”

“没问题，什么时候去合适呢？”

“当然是越早越好。”

“那我明天去吧。”

“您大概几点能过来？”

“明天晚上有电脑课，上课前还是下课后呢？”

“下课以后吧。”

“如果下课后没有人像某人那样问个没完没了的话，估计九点就能到。”为了活跃一下沉重的气氛，我故意开了个玩笑。

可是安先生没笑：“也许那时我正好不在家。如果我不在，您就开门进屋等我一会儿。钥匙我放在门口的电表上边。”

“那我就上课前去吧。”

“别，那个时候我肯定不在家。”

“要不就后天？”

“不，越早越好，还是明天吧。明天见！”安先生逃也似的把电话挂了。一年没见面了，可他一点儿怀念老朋友的意思都没有，跟我的心情形成了鲜明的对照。

第二天，我按照约好的时间来到安先生的家。到达时是八点五十分，果然如昨晚所说，他不在家，敲了半天门也没人答应。我一边抽烟一边等，等到九点半也不见安先生回来。在外边冷得有点受不了，我就摸了摸电表上边，钥匙果然放在那儿。

开门进去之后，在右边的墙上摸到电灯开关。以前我来过安先生家好几次，知道开关在哪里。

天花板上的白炽灯照亮了十来平方米的房间后，我惊呆了，连话都说不出来。

惊呆的同时我学到了一条新知识：站在地上也能吊死人。

安先生上吊自杀了。他的脖子好像折断了似的，双臂下垂，两条腿弯曲着，两脚站在榻榻米上。

我出不了声，不管是惊叫还是喊人。我喘着粗气跑过去，慌慌张张地把安先生的身体往下放，谁知越着急越是解不开绳子，最后忽然想到应该用刀把绳子割断，于是跑去厨房拿来一把菜刀，好歹割断了绳子。

我把安先生平放在榻榻米上，摸摸他的脸，冰凉冰凉的。我拼命摇他的肩膀，他没有任何反应，左手腕右手腕都摸不到脉搏，趴在胸口上也听不到心跳。

我呆住了。以前我没有碰到过这种场面，一时不知该怎么办才好，既没有想到打电话给119或110，也没有喊邻居来。

我不是第一次看到死尸。世罗元辉尸体的可怕程度超过安先生十倍二十倍，但当时的惨状超过了极限，叫人恶心得不敢相信那是现实，只觉得那是电影里的镜头或小说里的描写。所以，当时我格外清醒，该做的事情都做了。

但是，眼前这具尸体充满现实感。我跟世罗没有交过心，却多次跟安先生一起喝酒谈心，还全力以赴为他寻找失散多年的女儿。安先生突然自杀身亡，我一时难以接受。我呆呆地坐在榻榻米上，半张着嘴，眼睛不知所措地四处观望。忽然，我在矮桌上看见好几个并排摆放的信封，其中之一写着“成濑将虎亲启”。

我伸手拿过信封，抽出里边的信，看了起来。

老师：

对不起！如您所见，我用这种办法告别了人世。

一个月以前，因为咳嗽老是不好，我去医院看病，医生告诉我是肺癌。

当然，我并不是因为这个上吊自杀的。我所面临的并不是我的病能不能治好的问题。

我一直在给千绘寄钱。听您讲了千绘的情况，我认为无论如何要帮助那孩子。她的母亲是那种状态，继父又跑了，谁能帮得了她呢？如果她已经满二十周岁，我就不管她了，可她才十七岁！十七岁的孩子当女招待，为了照顾母亲不能去学校，不能跟同学一起玩，只能陪那些满嘴酒臭的老男人饮酒作乐，天下哪有这种道理！

但是，要怎么帮助她？把她要回来？事到如今，那是不可能的。我这个老头子突然找上门，说我是她父亲，只能给她增加烦恼。她很可能接受不了这个事实，精神陷入混乱。我绝对不能出现在她面前。那怎么帮助她？我不能跟她一起生活，只能悄悄给她寄钱。

我把不多的存款全都取出来寄给她以后，每月的养老金也基本上悉数给了她，当然用的是假名。为了多给她寄钱，我酒也不喝了，烟也不抽了，每天只吃两顿饭，所以我一直没请您喝酒。老师，对不起了！

可是，我毕竟是个靠养老金生活的人，就算我省吃俭用给千绘寄钱，也不过只够他们母女糊口。我总觉得千绘还在干那种工作，因为现在的年轻人不会满足于吃饱饭。此刻，那孩子可能正在陪着老男人喝酒吧。我所做的这一切，到底有什么意义呢？

算了，不考虑那么多了。我作为她的父亲，就应该尽到责任，一直到她长大成人。如果不做这些，我就无法心安理得地活下去。我想为女儿出一把力，只有这样，活着才有价值。对，我不单单是为了女儿，也是为了满足自己实现人生价值的愿望，从这个角度来讲，也许我正是在利用我的女儿。这样说我也没有什么不可以，反正我要为女儿去死了。

是的，老师，我已经下决心为了女儿去死！

真倒霉，我竟然得了肺癌。不过，我只觉得倒霉，一点儿都没觉得害怕。治疗癌症要花很多钱，还要耗费很多时间。谁也不会可怜我上了年纪免费给我治病。那样的话，怎么能继续给千绘寄钱呢？

我并没有想过永远寄钱给那孩子，只不过想在她还是孩子的时候帮她一把，帮到她二十岁成人。等她长成大人，我就不寄钱了。

可是，如果我住院治疗肺癌，就不能继续给千绘寄钱。就算肺癌能治好，等到出院的时候，那孩子已经是大人了，就没有意义了。所以一开始我就说，我面临的不是我的病能不能治好的问题。

老师，给您添麻烦了，可我还有一件事必须求您帮我办。

桌子上不是还有几个信封吗，其中有一份人寿保险，那家保险公司不要医生的健康诊断证明，我就急急忙忙地加入了。受益人是千绘，总共大约有一千万，虽然说不上巨款，但总比没有要好吧？我想拜托您把这笔钱送到千绘手上。原谅我就这样把此事委托给您，请您一定要帮我这个忙。

至于我的事情，您就不用操心了。我想区政府会安排把我的尸体火化的。还有一个信封里装着二十万，作为火葬费，如果花不了，也请您转交给千绘。

老师，没想到喝酒的时候一句闲谈，彻底改变了我人生最后阶段的生活。如果我当初没让您去看千绘过得怎么样，我也不会有今天。这就是命运，是神的安排。

一年来，为了女儿，我节衣缩食，不惜粉身碎骨，虽然不是什么惊世骇俗的壮举，但我过得非常充实。来东京五十年也没混出头，但在人生的最后关头总算干了一件大事，我可以挺着胸回老家去见父老乡亲了。这全都是因为老师您替我找到千绘，才让我尝到了成功的滋味。人生啊，真是不可思议。

老师，认识您的时间虽然不长，但您的友情给我带来很大的快乐，谢谢您！

“安先生啊安先生，你好傻呀！你怎么这么傻！”我把信揉作一团攥在手里，重复着这句话，不知重复了多少遍。

悲惨大结局

24

“怎么会呢……这不可能……怎么会有这种事？”我就像一台出了故障的机器人，坐在蓬莱俱乐部总经理的皮椅上，重复着同样一句话。

这里怎么会有安先生的保险证书呢？安藤士郎早已不在人世，都去世一年多了！

我忽然发现信封里还有东西，掏出来一看，都是保险！人寿保险，伤害保险……一共四份。我的脑子混乱极了。安先生是在他自己家里上吊自杀的，而且是我亲眼看见的，安藤士郎已经死了，他没有必要买保险啊！

莫非是以前买的保险？也不对！安先生把身后事全都委托给了我，保险金是我交到千绘手上的，安先生自杀的理由是为了帮助身陷困境的女儿，如果还有别的保险，应该一起交给我来处理才对！

要不就是很久前买的保险，连安先生本人也忘了？可是看看手上的几份保险，都是最近的，甚至有一份是今年十月投保的，也就是这个月的。

给死人买保险干什么？不，死人不能买保险！我的脑子更混乱了。

突然，我想到一个重要的问题。这是什么地方？这是蓬莱俱乐部！是为了骗取保险理赔金杀死久高隆一郎的蓬莱俱乐部！

难道一年前安藤士郎的死也跟蓬莱俱乐部有关系？难道那不是自杀而是他杀？

蓬莱俱乐部

诈骗理赔金

久高隆一郎

东京都港区白金

安藤士郎

保险证书

二〇〇二年十月二十四日

羽田仓库管理公司

一个接一个的语句在我的脑海里浮起又沉下。

羽田仓库管理公司!

对了，如果安藤士郎的保险受益人是羽田仓库管理公司，就可以间接证明久高隆一郎的死是一起诈骗保险理赔金杀人案!

“啊！”安藤士郎的保险受益人果然是羽田仓库管理公司!

我简直无法用语言形容我精神上受到的冲击有多大！惊愕、混乱、困惑、茫然、恐慌、眩晕……海啸般一波又一波涌上来，将我吞没。我强迫自己冷静下来，整理纷乱的思绪。

就在这时，第二轮冲击又来了。

“这个小偷够文雅的呀！”黑暗里传来一个男人的声音，随后头顶上闪电似的一阵闪光，房间里所有的荧光灯都亮了。

我用手遮着眼睛，雪亮的灯光晃得我什么都看不见。

“真是个找上门来送死的傻蛋！”村越把肩膀靠在屏风上，用嘲笑的目光看着我。

25

“本来我想对你说句欢迎光临，可你搅了我的三连休，我很生气！”从村越身后走来的另一个男人说。

那人看上去年纪比村越大得多，大概有三十五六岁，个子不高。他嘴上说生气，却不像村越那样疯狗似的狂叫，表情比较平和。我觉得好像在哪儿见过他，但一时想不起来，也许是在这个房间里，也许是在别的什么地方。

“喂，站起来！那不是你坐的地方！”村越凶恶地吼道。

“算了算了，让他多坐会儿吧，留个纪念嘛！”小个子说。这么说，他就是蓬莱俱乐部的老板吴田勉？没见过他在这把皮椅上坐过。

“对不起……”是一个女人的声音。

“啊，你们辛苦了！回家吧，路上小心！”小个子转过来，对站在旁边的堀场和优子说。堀场冲小个子鞠了一个躬，优子则向我摆摆手说了声“拜拜”。

两个女孩走后，村越狞笑着对我说：“还不知道吧？你小子上当啦！我不知道你小子跟她们说了些什么，你以为她们会相信你，才大摇大摆地坐在这里吧？”

堀场香织假装被我说服，然后推说到里屋去换衣服，向她的上司报告。

“我有这么热爱自己的公司的职员是我的幸福啊！应该发给她们一大笔奖金！”小个子满足地仰着头。从他的口气来判断，肯定是总经理吴田勉。

“想起来了，您不是那位医学博士吗？”我终于想起来了，“只不过今天没戴眼镜，也没穿白大褂，我一时没认出来。”没错，这家伙就是那个自称野口英雄的所谓医学博士，原来野口英雄就是吴田勉！

“你见过野口先生？”吴田勉把垂在前边的头发往上一撩。

“你们在本庄骗人的时候，有一对夫妻已经成了你们的锅里的鸭子，结果又飞了，还记得吧？”

“整天到处转，哪记得住啊。你是说本庄？”吴田勉歪着头抓了抓鼻子尖。

我跟绫乃觉得那天的经历就像电影里的大冒险，没想到这家伙连一点儿印象都没有，我不由得感到有些屈辱。

“老板！”村越不耐烦地说。

“嗯，不跟他啰嗦了，”吴田勉不紧不慢地审问起我来，

“说说吧，你到这里来的目的是什么？你来这里搞鬼不是第一次了吧？”

“搞鬼的是你们！”我厉声喝道。

“混蛋！”村越从口袋里掏出一把弹簧刀。

吴田勉制止住村越，继续审问我：“说！你是干什么的？谁派你来的？”

“神派我来的！”

“谁？”

“神！神派我来惩治你们这些食人肉喝人血的妖魔鬼怪！”

“我先宰了你这个桃太郎！”村越猛地打开弹簧刀，挥刀把文件盒砍了一个大口子。

“部长，不要损坏东西嘛。”吴田勉皱了皱眉头，忽然想到了什么似的问我，“你跟久高隆一郎是什么关系？”

“果然是你们害死了久高隆一郎！”我怒目而视。

“什么？久高隆一郎是谁？我只不过听村越提起过这个名字，随口问问而已。”

“你还装什么蒜？身为公司老板，原来是个胆小鬼！”

“混蛋！死到临头还嘴硬！”村越把弹簧刀合上又打开，打开又合上。

“你不是参加过我们的免费保健讲座吗？你也看见了，那么多人，我怎么记得过来？”吴田勉耸了耸肩，从上衣口袋里掏出一把精致的小锉刀，修起指甲来。

“杀人太多，多得都记不过来了是吧？”

“你说话这么不客气，可是要吃亏的！”

“反正我也不打算从这里出去了，你索性把话说明白了吧！久高隆一郎，南麻布的久高隆一郎，你们是怎么杀死他的？不至于想不起来吧！”

“老子杀了你！”村越挥动弹簧刀，刀尖掠过我的鼻尖。

“胆量不小嘛，我简直喜欢上你了。久高隆一郎？你让我想想啊。”吴田勉冲我笑笑，吹了吹指甲。

我也冲他笑了笑，藏在桌子下面的膝盖却一直在发抖。

“总经理，别跟这小子啰嗦了。应该是我们审问他，他倒审问起我们来了！”村越说完，恶狠狠地瞪了我一眼。

“不着急，夜还很长。死囚犯上刑场之前，总是要让他们听听牧师或和尚的教诲。慈悲为怀，慈悲为怀！”

“真不愧是总经理，肚量就是大。”我嘴上虽然这样说，但我不知道吴田勉将要怎样处置我，吓得都快昏过去了。今天霹雳娇娃恐怕是不会再来救我了。

“久高隆一郎……哦，那个老头子呀，想起来了，南麻布的大款，曾经是我们最尊贵的客人。一个人就买了十套羽绒被，真是空前绝后，花钱太大方，叫他买什么他就买什么。为了他，我们特地开发了金观音、金佛像，还有可以杀灭活性氧的强力石，都是专门为他一个人订做的。我们愿意永远跟他合作，可是，这老家伙居然怀疑起我们商品的效果来。只是怀疑也就算了，还威胁说要诉诸法律！对，就是威胁！他要跟我们吵架，我们只好奉陪，吵完就分道扬镳，不过嘛，损失费我们不能少拿！”

“可惜你们的阴谋没有得逞！”

“这回也是没办法的事。现在保险公司的规矩多了，就算是我们作为法人跟他们签合同，也不会把钱支付给我们，而是要支付给被保险人的法定继承人。所以呢，我们必须跟法定继承人合作才能拿到钱，太麻烦，我们没有那么多时间。而且久高那老头子一直嚷嚷着请律师，这回我们就不在乎钱了，让他在这个地球上消失才是当务之急。当然，万一保险公司审查得马虎一点，我们能拿到钱，就算撞大运了。”

“是你们杀了久高隆一郎吧？”我想确认一下事实。

“久高那老头子死于交通事故，我们只是为他买了保险。”吴田勉冷笑着，村越则满脸不高兴地转动着弹簧刀。

“刚才你说‘这回’，意思是说，除了久高隆一郎，你们还对别人干过同样的事，对吧？”

“其实我们并不想那样做。老人的保险理赔金不高，效益很不好。就拿你手上那份叫什么安藤的老头子来说吧，死亡保险也才只有四五百万。”

“那你们就不要做！”

“对方如果有绅士风度，我们也就报以绅士风度，但是他们突然变脸，不但拿了东西不付钱，还要退货，并且威胁说要法律解决。碰到这种不遵守游戏规则的老家伙，真是叫人头疼。你不是参加过我们的免费保健讲座吗？我们强买强卖了吗？现场气氛非常融洽，大家都是自愿买我们公司的商品的，一个个都高兴得不得了，甚至流下感激的泪水。过不了多久却又说三道四起来，这就不对了吧？不管我们怎么对他解释都无济于事，而且这年头媒体也好法院也好，都无条件地站在这些被称为消费者的傻瓜一边，根本就不追究他们的责任。我们有什么办法，只能采取正当防卫手段来保卫自己的利益。得到一点保险理赔金，算是对我们的精神补偿。”

听着这些歪道理，我气得胸口发堵，呼吸困难。

“另外，我们这样做也是为了整个社会。”

“为了社会？”

“对呀。老年人是社会的负担！最近，老年人活得太长，八十九十也不死。如果对社会有用，像尤达大师[1]那样活上九百年也没有什么关系，可是现在这些老头老太，除了吃什么都干不了，简直是浪费粮食！国家财政预算这么紧张，还要负担三千万老头老太的养老金。三千万！计算一下吧！全国人口的四分之

[1] 电影《星球大战》系列中的人物。

一，开什么玩笑，到头来吃亏的是年轻人。国库里没钱，只好让年轻人多交养老保险，而且现在交保险的年轻人，都不敢保证将来能拿到养老金，所以很多人不交，于是国家又提高养老保险，形成恶性循环。另一方面，由于医学的发达和生活水平的提高，老头老太们活得越来越长，领养老保险的人越来越多。还不光是养老保险，医疗保险、乘车免费，侵占了国家多少资产，非把这个国家拖垮不可！而且这些老头老太也不自觉，你越是照顾他，他们越是臭来劲，上车坐在老幼病残席上，还在身边的座位上放自己的包，别人都没法坐，简直就是老不死！这种只知攫取不懂感谢的人，纯粹是社会的渣滓。为社会做点贡献吧！赶紧把老家伙们送到西方极乐世界去。所谓‘余生’，就是多余的人生，把这些多余的老家伙剔除出去，难道不是为了社会吗？”

我气得太阳穴突突直跳。

“对了，谈到为社会做贡献，我再给你说一个令人激动的事实。我国一千四百兆资产中，大约有一半掌握在六十岁以上的老家伙们手里，其中大半是现金和存款。你明白这意味着什么吗？这意味着这些钱根本就不在社会上流通，只要不流通，眼下经济不景气的状况就得不到改变！你看，我们是在为日本的经济复苏做贡献！让老家伙们花掉死攥在手里的钱，对盘活经济该是多大的贡献！啊，蓬莱俱乐部，对社会是多么有益啊！”

“你小子也有变老的一天！”我再也忍不住，低声骂道。

“是啊，会变老，不过对我来说那是遥远将来的事。”

“活得挺自在嘛！”

“傻瓜！”吴田勉继续用小锉刀修着指甲，“我哪有时间去自在，我得趁着年轻拼命工作，拼命攒钱。攒够了钱，趁这个国家还没有灭亡，我就跟它拜拜。知道吗？到了二〇二五年，社会保障费将达到一百七十兆，其中百分之五十得由国民负担。日本肯定得灭亡，我要在它灭亡之前逃脱，到澳大利亚养老去，听说西班牙也不错。”说完他在左右两个耳朵边交替拍手，模仿起西班牙弗拉明戈舞的动作。

一股热流从我的腹部涌上来。我深深地吸了一口气，控制着眼看就要爆炸的感情，一边慢慢吐气，一边一字一顿地说：“你们这些杀人不眨眼的魔鬼，今天犯了一个错误。虽然只是一个，但却是致命的错误。那天，是你小子把我绑起来的吧？”我轻蔑地用下巴指点着村越。

“够了！告诉你，我可没有总经理那么好脾气！”村越晃着弹簧刀恶狠狠地说。

“那天你为什么把我绑起来？因为你是一个人，我们这边是两个人，你人数上不占优势。但是今天，你们那边是两个人，我是一个人，如果加上那两个女的，今天是四对一，你觉得你们占绝对优势。对了，你手上还有刀，优势更明显了。可是，你们错了！你们只看见我的表面，心想这个臭小子，对付他还不跟对付小孩子一样。你们懂个屁！都他妈的还没长熟，人生经验太少！老子今天穿着长袖衣服，你们看不出来，别看我这样，我要是脱了衣服，吓死你们！”说到这里，我突然停下不说了，我的两腿早就不发抖了。

吴田勉和村越互相看了一眼，村越用刀尖指着我说：“那就脱了衣服给我们看看吧！”

“好！老子这就脱给你们看！”我站起来，把椅子往后一踹，弓着腰，弯着腿，双手抓住桌沿，使出全身的力气将办公桌向那两个家伙推过去。

站在桌子前边的两个家伙被桌子撞个正着，应声倒地。我毫不客气地继续往前推桌子，桌子翻了个个儿，压在两个家伙身上，疼得他们鬼哭狼嚎。

我踏着桌子向门口奔去。

是的，我脱了衣服会吓死他们！如果您认为我锻炼身体只是为了跟女人做爱，那就大错特错了！

26

跑进楼道，我又用尽全身力气推倒门旁的一个架子挡住门，要尽量争取时间。走进电梯，我立刻掏出手机，先拨通爱子的电话。接通声响了二十多下爱子才接，这时候电梯已经到了一楼。

“已经睡啦？对不起！”

“啊……嗯……”

“我，听出来了吗？成濑！”我跑出写字楼，直奔停车场。

“啊，成濑先生，听出来了。”

“这么晚给你打电话，真对不起！情况紧急！”

“情况紧急？”

“蓬莱俱乐部的人也许会闯到你家去！”

“什么？”爱子好像完全醒过来了。

“也许会给你打电话，向你打听我的情况。你千万不要说认识我，绝对不要把我家的地址告诉他们！他们也许不说他们是蓬莱俱乐部，而说是警察什么的，注意不要上当！”

“到底发生什么事了？”

“还有，搞不好他们会拷问你，逼你说出我的情况，你和你家里人也可能遇到危险！”

“啊？”

“所以不管谁来了，都不要让他进家门！现在你马上把所有门窗都检查一遍，看是不是都插好了，二楼的窗户也要插好！”

“怎么回事？到底是怎么回事？”爱子慌了。

“没有时间详细解释，至少今天晚上要多加注意。保安公司负责你家的安全，大概不会有什么大问题，但不要掉以轻心。”

“成濑先生您呢？您不要紧吧？”

“我活蹦乱跳的，一点问题都没有。但是，如果让那帮家伙知道了我家的地址可就麻烦了。明天一切都会结束，一切都会结束的！”我咬着牙说。

“这么说，您调查清楚了？”

“是的。”

“我家老爷子果真是蓬莱俱乐部杀的？”

“对！”我肯定地说。

“果然如此……”

“我再嘱咐你一遍，今天晚上要特别小心！还有就是千万不要采取轻率的行动。”说完最后一句话，我正好到达停车场，那里只有一辆车，就是我的红色迷你车。周围没有动静，看来吴田勉没有在这里布置人手。

我发动车子，把停车票和硬币塞进机器，横杆自动抬起，我一踩油门冲出来，上了大街。明明知道开车打手机是违反道路交通法的，我还是拨通了家里的电话。

“喂！”一个银铃般的声音在耳边响起。

“是美波吗？”

“对，是美波！”

“绫乃呢？”

“洗澡呢。”

“那你给我好好听着！”

“哦。”

“看看门窗插好了没有。”

“明白！”

“大门上的防盗链挂好了没有？”

“挂好啦！”

“从现在开始，不管谁来都不要给他开门！”

“保证不给他开门！”

“告诉绫乃，我要带一个客人回家。”

“知道啦！”

挂断这边的电话，我又拨了一个手机号码。

“喂，晚上好！”樱马上就接了电话。

“你现在在哪儿？”

“在家里。”

“马上把电话线拔掉！”

“什么？”

“别多问，先拔掉！”

“为什么？”

“以后再跟你解释，先去把电话线拔了！”

过了大约二十秒，樱说话了：“拔掉了。到底怎么回事？”

“拔了就好，赶快出来！”

“啊？”

“从现在开始跟你谈情说爱！”

“什么？你知道现在几点了吗？”

“十点半，还有车！”

“开玩笑吧？”樱笑了。

“不是开玩笑！快点儿出来，穿上鞋，赶快出来！”

“我穿着睡衣呢，就这么出去我可不干。”

“那就赶快换衣服！集合地点，涩谷那边，一〇九百货大楼前边！我开车过去，你打车！我帮你报销！”

“急什么呀？对了，为什么要拔电话线，你还没解释呢？”

“以后跟你解释！”

“刚才你不是说过拔了电话线以后跟我解释吗？”

“以后的以后，见了面跟你解释！”

“到底怎么回事？你总是这样，冒冒失失的……”

“别啰嗦！照我说的做！”我像村越似的吼叫着，打断樱的话，“见面后，我从一到十向你解释，到二十，到一百都行！”

“知道了知道了！”樱不高兴地说。

“还有，跟我的通话结束以后，立刻关掉手机电源！不是切换到静音挡，是关掉电源，一定要关掉电源！”

“行了行了，烦死人了！你今天这是怎么啦？”

“听见了没有？关掉电源！”

“知道啦……”樱长长地叹了一口气。

27

我在一〇九百货大楼前边接上樱，驾车飞驰一段之后，离开大马路，拐进一条僻静的小巷，路越来越窄，路灯也越来越稀，我减低车速前行，把车停在一所房子前，倒进车库。

“到了！”我关掉发动机，拔下车钥匙。

“这是什么地方？”樱看着外边问。

我没有回答她的问题，打开车门下了车。

樱也撅着嘴下了车。

我顺着石子铺就的小路朝房门走。小路只有五六步长，院子也只能放一副晾衣架。房子冲着院子的这一面有两扇窗，都用防雨窗捂得严严实实，通过缝隙可以看到房间里亮着灯。

我按了一下房门边上的对讲门铃。

“谁呀？”里边一个小女孩说话了。

“我！”

“名字？”

“成濑将虎！”

“生日？”

“十二月十六日。”

“血型？”

“O型。”

“毕业学校？”

“东京都立青山高中。”

“好的，确认完毕，哔哔——”紧接着是开锁的声音，摘下防盗链的声音，门开了。

我走进去，摸了摸美波的头：“好！干得不错！”

美波做了个鬼脸：“我已经长大了，不许随便摸我的头！”

“杰尼斯运动会怎么样？”我一边脱鞋一边问。

“昴[1]最棒！”

“木村拓哉呢？”

“SMAP[2]没参加。”

“怎么？他们退出杰尼斯运动会了？”

“不是，人家大牌明星，不屑于参加！”

“哦对了，我来介绍一下，这是我家亲戚，叫时田美波。”

“初次见面，请多关照！”美波恭恭敬敬地向麻宫樱鞠了一躬，还挺懂礼貌的。

“这是麻宫樱。”

“晚……晚上好！”樱忙不迭地打招呼。

“请里边坐吧。”美波说着把拖鞋递了过来。

我走进大门旁边的一个房间，打开灯，忽然想起还没看见绫乃，就问美波：“绫乃呢？”

“去便利店了。”

“去便利店干什么？不是告诉你们要把门窗插好吗？”

“可你并没有说不准外出。”

“我是没说不准外出，不过，既然说了把门窗插好……”

“因为你说有客人要来，她出去买东西去了。”美波满脸不

[1] 涉谷昴，杰尼斯事务所旗下的艺人。

[2] 杰尼斯事务所的偶像组合。

高兴地转身把门插好。

我叹口气，招呼樱坐下。

樱把整个房间打量了一番，坐在了沙发上。坐下之后，还继续扫视着书架上的文学书、墙上的油画和桌子上的德国瓷器。

“想问什么你尽管问，今天你问什么我都如实回答你。”我点上一支烟慢慢抽了起来。

“这个嘛……那个……”大概是由于脑子一片混乱，樱一时不知道说什么好。

“要不我就从刚才为什么要你把电话线拔掉说起吧。”

“不，还有比那个更重要的，你刚才的话是不是很奇怪？”

“刚才什么时候？”

“刚才在门外。”

“我说的都是真话。”

“刚才你说什么成濑……没说吗？”

“说了呀，成濑将虎。”

“那是……”

“那是我的名字，怎么了？”

“你的名字？你的名字叫成濑将虎？你……你不是叫安藤士郎吗？”

28

“不，我不叫安藤士郎，我叫成濑将虎。”

樱瞪大了眼睛，眼珠子都快迸出来了。

“你……不是……安藤士郎？”

“不是，我是成濑将虎。”

“可是，你……你说过你叫安藤……”

“我什么时候对你说过我叫安藤士郎？是你自己这么认为的吧？你到你卧轨自杀的广尾站，向车站工作人员打听出来的。”

“那……”樱只说了一个字就什么都说不出来了。她肯定是想说些什么，可是下嘴唇痉挛着，无法开口。

我也不说话，静静地观察樱的表情变化。一支烟抽完了，樱依然在那里发呆。

门铃响了，我听见美波跑出去开门的声音。绫乃回来了。

“门窗插好门窗插好！到底是为了什么？”绫乃“哐当”一声推开门。

“为了防止坏人闯进来。”

“你不把话说清楚，谁知道是怎么回事！”绫乃鼓着腮帮子气鼓鼓地叫喊着。

“这有什么难理解的？告诉你插好门窗，你还要跑出去！”

“你不是说要带客人来吗？家里什么都没有，你要我拿什么招待客人？”

“没有也没关系嘛！”

“小虎没关系，我有关系！啊，您来啦，家里乱七八糟的，真不好意思，您坐，您坐！”绫乃跟樱打过招呼以后出去了。

“我妹妹。”我对樱说。

可是樱一点儿反应都没有，死鱼般的眼睛连眨都没眨一下。

“我没跟你说过我跟妹妹住在一起，不是故意瞒着你，只是因为一直没有机会说。”

“那光明庄的房子是怎么一回事？”

“那是安藤士郎的房子，因为租金一直是我付，也算是我的房子。不过我真正的家在这里，港区白金台。”

“你真的不是安藤士郎吗？”

“我刚才不是说过了吗，我叫成濑将虎，从一生下来就叫成濑将虎。我不记得我被安藤家领养过。我出生在这里，也在这里长大。除了高中毕业以后离开过这个家两年，一直住在这里。”

“可是，你跟我说过，你叫安藤……”

“我刚才不是也说过了吗？我对广尾站工作人员说过我叫安藤士郎，但我从来没有这么对你说过。当然，我也没有说过我叫成濑将虎。”

“为……”樱又只说了一个字。我以为她又要半天不说话，没想到这次只停顿了几秒：“为什么要骗我？”樱一拍桌子站了起来。她脸色苍白，眼角嘴角都吊了起来，那架势活像个横眉怒目的金刚。

“喂喂喂！你搞错了吧？该生气的是我！我可是险些被某人暗杀了！”我压制着自己的情绪，冲她笑了笑。

樱后退一步，躲开我的视线。

“游戏已经结束了。我把我的真实身份告诉了你，你也坦白交代吧，安藤樱女士！坐下，坐下来谈！”

可是，樱并没有动弹。

我又点燃一支烟抽起来，樱依然站在那里一动不动。

打破沉默的是绫乃。她走进我的房间，看见客人站在那里，不由得瞪大了眼睛：“这是怎么了？”

“她痔疮发作得厉害，坐不下。”我说。

“小虎，开玩笑也得注意分寸！”绫乃瞪了我一眼，然后非常客气地笑着对樱说，“对不起啊！”

可是，樱那丢了魂似的表情还是没有一点儿变化。

绫乃觉得有些尴尬，弯下腰在桌子上摆放红茶和三明治。

我拉起樱的手腕：“再介绍一遍，这是我妹妹时田绫乃。”

绫乃把托盘抱在胸前，冲樱微微一鞠躬：“谢谢您对我哥哥的关照。”

我继续介绍说：“刚才那个活泼的小姑娘是她的孙女，从长野县到这里来玩几天。”

樱呆呆地点了点头。

绫乃说：“孩子们都独立了，老爷子，不，我丈夫死后，我就回娘家来住了。把这个老头子一个人丢在家里，我不放心！”绫乃斜着眼睛看着我，嗤嗤地笑了。

“回娘家？现在这里可是我家！”这栋房子本来应该由我哥哥龙悟继承，但他上前线之后再也没回来，我就代替他继承了。

“对了，这位是麻宫樱小姐。”我向绫乃介绍说，“啊，麻宫是她以前的姓，现在姓安藤，安藤樱！”

“安藤？”

“对，安先生的夫人。”

“白金的安先生？经常跟小虎一起喝酒的那位？”

“对。”

“什么时候结婚的？”绫乃问。

樱没有回答，身体好像冻住了似的站在那里一动不动。

“好像是最近吧。我也是刚刚知道，吓了我一大跳。”我在蓬莱俱乐部总公司发现的安藤士郎的人寿保险和伤害保险，受益人都是他的配偶“安藤樱”。

“哎呀，真是大喜事啊！恭喜恭喜！对了，今天安先生怎么没来？”

“这个嘛，现在正是个好机会，我给你详细解释一下。”我让绫乃在我身边坐下，又强迫樱坐下，从认识安先生开始一直到他自杀，将来龙去脉从头到尾讲了一遍。

“你不是在这里编故事吧？”绫乃小声嘟囔着，呆若木鸡。安先生自杀的事，我一直没有告诉过她。

“这是千真万确的。他委托我去为他领保险金，可是我马上想到，刚刚上了保险就自杀是拿不到分文的，签合同后至少要经过一年以上！”

“那……”

“这不等于白死了吗？我当时就傻了，安先生的死让我感到震惊和悲痛，但更让我难过的是，他豁出命来想为自己的女儿留下几个钱，可是一分都得不到！”

绫乃点点头，用手指擦着眼泪。

至于麻宫樱，刚才那幽灵般的表情不知何时消失了，她紧咬嘴唇，毫无目的地盯着烟灰缸里的烟头。

“我在安先生的遗体前呆呆地坐了很长时间，直到浑身燥热，既愤怒又窝心，大脑被复杂的感情塞得满满的。安先生死得太冤枉了，他要是知道这样上吊自杀得不到一分钱的话，是绝对不会把绳子往脖子上套的！不行，我不能让他死，他死了谁给千绘寄钱呢？当然，那时候就是打电话叫急救车也来不及了，我也没有让他起死回生的本事，所以我就当了安藤士郎。我冒充他继续领取国家发放的养老金，每月按时给千绘寄去。”

“什么？”绫乃双目圆睁。

“总而言之，采用不正当手段获取养老金。”

“什么不正当手段？完全是犯罪！”

“我知道这是犯罪，可是，我只能这么做，否则安先生就会死不瞑目，我也不能看着他这么白白死去。当时从丹田涌上一股热流，我决心替安先生完成他的未竟之业！”

“不光是决心，你还付诸行动了对不？小虎是在黑道上混过的，干得出来……”绫乃把手放在额头上，一个劲儿地叹气。

“当然，决心是一回事，行动是另外一回事。我冷静下来，才意识到说起来容易做起来难。我面临的难题太多，首先是如何处理尸体。我不能把他扔到深山里或大海里，那样太对不起他。没有死亡证明，火葬场当然不收，永远放在光明庄也不可行。左思右想，为了掩人耳目，我只能把他埋在谁都找不到的地方，我在心里默默请求安先生在九泉之下原谅我。

“我想起安先生曾经对我说，他的故乡流行土葬。如果那里现在还有这种习惯，把他的遗体埋到他的故乡去最好不过。于是我就赶快调查了一下，他的故乡还在实行土葬。”

现代人有一种误解，认为日本人有实行火葬的义务。实际上，即使是在大城市，也没有必须火葬的法律规定，如果拥有自家的墓地，你愿意土葬也没人干涉你。在山区或农村，实行土葬的地方还不少呢。

“我将安先生的遗体拉到他故乡的深山里，找了一处墓地挖了个坟坑把他埋了。没有任何正式手续，也没有请和尚来念经，这样做我也许会遭报应，那也是没办法的事。不过，我并没有随便找个地方把他扔了，而是为他找了一处墓地，我的罪孽应该会减轻一些。而且那里是他的故乡，我想安先生会原谅我的。他的愿望并不是死后被厚葬，而是女儿能够幸福生活，他就是为此而自杀的。尽管葬礼简朴了一些，他也不会有什么不满意。”

这种说法只不过是自我安慰。埋葬安先生的事已经过去了一年多，我还经常做噩梦，反复梦见埋葬安先生时的情景，可见我内心的罪恶感非常强烈。其中违法的罪恶感占两成，没有好好埋葬安先生的罪恶感占八成。

“处理完安先生的尸体以后，另一个必须要考虑的问题就是他的人际关系，即如何对认识他的人隐瞒他死去的事实。他跟故乡的父母兄弟和亲戚们几十年没有联系了，用不着担心。自从决定每月给女儿寄钱，他跟所有的朋友都断绝了往来，连经常去的小酒馆也不去了，那些人不会特意来打听他是否还活着。

“但是，他住的公寓必须特别考虑。我不认为他跟邻居有什么来往。眼下这个时代，邻居之间哪会有来往啊？而且他的邻居都是年轻人，年龄相差悬殊。不过，大家一定知道三号住的是一个老头，如果连续几天甚至几周都没有动静，大家说不定会以为他死在了房间里，打电话报警，那样一来可就暴露了。

“于是，我就当了安藤士郎。每个星期在那里住上几天，不管看不看都把电视打开，有时候还故意大笑几声，为的是让邻居认为安藤士郎还活着。偶尔也会在楼道里碰上年轻的邻居，不过根本不会引起他们的注意。就像咱们老年人觉得年轻人都长得差不多一样，年轻人也觉得咱们老年人都没啥差别。

“我也不必担心房东会发觉，因为房钱都是直接从安先生的存折里扣除，养老金也会打到那张存折里去。他根本就没有贴照片的可以证明身份的证件，不用担心别人发现我是个冒牌货。他没有护照，驾照也主动吊销了，如果万一需要证件，我把不贴照片的医疗保险证拿出来就是[1]。

“还有什么别的问题吗？没了吧？我又不想假冒他十年二十年，等千绘长大成人，我就不再欺世盗名，两年就够了。实际上一年以来，我没有引起过任何人的怀疑。安藤士郎还活着，每两个月收到一笔养老金，不间断地给女儿千绘寄钱。

“扣除三万日元的房租和水电费，剩下的钱我一分不少地寄

[1] 日本人没有身份证，一般用来证明身份的是驾照或不贴照片的医疗保险证。

给千绘。由于水电费只交基本费，平均每个月寄十万以上不成问题。手续费我分文未取。在三越汤洗澡要花四百日元，洗完澡回去的路上买两罐啤酒喝，我都是自掏腰包。

“虽然没有收手续费，但我无偿使用了安藤士郎的名字。为了找女人洗泰国浴的时候，借黄色录像带的时候，我都不用真名，成濑将虎这个名字太显眼了。

“还有，安先生的手机我接过来用了。我经常找女人，只有一部手机不太方便。我不愿意让那些不正经的女人知道我真正的电话号码。当然通话费都是我自己付，我想安先生也不会埋怨我的。这就是我的第二部手机的来由。”

“我可算是服了你了！”绫乃说着，用手为紧张得发热的脸扇风。

“对不起，直到今天才跟你说实话。”

“你说了实话更叫我为难。你说我是劝你别再干这种违法的事呢，还是帮助你继续干下去呢？”

“我已经做好精神准备，所以要跟你说实话。”

“什么精神准备？”

“我觉得到时候了，该去警察局自首了。”

听我这么一说，樱惊得肩膀抖动了一下。

“那还不得进监狱啊？”绫乃说。

“会进监狱吗？也许判个监外执行什么的。”

“不会判那么轻吧？哎唷！你看我，明天是西班牙弗拉门戈舞会，我还得上场呢！”绫乃拿着托盘站起来，两腿在发抖。

“这事与你无关，被抓起来的是我！”

“什么叫与我无关？太有关了！”

“哥哥被关在拘留所，妹妹在跳弗拉门戈舞，多么美妙的图画呀！”

“听了你说的这些话，我还有什么心思去跳舞啊？”绫乃说完，拖着沉重的脚步向门口走去，手搭在门把手上，回过头来，“诶？你刚才不是说安藤先生最近结婚了吗？”

“对呀，跟她！”我指着樱说。

“这么说，安藤先生自杀和你干的那些事都是你瞎编的？”

“那也是事实。”

“这么说……是小虎你跟樱小姐结婚了？”绫乃手上的托盘掉在了地上。

“你误会了，到底怎么回事，以后我再跟你慢慢解释。对不起了，请你给我们俩一段时间单独谈谈。”

绫乃再次叮问道：“小虎没结婚吧？”

我肯定地点点头。

“哎唷……我不行了！我的头要疼死了……对了，我的演出服还没缝好呢……真是的！”绫乃絮叨着出去了，连掉在地上的托盘都来不及捡起来。

29

我把长发梳理了一下，重新扎好，坐在了樱的对面。

“咱们刚认识的时候，我就说过我是个骗子，我还说过我是个小偷，现在你应该相信了吧？嗯？我不是骗子？你老不说话算是怎么一回事啊？”我故意冲樱笑了笑，樱还是满脸严肃。

“用不正当手段获取别人的养老金，偷偷埋葬自杀身亡者，都是我干的，我是个罪犯！连我自己都觉得我做得太过分了。可是，让我没有想到的是，这个世界上还有要陷害我的人，岂不是比我还过分吗？”

我极尽讽刺挖苦之能事，可是樱一点儿都不生气。

“我一点儿骗你的意思都没有，我只想骗过广尾车站那个站务员。我怕告诉他真名以后会给我带来很多不必要的麻烦，就把安藤士郎的名字和手机号告诉了他。再说一遍，是告诉了他，并没有告诉你。你呢，特意找他问出了那个号码，把我当成了安藤士郎。我并没有故意骗你，是你自己一厢情愿这么认为的。不过，后来我没有及时订正，我应该为此向你道歉。我实在不知道怎么向你解释才好，如果想说清楚我不是安藤士郎，就得把我的犯罪行为和盘托出。不管是谁，了解我犯罪的事实后都会躲得远远的，我也怕警察来找我的麻烦。那天吃完河豚鱼，我没有把你带到这个家里来，就是因为没有勇气告诉你事实真相，所以一直隐瞒到今天。是我不好，我再次郑重地向你道歉。可是你，从一开始就有意骗我！”

“不是。”樱说话的声音很小。

“我不认为犯罪还有什么优劣之分，但我至少还没有想过要杀人。我甚至认为我的违法行为是为了正义，我为此感到自豪！可是你呢？你接近我的目的，从一开始就是为了杀我！”

“不是的。”樱抬起头来，没有血色的嘴唇颤抖着。

“怎么不是？”我瞪了樱一眼。

“一开始不是的，那时我真的只是为了向你表示感谢……”樱痛苦地摇摇头。

“那么，你从什么时候开始萌发了杀我的念头？”

樱没有回答我的问话。

我哼了一声：“我完全被你欺骗了！如果不是刚才去了蓬莱俱乐部总公司，现在还蒙在鼓里，说不定明天就被你送去另一个世界了！”

樱吃惊地眨着眼睛：“你又到蓬莱俱乐部去了？”

“去了！江山易改，本性难移，不把事情查个水落石出我绝对不肯罢休！结果又被他们抓住了。”

“啊？”

“被吴田勉和村越抓住了。这回没有霹雳娇娃救我，我以为我完了。”

“你不要紧吧？”樱关切地问。

“要是有什么要紧，我还能坐在这里吗？”

“呃……”

“因为他们只从我的外表来判断问题，我才得以死里逃生。总有人以为老年人好欺负，不过这有时候也是一件好事。”

“你能够平安无事，真是太好了……”樱双手捂着胸口，长出了一口气。

“太好了？你可真会说话！”我闭上左眼，用右眼瞪着樱，“说到这里，可以跟你解释为什么要让你拔掉电话线了，为的就是不让那两个家伙跟你取得联系。如果他们把今天晚上发生在蓬莱俱乐部的事情告诉你，恐怕我们就不会坐在这里谈话了。让你把手机电源关掉也是出于同样的理由。

“不过这些说不说都无所谓，我想说的是，我在蓬莱俱乐部那个罪恶的巢穴里发现的保险合同，属于早就死去的安藤士郎，而且是这个月才签定的，更奇怪的是，受益人是他的妻子。安先生是单身，哪来的妻子？况且他的妻子居然叫安藤樱。樱？我当时就傻了，脑子里乱作一团。当我把脑子里纷乱的信息整理清楚后，就全都明白了，原来安藤樱就是麻宫樱，也就是你这个蓬莱俱乐部的爪牙！”

樱既不承认也不否认，双手紧紧抓住裤腿，一声不吭。

我拿起烟灰缸，把里边的烟头一股脑倒进垃圾桶，并在垃圾桶边缘上使劲磕打，把烟灰都磕打进去。

樱抬起头来：“请你听我慢慢说。”

“说什么？”我又点上一支烟，冷冷地问。

“说事情的真相。”

“请吧！”

“我要说的话很长。”

“秋天的夜也很长。”

“我的真实姓名是古屋节子。”接着，她把自己如何受到蓬莱俱乐部的欺骗欠下高利贷，又如何在俱乐部的威胁之下成了罪恶帮凶的过程详细告诉了我，然后说，“麻宫樱确有其人，原来住在太子堂的小山庄，已经不在人世了。她也是俱乐部的被害者之一，由于实在承受不了高额债务自杀了。”

“所谓自杀，恐怕又是蓬莱俱乐部为骗取保险理赔金搞的鬼吧？”把人推下台阶摔死、冒领死亡保险、假结婚、在饭菜里下毒……我一想起蓬莱俱乐部这些罪恶勾当就义愤填膺。

“不，她是真自杀。蓬莱俱乐部确实计划好了要利用她骗取保险理赔金，但还没来得及签保险合同，她就上吊自杀了。阴谋虽然没有得逞，但她们知道麻宫樱退休之前是国家公务员，养老金比较高。”

“那不叫养老金，叫共济年金[1]。”

“麻宫樱活着的时候，蓬莱俱乐部就占有了她的共济年金，死了也不想放过她，于是命令我假扮麻宫樱，每周到小山庄去几次，造成麻宫樱还活着的假象，蓬莱俱乐部就可以继续占有她的共济年金。麻宫樱的尸体是村越他们处理的。”

“喂！这不是跟我……”

“对，跟你的做法一样，不过，本质完全不一样。”

的确，都是违法冒领养老金，但目的截然不同。

“除了麻宫樱，我还替蓬莱俱乐部冒领另外两个已死之人的养老金。”

我明白了。那天我请她吃完河豚鱼，她非常不愿意让我送她回家，最后把我带到了已经死去的麻宫樱住过的小山庄。

“蓬莱俱乐部是一群吃人肉、喝人血、敲骨吸髓的恶狗，而我呢，充当这群饿狗的爪牙已经两年多了，真是个坏透了的女人。”古屋节子用双手捂着脸，一个劲儿地叹气。我第一次看到她的表情如此疲倦，但我告诫自己，现在还不是对她表示同情的

[1] 日本公务员才能享有的养老金制度。

时候。她继续坦白自己的罪恶，我被震惊得目瞪口呆。

“后来，我亲眼目睹了蓬莱俱乐部杀人的全过程，而且那次杀人，我是地地道道的帮凶。”接着，古屋节子讲述了她是如何把久高隆一郎骗到偏僻处害死的。我已经对此有所预感，亲耳听她说出事实真相之后，我心情非常沉重。

“目睹久高被害之后，我决意跳下地铁站台卧轨自杀。促使我自杀的不只是罪恶感，还有对生活的绝望。那天我把非法领到的三个死人的养老金送去俱乐部，问他们，我帮俱乐部解决了久高，可以免除多少借款。没想到他们说，久高的保险理赔金拿不到，一分都不能免除。当时我想，这次我成了纯粹的帮凶，这样下去，我会一辈子被俱乐部当道具使用，永无出头之日。我痛苦又悲愤，一心只想结束这种毫无意义的生活，于是我就跳下了地铁站台。这并不是因为觉得对不起久高家，我还没有那么好心，我是个自私自利的女人，当时想的除了自己如何解脱以外，没有别的。”

离蓬莱俱乐部总公司所在的平城写字楼最近的车站，确实是地铁广尾站。

“卧轨自杀是假，引人上钩才是真吧？用这种办法接近救你的人，再骗他的钱。世界上还真有我这种傻瓜，居然上钩了。”

“哪有这种事？我怎么敢保证跳下站台就一定会有人来救我呢？”

这道理我当然明白，不过，不挖苦她两句我觉得不解气。我靠在沙发背上，双手十指交叉放在后脑勺下边，仰天长叹：“可是，我救了一个什么样的女人啊！”

“当初我还是死了的好，真对不起。”节子垂下了头。

“现在说这个已经晚了。后来呢？你没死成，却钓到一条大鱼，你是不是准备在我这个好色的老家伙身上下工夫了？”

“不是。刚才我已经说过了，最初要见你，只是为了当面向你表示感谢，真的。”

“最初没打算骗我？”

“没有。”

“那你骗我说你叫麻宫樱！”

“那也是……在车站被询问的时候，我担心说出真实姓名将来会引来麻烦，灵机一动就用了麻宫樱这个名字，后来一直没有机会订正，后来……”

“嘿，又跟我一样。冒领养老金跟我一样，报假名字也跟我一样，咱俩性格相投！”我身体向后仰着，交换了一下跷着的二郎腿，“那么，你是从什么时候开始打算钓我上钩的？在东京都饭店见面那天？对了，那天你问我结婚了没有，还问我在大门口跟我道别的女人是谁。单身是你钓鱼的首要条件，所以你才反复确认！”

节子的手在胸前稍稍摆了摆，“你误会了。那时候我觉得挺尴尬的，那些话只不过是没话找话，随便说说而已。”

“我提到蓬莱俱乐部的时候，你好像非常生气。”

“只是吓了一跳，没有别的意思。那时候我只想郑重其事地向你道谢，然后就再也不跟你见面了。”

回想当时的情况，的确是我想开始跟她交往的：“那么，你是怎么想到为我买保险后再杀死我，然后领取理赔金的呢？”

“具体什么时候，怎么想到的，现在已经说不清了。被你救下以后，我曾有那么一段时间觉得死很可怕，还是活着好。但是随着时间的推移，活下去的痛苦和无意义再次占了上风，非常痛恨那个救了我的命，名叫安藤士郎的男人。我大概就是从那个时候开始想骗你上钩的。以前我都是按照蓬莱俱乐部的指示去害死别人，可这次却是我自己制定计划害死你。我打算把我的计划向俱乐部汇报，并决定跟他们交涉，事成之后两清。”

“这回变成地地道道的恶人了。”我苦笑着说。

节子也有气无力地笑了。

“现在我终于明白了，你再三说要到我家来，目的是想在我家杀了我呀！你打算在饭菜里放什么毒药？霍乱菌？”

“不，我想让你吃大福年糕，噎死你。很多老年人吃大福年糕被噎死，我想用这种方法害死你，这样不会引起怀疑。”

“这是你想出来的主意吗？”

“是。”

“叫你费心了。”我耸耸肩挖苦道。

“但是，如果不硬塞给你吃是很难达到目的的，但硬塞的话，我一个人做不到，于是我打算到时候叫蓬莱俱乐部的人来帮忙。”

“可是我一直没让你进屋。”

“对。”

“既然你那么想杀我，那我在蓬莱俱乐部总公司被他们抓住的时候，你为什么还要救我？如果你放手不管，我不就被他们杀了吗？”

“这个嘛，那是……”节子说话吞吞吐吐的，“以前我对你说，是因为嫉妒盯你的梢，那是骗你的，其实那天我是去找村越商量怎么杀你的。”

“哦。”

“看见你的时候，我心跳都快停止了。为什么你会在那里？而且还被绑了起来。看到村越愤怒的模样，直觉告诉我，如果我放手不管，你们就活不成了。”

“所以我要问你，那时候你为什么要救我，村越他们杀了我，你不就省事了吗？”

“这个嘛……”节子还是吞吞吐吐，“因为那时候……还没给你买保险。”

“原来如此。就那样杀了我，拿不到保险理赔金，你就不能为蓬莱俱乐部立功了。”

“还有……算了，就是这么回事。”节子摇了摇头。

“你这是怎么了？说话吞吞吐吐的，想说什么就说出来！”

“也不是什么大不了的事……”

“事到如今还隐瞒，有什么意思！”我生气了。

但是，节子低着头，摸着脸上那颗泪痣一声不吭。

我不再追问，静静地坐在沙发上耐心地等。

节子终于开口了：“还有……因为我喜欢上你了。”

“什么？”我没听清楚，皱了皱眉头。

节子抬起头来：“本来我只是把你当作一条大鱼，可不知从什么时候开始，我发现自己喜欢上了你。如果你被他们害死了，我会很悲伤，所以当时我想，一定要把你救出来……”她话说得很快，说到最后口齿越来越不清晰，头又低了下去。

“喜欢上我了？那你救了我以后又去为我买保险，不还是要杀我吗？”

节子用双手捂着耳朵，使劲儿摇着脑袋：“我也不知道自己到底是怎么回事！”

我沉默了。我可以理解她的心境，因为她的心境跟我是一样的。我也是，一边恨不得杀了眼前这个女人，一边在内心深处的某个角落在意着她。

过了一会儿，节子又说话了：“从蓬莱俱乐部逃出来以后，我们到光明庄去了，对不对？”

“对。”

“你把潜入俱乐部的目的告诉我后，我全身的血都凉了。”

“我说什么来着？”

“你说你要调查蓬莱俱乐部的罪行，说是久高隆一郎的夫人委托你干的。”

“对。”

“听了你说的话，我想绝不能再让你到蓬莱俱乐部去了，你要是发现了有关久高隆一郎的文件可怎么是好？当时我想，光劝你还不够，必须把你收拾掉，否则你就会发现我跟蓬莱俱乐部之间的关系。”节子说话的声音很平静。

可是，我听后吓得脊背冰凉。

“所以我偷了你的医疗保险证，用那个作为你的身份证明，为你买了保险，做好了杀死你的准备。”

“医疗保险证？”

“在跟我谈起你要调查俱乐部之前，你上了一趟卫生间。”

“是吗？”

“我趁机把你的医疗保险证翻出来，不，确切地说是安藤士郎的，装在包里拿回了家。”

“我没注意。”我一般不使用安藤士郎的医疗保险证，腰骨骨裂后去医院，用的是成濑将虎，也就是我自己的医疗保险证。

“我一直想去你家，最终目的是为了杀死你，但在杀死你之前，我想把你的医疗保险证弄到手。医疗保险证上写着你的地址和出生年月日，我可以据此去区政府开居民登记证明，然后就可以开结婚证明，让麻宫樱成为安藤士郎的妻子安藤樱，并理所当然地成为安藤士郎保险理赔金的法定受领人。”

难怪那次我告诉她我的生日是十二月二十六日的时候她那么生气，因为安藤士郎的医疗保险证上写的是五月十四日。一般情况下，谁都会相信医疗保险证上写的日期。

“偷你的医疗保险证还有一个用途，那就是用它借钱。我到处借钱，白金的安藤士郎家里催缴单大概已经堆积如山了。”

我愤怒得过了头，只剩下吃惊了。

“蓬莱俱乐部那些恶劣的做法，我已经在不知不觉中学会了。可是……”节子说到这里又卡了壳，“可是”了好多遍才接着说下去，“可是，我还是非常在意你。一个人独处时、跟你通电话时、和你见面时，就会忘记正在进行中的计划，完全意识不到你就是我要杀害的人。跟你在一起，即使是谈一些无关紧要的琐事，也会非常快乐。可是，我知道自己并不是因为喜欢你才接近你的，如果我不尽早杀死你，你就会要了我的命。然而，只要一听到你的声音，我就无法把杀害你的计划进行下去。我几乎每天都对自己说，再延长一天、再跟他约会一次就采取行动。就在这种矛盾的心理状态下，我把替你买好的保险合同送到蓬莱俱乐部，笑着交给村越，并且对他说，一切都准备好了。我就是打算杀了你，不，不只是打算，我已经采取行动了。上星期天是一个杀死你的好机会。那时候我们独处，你应该在那天被我用大福年糕噎死。可是，那天你劝我不要再卖身，还说要替我还清欠下的巨款。我该怎么办？我真不知道该怎么办好了……”

节子双手抱头，痛苦地摇晃着，摇晃了很久很久。

30

我喘不上气来，不是因为抽烟太多，烟雾充满了整个房间，而是因为眼前这个陷入沉默的女人。真不知道该怎么办好了——这应该是我的台词！

二楼传来电动缝纫机的声音，响一阵停一阵，大概是绫乃在赶制演出服。

“怎么办？”沉默了很久，节子终于说话了。

“怎么办？”我把她的话重复了一遍。

“接下来我们该怎么办？”

“睡觉！”不知不觉已经凌晨三点了。

“起床以后呢？”

“去警察局。”

“我会被警察抓起来的，你也会被抓起来！”

“我虽然不愿意成为有前科的人，但现在已经顾不了那么多了。我不能任凭蓬莱俱乐部继续为非作歹，还必须制止爱子的复仇行动。反正住监狱也是一种人生经历，凡事往好里想吧！”

“爱子？”

“久高隆一郎的遗孀。”

“啊……”

“她正在计划当人体炸弹。”

“啊？”

“把自己和吴田勉、村越等人一起炸死！”

爱子对我说过，一旦确认丈夫隆一郎是蓬莱俱乐部害死的，就立刻去警察局，请警察协助破案。其实这番话完全是谎言。

久高隆一郎的儿子为了保全家庭和公司的名誉，不愿意把父亲晚年的失态公之于众，尽管知道父亲那些莫名其妙的保险合同跟蓬莱俱乐部有关，也不去警察局报案。

但是爱子的想法跟儿子完全不同，她不但要去警察局报案，而且还要亲手杀掉蓬莱俱乐部那些坏蛋。

那么，爱子为什么不把罪犯交给警察，让他们接受法律的制裁呢？因为爱子已经老了。

蓬莱俱乐部是一个为攫取保险理赔金杀人的犯罪集团，把他们抓起来以后，肯定还会发现许多其他罪行，从审问到提起公诉到最高裁判所批准量刑，要花费相当长的时间，而且还不一定判处死刑。

爱子设计了一个亲自杀死仇人的方案。如果爱子才十几岁或二十几岁，就不会实行这个冒失的方案，因为将来的人生之路还很长。但是爱子老了，将来的人生之路已经很短，她要采取非常极端的行动。

这不是她的一时冲动，而是非常冷静的复仇计划。如果是一时冲动，她很有可能抄起菜刀，冲进位于笹冢的林田写字楼。可那里不过是蓬莱俱乐部的仓库，冲进去也找不到仇人。

爱子怀疑蓬莱俱乐部，却并没有抓住切实的证据。如果轻易闯进去引爆人体炸弹，不但不能达到报仇的目的，还很有可能伤害无辜。因此爱子委托我调查，一旦确认自己的丈夫是蓬莱俱乐部杀死的，便立即展开复仇行动。

我当然不希望爱子这样做。

爱子是如此深爱着自己的丈夫。我为阿清感到遗憾，他是很难代替久高隆一郎的。

“我怎么能眼看爱子用人体炸弹的方式去复仇呢？以她的角度考虑，只要实现了复仇计划，自己就算粉身碎骨也在所不辞，这种心情我可以理解。但我担心她的复仇行动不能实现，非但不能伤害吴田勉他们一根毫毛，反而白白搭上性命。一个圣心毕业的大家闺秀，一个在深宅大院里享清福的贵妇人，能干什么呢？平时连饭都是佣人来做，一辈子恐怕连菜刀都没摸过！为了不让爱子的血白流，只能把蓬莱俱乐部那帮家伙交给警察处理，你说是不是？”

节子叹了一口气：“这么说，你无论如何都要去警察局？”

“去！白死一个安先生，已经足够了！”

“真有正义感。”

“我可以把这句话看作你对我的表扬吗？”

“到了警察局，你马上就会被抓起来。”

“刚才我不是说了吗，我有这个思想准备，而且我也对我妹妹说了。”

“是吗……也是，你的罪比较轻，也就是冒领养老金和非法遗弃尸体，警察不会把你怎么样的，可我的罪跟你相比，不能同日而语。”节子无力地摇摇头。

“原来你是为了保全你自己！你怕被警察抓起来，所以才阻止我去警察局报案！”

“那当然啦，天底下哪有愿意去坐牢的人，而且都这么大岁数了。”节子的脸扭曲了。

“到警察局去自首，也是为了保护你。”

“让我改过自新，重新做人？都这时候了，还做这种梦？”

“不，这样下去你会被蓬莱俱乐部杀人灭口，自首可以求得警察保护。”

“被他们杀掉？我？”节子呆呆地指着自己的脸。

“对他们来说，你已经没有利用价值了！”

“怎么会呢？你知道在我的帮助下，蓬莱俱乐部得到了多少不义之财吗？我要是不在了，着急的是他们。”

“可以代替你的人有的是，而且他们的内幕你知道得太多，搞不好他们已经为你买了保险！”我轻蔑地笑了笑。

“胡说！”

“满不在乎地杀人越货的没有人性的畜生们，什么事干不出来！别以为你是蓬莱俱乐部的一分子，生命安全就有保障！”

“你……胡说……”

“算了，你也该休息了，总是按照别人的意志活着，你不觉得累吗？还要一个人扮演好几个角色。我这一年来，一个人扮演两个角色，都快累死了，咱们都轻松轻松吧！”我伸出手去，轻轻拍了拍她的肩膀。

“我不是说了吗，你的罪轻，没关系……可我都这个岁数了还去蹲大牢，等不到刑满释放就得死在里头。早知有今天，你还不如那天就让我死了！我还是恨你！”节子又抱起了脑袋。

“随你的便！”

“恨又恨不起来，还是死了好！”

“哭不顶用，又威胁起我来啦？”这个女人真不好对付。

“不是威胁你，你没自杀过，不知道那有多么容易。只要下决心去死，再简单不过了。我现在就死给你看！”节子说着用双手掐住了自己脖子。

“你那两个儿子会伤心的。”

“会吗？我这样的母亲，已经到了是死是活都没关系的年纪，他们不会伤心，甚至会觉得一身清爽。为了能让孩子们过安稳日子，我还是死掉的好！我死了，就不会给他们添麻烦了！”节子用力掐着自己的脖子，左右摇晃着脑袋。

“我可不觉得清爽。”

“我死我的，跟你有什么关系？”

“你死了我会伤心的！”

节子的脑袋停止摇晃，手也松开了。

“我喜欢的人要是死了，我都会心碎，心里的窟窿一年都塞不满。我爱的人要是死了的话，我得伤心成什么样子！”

成濑将虎二十岁时的挫折

那是世罗元辉的葬礼那天早晨的事。户岛帮的南部找到位于池袋的木暮明里家时，木暮明里已经在那里上吊自杀了。

南部找明里的目的，是要把她带到高轮的寺庙，让她看看棺材里世罗的尸体，根据她的反应来判断是不是她杀死了世罗。这是一种非常古老的破案方法，不过即便到了现代，警察也经常凭主观印象去抓犯人。

没想到在试验这个古老的破案方法之前，犯罪嫌疑人已经自杀了。她的身体旁边放着一纸遗书，上边潦潦草草地写着“对不起”，难道是因为受不了良心谴责而走上绝路的吗?

我不认为事情有这么简单，巧合得有些过分了。刚被怀疑上就自杀？我觉得是一直监视着她的某个人杀了她，这是有计划的犯罪。

户岛帮的人们也感到木暮明里的自杀有些突然，不知该如何接受这个事实，但还是按照预定计划为世罗举行了葬礼。由于没有通知世罗的父母兄弟，参加葬礼的只有户岛帮的人，丧主由户岛帮帮主户岛修身担当。世罗加入户岛帮后认户岛修身为干爹，这场葬礼可谓白发人送黑发人。

僧侣念完经，进行遗体告别仪式的时候，京姐放声大哭，扑进棺材里，紧紧抱住世罗的尸体，死活不放手，感动得户岛帮的小兄弟们直掉眼泪，谁都不怀疑她也许是为了洗清自己的嫌疑在这里做表演。

拉着世罗的遗体开往横滨火葬场的时候，由于人多车少，像我这样的小喽罗都上了大卡车。劝说京姐耽误了不少工夫，到达火葬场的时间比约好的晚了半个多小时，排在我们后边的被安排到了我们前边。黑道上的人都是急性子，大声嚷嚷着快点快点，大石命令我和贤太去找火葬场的人催促一下。

火葬炉前边围着一群人，看上去都是死者的亲戚朋友。透过人缝，可以看到一块铁板上堆着白色的骨灰。离开人群的地方站着一个穿灰色工作服的人，贤太把他拉了过来。

“那不是已经烧完了吗？赶快叫他们把骨灰装到骨灰盒里去，该我们了！”

“对不起，他们说要吃骨灰。”那人冲我们连连鞠躬。

“吃骨灰？”我和贤太吃了一惊。

“意思是让死者继续活在亲人们的身体里。要把烧过的骨头捻成粉末，大家都要吃。”

“这帮人，真叫人恶心！”

“死者是一位非常年轻的女孩，大家的心情可以理解。”

“要把骨灰全都吃光？”

“不会，每人只吃一小撮。”

“那就让他们快点儿吃！”

“可那毕竟是死人的骨灰，又不是药粉，用水一冲就吞下去了。好几个人吃不下去，说要找米纸包上吞服，正找米纸呢，请你们再等一会儿。”

“开什么玩笑？现在才去买米纸，什么时候才能吃完啊？”

“不是去买，我们办公室的急救箱里就有。”

“臭小子！你知道你在让谁等着呢？”贤太的火气上来了。

我离开贤太，找到松永大哥，凑到他耳边小声说：“我有一个请求，世罗哥的尸体先不要火化可以吗？”

“怎么了？贤太在那边跟人家吵什么呢？”

“跟那边没关系，我认为需要验尸。”

“验尸？”

“对，请叫一位咱们认识的医生过来。”

“你没头没脑地胡说什么呢？”

“来不及详细解释，眼下最重要的是别火化，先验尸！”我说话的时候一个劲儿地哆嗦，不是怕松永，也不是因为天冷，而是因为我突然想到了事件的真相。一想到那令人战栗的真相，我就不停地发抖。

“我可没有那么大的权力。你先把理由说出来，如果是能够接受的理由，我可以向上边汇报。”

“这不是一两句话能说清楚的，等不到我说完，人已经烧成灰了。”

“不把理由说清楚是绝对不行的，帮主肯定不同意。”

“明白了。”我说话的口气显然有些不满。我转身走到帮主那辆大型黑色进口轿车前，双膝跪地，大声喊道：“帮主！求您答应我一件事！”

后来的事情我什么都不记得了。清醒过来以后，我发现自己躺在一个房间里，脸火烧火燎地疼，用手一摸，满手都是血。嘴角也撕裂了，嘴里也都是血。那样向帮主提出要求是大逆不道的行为，我被他的手下打得昏死过去。

但是，帮主最终同意了我的请求。大家把世罗的棺材抬进火葬场的停尸房，等待东京赶来的医生。医生验尸的结果证实了我的推断，世罗由于服用了大量毒品，中毒身亡。

“这非常令人遗憾，但我不得不告诉大家，世罗哥背叛了咱们户岛帮。他一直在用非常特殊的手段贪污药品。他在给客户送药品的时候，假装被人袭击，把药品藏起来，再找机会卖掉，钱全部落入了个人的腰包！”

整个停尸房一片骚乱。

在火葬场的停尸房里，我站在位于上座的帮主户岛修身旁边，开始向在场的户岛帮成员解开世罗暴死之谜。

“两次受到袭击，都不是世罗哥一个人送货，这次，还有一个月以前那次，都是跟贤太哥一起。他们两人一起编造谎言欺骗大家，他们跟本没有遇到袭击，是他们彼此互相打伤或用匕首刺伤的。”

“少他妈的在这儿胡说八道！”坐在后边的贤太猛地站起身，脸色大变。

“闭嘴！”户岛修身低声吼道。

“坐下！”松永拉住贤太的手腕，强迫他坐下。贤太鼓着腮帮子很不满地坐下了。

我在开始发言之前就跟户岛修身约定好，不管我说些什么，有不同意见都要等我说完，不要打断我的话。有了这个约定，我才站在这里开始讲话。

“刚才我说他们把药品藏起来，不是藏在衣服里，那样很容易露馅。两位大哥是把药品藏在身体里，具体说是藏在胃里。这样的话，不管怎么搜都搜不出来。”

户岛帮的人们听着我逐渐揭开谜底，不住地叹气，并纷纷向贤太坐着的地方看。无论跟谁的视线相对，贤太都把头摇得跟拨浪鼓似的。

京姐也在房间里。她蹲在墙角，身体缩成一团。我的这些话她听了会怎么想，我根本没有考虑，当时我的脑子被身为侦探的虚荣心装得满满的。

“当然，他们不是直接把药粉吞到胃里去的。他们把药粉装进避孕套，扎好口，再吞下去。”

他们用的是所谓“体内携毒”的方法。世罗事件发生在一九五一年，当时还没有这个名词。但是在二十一世纪的今天，这已经成为毒品走私的常用方法。

“我跟世罗哥和贤太哥是一个小组，我们轮流看车。轮到世罗哥或贤太哥看车时，他们就把药粉装进避孕套吞进胃里，等轮到我看车的时候，药粉已经被他们吞光了。然后他们在小胡同里打斗一场，头破血流之后再回到车上，或者把我引走，造成没人看车的情况，回来就说药被人偷走了。吞进胃里的药粉回家以后再取出来，具体方法应该是吃泻药强制排泄。”

当时的厕所不是现在这种抽水马桶，而是粪坑，如果直接往里头排泄，再捞出来会很困难。他们要么是在地上铺一张报纸，要么是在浴室排泄，程序非常复杂，也需要时间，所以世罗要把京姐和我从家里赶出去。如果我们在家里，肯定会发现他们的行为。京姐和我离开家后，贤太很快赶来了。回收药粉是一种又脏又臭的工作，世罗作为大哥，当然要把这种工作交给贤太，存在贤太身体里的药粉也可以当场回收。即使两人在身体里存放了同样多的药粉，收益也不可能对半分，从两人在户岛帮的地位来分析，世罗应该拿到七到八成。

“上个月他们顺利回收了所有吞进胃里的药粉，但是这次，在排泄之前发生了意想不到的事故。世罗哥身体里的一个避孕套破了，大量药粉溶解在胃里，造成急性中毒。”

当时的避孕套质量不高，出现破洞造成避孕失败的情况时有发生。

“刚才医生检查过，证实是毒品急性中毒。毒品中毒会造成精神错乱，所以世罗哥的邻居听见的叫声，不是世罗哥在跟谁吵架，而是他自己痛苦得乱喊乱叫，房间里被糟蹋成那个样子，都是世罗哥一个人弄的。”

他手上的伤也是这样造成的。

“这么说，世罗精神错乱，自己用刀扎自己的肚子？”大石插嘴问道。

“不。大量服用毒品，会造成心跳急剧加快，最终造成心脏停止跳动。”

“那他的肚子……”

“那是死后被别人扎的，确切地说，是被别人切开的。”我说完这句话，把脸转向贤太，视线相对，贤太拼命摇起头来。

“世罗哥死后，贤太哥才来到世罗哥家里。看到那种情况，贤太哥大吃一惊，但是他没有叫警察也没有叫急救车，当然也没有跟户岛帮总部联系。为什么呢？因为世罗哥肚子里有药粉，就这样火化了，肚子里的财宝岂不得一起化为灰烬？于是贤太哥把世罗哥的尸体拖进浴室，用菜刀切开肚子，把胃里和肠子里的药粉取出来，拿回自己家去。第二天听到世罗哥已死的消息，他再装作若无其事的样子，跟松永哥一起……”

“胡说八道！我他妈的宰了你这个小兔崽子！拿出证据来！证据！”贤太再也忍不住了，跳起来狂叫着。

我一点儿都不害怕，微笑着对他说：“你那惊慌失措的样子就是证据。”

“什么？！”

“好吧，那我就把眼睛可以看得到的证据拿出来给你看。”我变得更加从容。

贤太见状畏缩了，老老实实地坐在了椅子上。

“贤太哥跟着松永哥一起来到世罗哥家，看到现场的惨状，假装害怕的同时，发现世罗哥身边还有一个没拿走的避孕套，如果这个避孕套被发现，他截留药品的事实就很可能露馅儿，于是他装作恶心蹲在了浴室的地上，捡起避孕套后，又假装要吐跑到厕所里，把那个避孕套扔进粪坑。粪坑还没有淘过，现在去找肯定找得到，而且肯定能在上边验出贤太哥的指纹。还用得着这么费事吗？大丈夫敢做敢当！”

木暮明里不是自杀，而是贤太杀的。为世罗守夜时，他悄悄离开寺庙，闯到木暮明里家中，逼着她写下“对不起”，然后把她勒死再吊起来，布置了上吊自杀的假象。

此后贤太就安心了，因为一旦判定木暮明里就是杀死世罗的凶手，户岛帮就不会再追查下去，自己截留毒品的事实就可以永远隐瞒下去。本来木暮明里就是怀疑对象，自杀更说明她就是杀害世罗的凶手。完全是直线思考，一点弯子都没绕。

截留毒品是世罗提出的计划，他并没有说卖钱以后做什么。据我猜想，他想弄一大笔钱给京姐，让她过轻松的日子。这个猜想已经无法得到证实，但我愿意这样相信。

贤太全部坦白后被打了个半死，剁掉两个手指以示惩戒，并被赶出户岛帮。同时户岛帮通知关东一带所有黑社会组织，谁都不要接受他。从此贤太就是想加入某个帮派，也加入不了。

八寻帮的本间事件跟世罗事件一样。本间跟松崎勾结起来截留毒品，采用的也是把药粉装进避孕套吞进胃里的做法。结果避孕套在本间肚子里破了，本间死于毒品急性中毒。松崎把本间的肚子剖开，取走了毒品。

这种被日本人称为“非洛芃”的毒品得以高额出售，跟那年的毒品取缔法有很大关系。在那以前，服用非洛芃并不违法，第二次世界大战期间，日本政府甚至强制人们服用非洛芃。注意力需要高度集中的战斗机飞行员，以及昼夜加工军需品的军需工厂工人都要服用。报纸杂志上经常可以见到非洛芃的广告，连小镇上的药店里都能买到。战争结束后，存放在军队里的大量非洛芃流入民间，加上制药公司不断生产，服用非洛芃的人越来越多。可以说，非洛芃在日本战后复兴期间发挥过不可忽视的作用。当时服用这种毒品，就跟我们现在吃补品一样。

到了一九四八年，非洛芃被国家指定为剧毒药品；一九五〇年开始，制造、销售和广告都受到限制；一九五一年六月，国家颁布了毒品取缔法。非洛芃成为非法药品之后，人们对它的需求并没有减少，于是出现了黑市交易，价格自然水涨船高。当时的黑社会大都从事倒卖非洛芃的生意。

非洛芃价格昂贵，世罗和本间为了得到它，不惜铤而走险。这里顺便交待一句，非洛芃有散剂，也有片剂和注射剂，如果户岛帮和八寻帮倒卖的是装在玻璃容器里的注射剂，世罗和本间还敢往胃里吞吗？命运就是这样捉弄人的。

我卧底的目的达到后，暴露了真实身份，便离开了户岛帮。八寻帮帮主亲自到户岛帮去说明情况。户岛帮起初对八寻帮送奸细进来感到愤怒，但一想到这个奸细帮助户岛帮清除了帮会的毒瘤，就跟八寻帮握手言和，我也获得了自由。后来，户岛帮和八寻帮都劝我加入，不过我都以我是长子，需要继承家业为由郑重拒绝了。

表面上看，这件事情告一段落了，但我的心里还有一个小小的疙瘩不能释怀。世罗为什么选择贤太做他的同伙，而没选择我呢？只因为他认识贤太的时间比我长吗？还是世罗觉得我看上去不值得信任呢？虽然他没选择我，可以说是让我捡了一条命，毕竟装着药粉的避孕套很难说绝对不会在我肚子里破裂，但我还是有些嫉妒贤太。

另外，还有一件事大大地刺伤了我。

就在户岛帮和八寻帮举行握手言和仪式的时候，江幡京离开了这个世界，死因是毒品急性中毒。她服用过量非洛芃自杀，跟着世罗走了。

从一个黑社会成员的控制下解放出来，从此获得自由，江幡京应该为此感到庆幸才是，可她却自杀了。为世罗那样一个人自杀值得吗？世罗不单单是黑道上的人，而且是个连黑道上最起码的义理都不遵守的卑鄙小人，值得吗？

世罗靠什么如此深深打动了江幡京的心？我实在理解不了。理解不了也没什么可奇怪的，当时，我的人生经验还很不足。

江幡京是一九五一年十二月十五日自杀的。她自杀的第二天，我满二十周岁。

约 定

31

“随便说说而已吧？”节子缩着脖子说。

“今天可是认真的。”我深情地看着她。

“你爱的女人是谁？”

“在本人面前，好意思说出口吗？”

“别拿我开玩笑了！谁会喜欢我这样的女人？疯子似的购物，傻子似的借钱，满脸皱纹还去卖身，还帮着蓬莱俱乐部杀人，我是人类的渣滓！”节子轻轻地扇了自己一个嘴巴。

“我喜欢上你的时候，不认为你是这样的女人。”

“现在你知道我是什么样的女人了吧？”

“一旦喜欢上了，就不会简单地讨厌。想想自己的恋爱史就会明白这个道理。”

“你现在刚刚了解了我的一切，还能这么说，到了明天，你连我这张脸都不愿意想起。”节子用双手挡住了自己的脸。

“了解你的一切之后，就更喜欢你了。”

“算了吧，别耍我了！”

“我喜欢充满活力的女人，你就充满活力。”

“别开玩笑了！”

“你听我说。”我打了个手势，制止住她，“你每天把‘想死’‘这辈子算完啦’等消极的话挂在嘴边，实际上对活下去非常执着，你根本不想死。你成为罪恶的帮凶，也是因为你选择了生的道路，也是为了不给孩子添麻烦。一个抛弃人生信念的人，不会考虑给孩子添麻烦与否的问题。对于人生，你还没有绝望，你也不想绝望。欠下巨款，被蓬莱俱乐部剥夺自由，生活被糟蹋得七零八落，你却仍没有抛弃希望。你总是在想，只要活下去，就会出现转机，所以你还顽强地活着。也许你自己没有意识到，但你内心深处绝对是这么想的，你有非常强烈的生存愿望。

“我觉得，我就是被你无论如何都要活下去的活力吸引了。当然，不管是多么的无可奈何，我都不能原谅你成为蓬莱俱乐部的帮凶，而且绝对不能袖手旁观！把你带到警察局之前，我恨不得揍你一顿。但是，你犯的错误跟你的活力是两码事。人们经常运用喜欢好人、讨厌坏人的绝对观念来处理人际关系，但我绝对不这样做。美国著名棒球运动员彼得·罗斯因涉嫌棒球赌博案被终身停赛，但他的四千二百五十六次安打，我绝对要给予最高的评价。我永远忘不了他在日美棒球赛中的出色表演，那前扑滑垒，多漂亮！怎么能忘得了！那是一九七八年十一月五日，在后乐园棒球场，第四局——算了，先不说这个，总而言之，虽然你成了帮凶，我也不会全面否定你的人格。”

“听起来倒是挺顺耳的。”节子的头一会儿歪向左边，一会儿歪向右边。

我点上一支烟：“信不信由你。”

“谢谢你这样苦口婆心地鼓励我，不过，你这些话对我来说仅仅是一种精神安慰，没有任何现实意义。我要是被警察抓起来，这一辈子就算完了。什么时候才能从监狱里出来？还能活着出来吗？”节子朝我伸脖子，挑衅似的说。

“你别老是提监狱，如果律师辩护得好，也许会判个缓期执行，用不着进监狱。你这种情况，酌情量刑的余地很大。”

“你不用让我期待这种不可能的事。”

“就算进了监狱，只要你保持活力，人生就不会结束。”

“漂亮话谁不会说！”

节子的心情我不是不能理解，但我还是不放弃，换了一个角度继续说服她：“阿清你还记得吧？芹泽清！”

“就是跟你一起被绑起来的那个？”

“对，就是那个秃头。你别看他老成那样，他可是个在校高中生！这小子以前只念到中学毕业，对此一直耿耿于怀，所以六十岁一退休就进了青山高中的夜校，念完高中还要考大学！可笑吧？就算他能考上东京大学又有什么意义？还能当上外交官吗？还能到电视台或银行去当高级职员吗？医生和律师没有退休年龄的限制，难道他还能当上医生或律师吗？实际上，就算他能拿到毕业证书，也没有任何利用价值。那么，他为什么还要考大学？为了提高文化素养？他有那么高的觉悟吗？他只是在找乐子罢了。你又该说了，要找乐子的话，更轻松的选择有的是！摆弄盆景、唱卡拉OK、钓鱼……干什么不行？干吗非要玩命苦读微积分？真是个大傻瓜！但是，我对阿清表示理解和支持。他的挑战没有任何功利性，帅！我认为这才是真正的文化！”

节子点头称是。

“绫乃，就是我妹妹，看电影、唱卡拉OK、游泳、出国旅行、跳弗拉明戈、弹大正琴，每天忙得不亦乐乎。她昨天刚刚参加了黄昏恋联谊会，今天又跟孙女一起去杰尼斯事务所组织的少年运动会。六十八岁的人，参加什么少年运动会？我想劝她别去，免得惹笑话，但话到嘴边没说出口，她愿意去就去吧！年轻的时候国家穷，个人也穷，每天为了吃饱肚子竭尽全力，哪有时间玩？现在有时间也有钱，就去弥补年轻时留下的遗憾！所以，不管她参加什么活动，我都表示支持。最近她又要学花样游泳，大概是因为听说横滨有一位七十岁的拉拉队员，她也要挑战年龄极限，真不知天高地厚！不过，我也打算学跳芭蕾舞！”

“你登台演出的时候，我一定去看。”节子脸上终于露出了笑容。

“我也是，又当临时电影演员，又当电脑教师，又当自行车存放点的保安，每天都很忙。其实我根本用不着工作，我退休时拿了一大笔退职金，又有养老金，而且一直单身，也有些积蓄。住房也有，就是这个不大不小的家。可是，我还要去工作，因为我想看看外边的世界在发生着怎样的变化。我甚至想当巨人队的教练，当国会议员，还想参加宇宙开发团队，当一名常驻空间站的宇航员！你笑了？我可不是在开玩笑，能不能实现，不去尝试一下是不知道的。只用脑子想想就下结论的家伙成不了大器！只要活着，我就要不断挑战。我当临时电影演员，只能得到一份盒饭的报酬，但我每天都在做着进军好莱坞的梦。原美国参议员约翰·格林登上航天飞机的时候是七十七岁，我比他年轻多了！还有，我要看看我的头发到底能留多长……”

我还想说，我还想有可以唤起我激情的邂逅，还想拥抱更多的美女……不过没有好意思说出口。

“总而言之，我想说，最重要的是精神，只要你想干，年龄不成问题。你本就是个充满活力的人，只要不丧失这点精神，不管遭遇怎样的逆境，你都不会悲观失望。你总是说自己老了，你知道你到底多大了吗？六十九？”

“已经七十了。”

“你知道现在日本女性的平均寿命是多少吗？八十五岁！到八十五岁还有多少年？十五年！十五年的人生，你打算轻易抛弃吗？你打算到死都过这种没有灵魂，只剩一副躯壳的日子吗？也许你又不想活了，那怎么办？还去自杀？十五年意味着什么？意味着从出生到上高中那么长的时间！就这么抛弃也太可惜了吧？就算被判刑，进了监狱，难道就没有零头可找了吗？”

“可是……”

“你的可是太多了。”

“你说的这些话我都明白，我打心眼儿里感激你，可是，一旦被警察抓起来，一切就全完了。那时候再让我重新鼓起生活的勇气，太难！”节子双肩下垂，一副丧气的样子。

她的心情我可以理解。人上了岁数，衰老得最厉害的不是体力也不是智力，而是心力。但是，我不能就此罢休，我要继续说服她。

“你怎么这么笨！也不好好想想，我为什么要费这么大劲苦口婆心地劝你呢？动动脑子不行吗？我想帮你啊！”

节子歪着头看着我。

“你还要我说多少才能明白？只要你愿意鼓起生活的勇气，肯定会有人帮助你！这个人就是我！”说出来的话想收可就收不回来了，不过这确实是我此刻的心情。

节子惊讶地盯着我看了许久，分明想说什么，又没说出口。

“不许说可是！”我指着她的脸警告说，“我跟你的约定还没有兑现呢。”

“约定？”

“我说过，你的欠款问题我负责帮你解决！”

“那是你听了我编造的谎言才那么说的吧？我借钱的真正原因一点都不美好。”

“真正原因是什么并不重要，你有欠款是事实吧？”我又耍帅了一把。

“你哪有那么多时间管我的事？你可是要进军好莱坞，要上太空的呀！”节子说是这么说，但一直阴着天的脸明显放晴了。

“让我感到快乐的事情当然要先做！”

“你现在已经不是说这种轻松话的年龄了吧？”

“喂，我才七十啊！”我掐灭香烟，站了起来。

“还差两个月就七十一了，等不到娶我做新娘，你的人生就结束了。日本男性的平均寿命是多少？”

“七十八。”

“只有七年了，是我的一半。”

“你懂不懂平均寿命是什么意思？有人比七十八活得短，也有人比七十八活得长。我才不打算再活七年就死呢！有这么个数据，日本男性一旦活到六十五岁，就可以再活十八年，这也是平均数。但即便是按平均数计算，我也可以活到八十三岁，不输给约翰·格林！”我边说边从桌椅之间的缝隙中走出来。

“那个人是特例。”

“我也是特例。我至少可以再活二十年！如果不能再活二十年，我想做的事情就做不完了。像我这种欲望特别强烈的人，是不会简单地衰老和死亡的！”

节子说：“这个嘛，你这个人从来都是拣好听的说。”

“你这种消极的思考很有问题，为什么我就不能是特例？谁定的规矩？是不是特例，不活下去试试怎么会知道？跟优秀人物一比，马上就认为自己无法匹敌，等于还没上阵较量就先认输。只有相信自己的可能性的人，才拥有兑现这种可能性的资格。我只要活一天，就要凡事做做看，哪怕知道明天就得死，今天该做的事情我也要一丝不苟地去做。你呢，也不要随随便便地放弃人生。如果你真想放弃，等我死了再放弃也不算晚吧？在我死之前，跟我一起愉快地度过余生吧！”

我一边说一边绕过桌子，在节子身边坐下，把手搭在她的背上。一个很难再收回的诺言脱口而出。

节子没有回避，还把头靠在了我的肩上。我的另一只手摸到她的手，十个手指扣在了一起。香皂和化妆品的味道，还有她身上特有的味道，混合着钻进我的鼻孔。

“最近见过樱花树吗？”我轻声问道。

“没有。”她的声音伴随着轻轻的震动传到我身上，让我实实在在地感受到生命的活力。

“可不是嘛，樱花开过之后，樱花树就被人们遗忘了。到了五月，樱花树长出绿叶，那以后也会一直活着，现在正是长满茂密绿叶的季节，再过一段时间，就该变成红叶了。”

“红叶？”

“对，人们都不知道樱花树可以变成红叶。”

“红的？”

“有红的，也有黄的。没有枫树和银杏树那么鲜艳，是一种比较沉稳的颜色，谁也不会注意到她。可是你想想，春天赏樱的时节，日本有多少樱花树下聚集着赏樱花的人们，樱花树得到了多少赞誉。然而樱花一落，人们就完全忽视了她的存在。如果只是因为她不漂亮，那还有情可原，可就连她可以变成红叶这一事实都不知道，这不是太过分了吗？你也是这样对待樱花树的，你的名字还叫樱呢！”

“不，我叫节子。”

我笑了：“是吗？我们虽然活了七十多年，但不知道的事情还多着呢，这里头也许隐藏着最适合我们去做的，连这些都还不知道就死掉，你觉得挺好是吗？反正我不干！”

节子在我的臂弯里默默地点了点头。

在明智侦探事务所当侦探的时候，我是盛开的樱花。那时的我清浊不分，看到世上的任何事情，都会兴奋得眼睛发亮。正因为这样，我才不顾后果，闯进了黑社会。

江幡京死后，我辞掉了明智侦探事务所的工作。那时候我特别讨厌我自己。一个连别人的心都理解不了的人，有什么资格当侦探！我回到白金台的家里，当了一名普通的公司职员。

我一心钻研技术，设计开发了数不清的产品。虽然高中毕业的学历并没有影响我的升迁，但是，为公司贡献了自己全部力量的我，却不能想干什么就干什么，最后连自己到底想干什么都不知道了，世上的人们称之为“长大成人”。

然而，我的热情并没有消失，只是暂时封存了起来。退休后，当我考虑要在余下的生命中做些什么的时候，愉快的心情难以言喻。摆脱了公司的束缚，一天二十四小时，一年三百六十五天，完全由我自己支配，想干什么就干什么，我好像回到了二十岁。这时候我才发现，我想干的事情多得让我眩晕。

我常想，二十岁的我跟七十岁的我到底有什么不同呢?

当然，肉体上的变化是很大的。脸上手上布满皱纹，失去光泽，皮肤败给地心引力而明显下垂。头发又干又硬，没有弹性，白发太多，不染就见不得人。看报纸离不开老花镜，电视声音开小了听不清，记忆力也大不如前。虽然每天锻炼身体，但那次被村越摔了一下就造成骨裂，我的确不能不服老了。

可是，二十岁的我和七十岁的我，同样为巨人队的胜败一喜一忧，同样不服输，同样好虚荣，同样喜欢开车，同样喜欢借酒浇愁。追求女人的时候同样心跳加快，独处时就想拥抱接吻，这也跟二十岁的时候没有任何区别，壮阳药我是绝对不用的。

二十岁的时候我当过侦探，七十岁了我也当侦探。同样步履轻盈，同样为发现新状况而情绪高涨，而且最终克服重重障碍获得成功，也许我还真的适合当侦探。在刚才的几次沉默中，我曾想象着自己在警察面前将是多么活跃，甚至为此感到兴奋。

樱花真的凋零了吗？不，她依然在我心中盛开。我感谢双亲给了我如此健壮的身体。

“女人也是。”节子突然说话了。

“什么？”

“二十岁的时候认为恋爱是年轻人的专利。”

“对，顶多到三十岁。现在你还这么认为吗？”我跟节子拉开一点距离，看着她的脸问道。

她歪头想了想，羞怯地垂下眼帘，轻轻摇摇头：“不了。”

我抚摸她的头发，将她紧紧地抱在怀里。

您如果只想在樱花盛开的时候赏花，快活一番，热闹一场，那也没有什么不可以，一生当中也有这种季节。

您要是不想看绿叶，也没有什么不可以。

但是，我知道，樱花树现在还活着。她那已经开始变红、变黄的叶子，即便在瑟瑟秋风中，也不是那么容易掉落的。